鸚鵡楼《おうむろう》の惨劇《さんげき》

真梨幸子

Yukiko Mari

小学館

鸚鵡楼の惨劇

装幀：高柳雅人

目次

その事件は、昭和三十七（一九六二）年十一月七日水曜日、東京都新宿区十二社《じゅうにそう》の料亭「鸚鵡楼《おうむろう》」で起きました。

当時、私は巡査で、熊野神社前の交番に詰めていました。

夜の九時半頃でしたでしょうか。長襦袢《ながじゅばん》にどてらを羽織った女性が、息も絶え絶えに交番に駆け込んできました。その出《い》で立《た》ちから、十二社池の芸者だとすぐに分かりました。

「大変、大変」

女性は真《ま》っ青《さお》な顔で、繰り返します。

「落ち着いてください。まずは、あなたのお名前は？」

「あたしの名前なんか、どうでもいいんだよ。とにかく、大変なんだ！」

女性は叫びました。

「鸚鵡楼で、鸚鵡楼で……」

鸚鵡楼とは十二社池にある洋館です。〝タロウちゃん〟という名のおしゃべり鸚鵡が近所でも有名でした。表向きは「料亭」ということでしたが、どうやら怪しい商売も行われているという噂《うわさ》もあり、私たちもちょくちょく顔を出していた場所でした。しかし、そこの女将《おかみ》というのが海千山千のやり手で、その尻尾《しっぽ》をなかなか見せません。

「鸚鵡楼で、……なにかありましたか？」

私は、とうとう〝事件〟が起きたのだと、身を乗り出しました。あのやり手ばばあが、とうとう、尻尾を見せたか？

「殺された！」

しかし、長襦袢の女性は、声を上げました。

「殺人だよ。殺人！」

そして、私の警官人生の中で、最も陰惨で長い夜がはじまったのでした。

（吉村《よしむら》氏の回顧録より）

一章　一九六二年　新宿十二社

1

当時の西新宿は、ひどく見晴らしがよかった。

その大半を浄水場が占め、その西には写真工場と熊野神社、さらに西に行くと、間に合わせで作られたようなバラックの群れとブタクサに覆われた空き地が、交互に現れる。高い建物はなく、ふたつのガスタンクだけが風景に奇妙なアクセントを与えていた。

その頃、僕は、十二社という街に住んでいた。新宿駅西口から浄水場に沿って西へ十五分ほど歩き、熊野神社を過ぎたあたりの街だ。

一九六二年、つまり昭和三十七年。

当時、僕は十二歳。小学六年生だった。

＋

青梅街道と甲州街道をつなぐ十二社通りの商店街に、僕の家はあった。〝十二社亭〟という名の洋食屋だ。

もともと陸軍士官学校の厨房《ちゆうぼう》で下働きをしていた父が、戦後、カレーもどきの煮込みを闇市《やみいち》で売り、その延長でこの地に店を開いた。

店は割と繁盛していた。学校が終わると、毎日のように出前の手伝いをさせられたものだ。

僕が、この頃を思い出すとき、みっつの映像がまず浮かぶ。

ひとつめは、西日に光るガスタンク。

ふたつめは、浄水場に浮かぶ水鳥の群れ。

みっつめは、熊野神社横の、ドウドウ滝。

ドウドウ滝というのは、無論、正式名ではない。近所の子供たちが勝手につけたものだ。

ドウドウ滝に行くには、少しばかりの勇気が必要だった。熊野神社前に立つ交番を横切らなくてはならない。

ドウドウ滝とは、いってみれば、排水路だ。写真工場の廃水と浄水場の洗浄水が土管からドウドウという音をたてて排出される。

とはいえ、見た目はいわゆる川で、渓流のような趣だった。実際、小魚も棲《す》み付き、クチボソやダボハゼなどが取れた。


その年の九月、僕はドウドウ滝で、きらきらと光る小さな〝宝石〟を拾った。僕は、すぐそこにある交番を振り返った。若い警官がひとり、気怠《けだる》そうに立っている。僕は宝石を握りしめた。警官に届けるべきだ。しかし、それをしなかった。ズボンのポケットに忍ばせると、僕は猛ダッシュでそこを立ち去った。

家に帰っても両親の顔をまともに見ることができなかった。もちろん夜は眠れず、翌日、学校に行っても落ち着かなかった。

宝石の持ち主あるいは警官が僕を捕まえに来るのではないかという不安と恐怖に脅かされながら、僕は毎日を過ごした。まさに、逃亡者の心境だったが、それは意外と、僕を楽しませた。

それまで僕は、〝自分〟というものが分からなかった。だから生きている実感もなく、自分はもしかしたら透明人間で、他人からは見えていないのかもしれない、などという思いに駆られ、子供ながらにひどい虚無感に襲われることもあった。しかし、「宝石を猫糞《ねこばば》した」という罪悪感と「捕まるかもしれない」という恐怖は、僕に色を塗り、僕のぼんやりしたシルエットに輪郭を描き、自分はこの世で唯一の存在であることを認識させたのだった。その認識はある種の興奮を伴い、僕の頬《ほお》を紅潮させ、胸にときめきを齎《もたら》した。しかし、その興奮は長続きしない質《たち》のものだった。だから僕は、興奮を呼び戻すために、ドウドウ滝に通った。その横の交番を横切るときこそが、僕の興奮を最大限に引き出すからだ。

しかし、半月が過ぎた頃、僕と同じ〝宝石〟を持ってきたクラスメイトがいた。彼は言った。ドウドウ滝で拾った〝プリズム〟だと。写真工場から間違って排出されたものだろうと。そして、プリズムの正体は、ガラスだと。

それを、クラスの隅で僕は聞いていた。僕に着けられた色は一気に褪《あ》せ、僕を縁取っていた輪郭も飛び散った。

それでも、僕の五感には、確かに〝興奮〟が刻み込まれた。酒を覚えた者がその酩酊《めいてい》感を忘れないように、煙草《タバコ》を覚えた者がその味をいつでも恋しがるように、僕は〝興奮〟の傷跡を撫《な》でては、それが今一度、生の感覚として蘇《よみがえ》るのを待っていた。

＋

十月の終わり、繁忙時間も過ぎた七時半。店の空いたテーブルで宿題を広げていると、ひとりの女の子が、引き戸を開けた。

同じクラスのミズキだ。

ミズキは、たびたび、出前の注文をしにやってきた。決まって、カツカレーライスふたつとオムライスひとつを注文する。しかし、その日はすでに卵が切れていて、オムライスは無理だと、父さんが厨房から声を上げた。

「じゃ……チキンライス」

ミズキは、小さな声で言うと、僕の視線を避けるように店を出た。

ミズキとは、クラスでもほとんど目を合わさない。あちらが僕を避けている。他の子とは割と分け隔てなくしゃべっているようだが、僕が近づくと、さあっといなくなる。

「たぶんそれは、あの子の家が、うちのお客さんだからだよ」

いつだったか、母さんがそんなことを言った。

お客さんなら、むしろ、堂々と僕のことを見下せばいいのに。「私はあんたのお得意さんなんだからね」と。実際、そういう傲慢《ごうまん》な態度をとる女子はいた。逆に、店の料理目当てで僕に媚《こび》を売るヤツもいた。

なのにミズキは、僕を徹底的に無視し、避けている。

「だから。自分んちの稼業を気にしているのよ、あの子は。たぶん、クラスであの子の家に行ったことあるの、あんただけでしょう？　だから、気まずいのよ」

確かに、僕は、ミズキの家に料理を何度か届けたことがある。

ミズキの家は、十二社池の向こう側にある。

十二社池は、僕の家からほんの数分、目と鼻の先にあるのだが、鬱蒼《うっそう》とした木々に囲まれたそこは異世界のようで、僕はなかなか立ち入ろうという気になれなかった。現に、昼間は捨てられた森のように生気がなく、まるで亡霊の棲《す》み処《か》のように見えない結界が張られていて、特に子供たちの侵入を強く拒絶していた。上質な魚が多いという噂を聞きつけ、網を担いでその中に入り込もうという果敢な子供も多かったが、その陰鬱な空気にやられ、早々に退散する。

が、西日が傾き、街灯に火が入る頃、その森は爛熟《らんじゅく》した正体を現す。

池に浮かぶ屋形船、揺れる提灯《ちょうちん》、池岸に立ち並ぶ料亭、三味線と鼓の音、そして、女の嬌声《きょうせい》。

「まあ、自分の家が花街にあるっていうのは、同級生にはあまり知られたくないだろうからね」

母さんは、言った。

「学校では、話題にしちゃダメだよ」

分かっているよ。……そんなこと。

でも、僕にはいまひとつ、分からなかった。どうして、大人たちはそれほどまでにそこに結界を張るのか。どうして、子供の目に触れさせないのか。

いったい、〝花街〟では何が行われているのか。

花街っていったって、特に変わったところはないのに。

だって、ミズキの家は古い構えだがごく普通だった。ただ、〝美好《みよし》〟という札がかけられていて、戸を開けると、白粉《おしろい》のいい匂《にお》いがした。何人かの女の人が暮らしているようで、出前は、彼女たちの注文だ。彼女たちは化粧しかけの顔で、長襦袢を引きずりながら、僕が持ってきた料理を無表情でとっていく。

そこが〝置屋〟だと知ったのは、ほんの一ヵ月前だ。母さんたちの会話で知った。そして、彼女たちが料亭に遊びに来たお客の呼び出しに応じて座敷に赴く芸者であることも、知った。

つまり、大人たちが遊興にふける場所、そこを〝花街〟というのらしい。

十二社の花街には、芸者衆がかなりいて、料亭もそれなりにあるらしかった。どれも大人たちの会話から漏れ聞いたことなので確かではないが、いずれにしても、十二社池は結構な大人の遊び場になっているということだった。

でも、きっとそれだけじゃない。あそこには、もっともっと秘密が隠されているような気がする。

僕がそんなことを思っていると、料理が出来上がった。随分と、早い。しかも、注文の品とは違う。オムライスが、三つ。

「あれ？　卵ないって」

「ああ、それ、違うお客さんの。あんた、持って行ってくれる？」

母さんの言葉に、僕は、少し、戸惑う。

「どこ？」

「十二社池の、鸚鵡楼って料亭」

「……どこ？」

「十二社池の南側にある高台の……美好さんの裏側よ。……ああ、今、地図、書いてあげるから。すぐ分かるわよ。しゃれた洋館だからさ。三階建ての」

「ミズキの家の出前は？」

「それは、私が持っていく」

そして、母さんはチラシの裏に、抽象画のような地図を書き殴り、僕に握らせた。そして、

「ツケはだめだからね。ちゃんと、お金をもらってきな」

鸚鵡楼は、すぐに分かった。母さんが言うように、しゃれた、三階建ての洋館だった。昔絵本で見た、お菓子の家のようだ。しかも、庭は広々として、色とりどりの花が咲いている。この界隈《かいわい》にはとても似合わない。

僕は、岡持ちを慎重に持ち直すと、息を整えた。

勝手口を見つけ、恐る恐るドアを開けると、

「イラッシャイ　イラッシャイ」と声をかけられた。

声の方向を見ると、そこには籠《かご》に入れられたオウム。体長五十センチほどの、白いオウムだ。頭の羽根が黄色い。

「アンタノ　オナマエ　ナンテェーノ」

いきなり飛び出したトニー谷の決まり文句に、僕は笑うより先に、岡持ちを落としそうになった。

「あら、早かったのね」

土間の奥から出てきたのは、顎《あご》がしゃくれたオカメ顔のおばさんだった。赤地に黄色い菊が描かれた派手な着物が、妙に似合っている。まるで漫才師のようだ。

オカメ顔のおばさんがポンポンと手をふたつ叩くと、今度は腰が大きく曲がったおばあさんが出てきた。おばあさんもまた、芸人が着るような配色のきつい着物を着ている。おばあさんの目は鋭く、さっさと岡持ちの中身を出せと、催促する。

僕は慌てて岡持ちを開けて、オムライスを三つ、取り出した。

すると、今度はおばあさんが手をポンポンとみっつ叩いた。どこからともなく、お揃《そろ》いの法被を着たおじいさんが二人やってきて、かっさらうようにオムライスを持っていく。

用事が済んだら、さっさとお帰り。オカメ顔のおばさんが、顎でそう命令した。

「あ、……全部で四百五十円になります……」

「ツケておいてちょうだい」

「あ、でも。……ツケはダメだって。お母さんが……」

僕は、わざと大袈裟《おおげさ》に、泣き出しそうな声で言った。前に、この声で、ツケをかわすことに成功したことがある。僕は追い打ちをかけた。

「お父さんに……殴られる」

「ったく」オカメおばさんは、舌打ちすると、瓢箪《ひょうたん》の根付《ねつけ》がついた財布を帯から引き抜いた。「子供をよこしたのは、そういうことかい」オカメおばさんは、もう一度舌打ちする。

しかし、おばさんが出したのは、一万円札だった。

そんな大金。……お釣りなんか、ない。僕は、母さんから預かった集金袋の中身を覗《のぞ》き込んだ。今度は演技ではなくて、本当に、泣き声になる。

「お釣りないんなら、ツケといて」

オカメおばさんが、勝ち誇ったように、顎をしゃくる。

「まあ、そんなに意地悪するなよ」

そう言いながら現れたのは、小太りの、背広姿のおじさんだった。子供の目から見ても、その背広の質の良さは分かる。が、どこか下卑た感じがした。その脂ぎった広いおでこのせいか。

「あらぁ、カネダさん」

オカメおばさんの声が、いきなり高くなる。

「でもぉ、カネダさぁん、一万円札しかないのよぉ」

「分かった、分かった」

おじさんは、ピカピカの革の財布から千円札を引き抜いた。これなら、お釣りはある。僕は、集金袋の中を探った。

「釣りはいいよ」

おじさんは言った。

「チップだ。とっておきなさい」

つまり、お釣りの五百五十円を僕にくれるというのだ。これだけあれば新作の映画が三回は見られる。僕の頭に、方南通りにある映画館の看板が過《よぎ》る。若大将シリーズの最新作だ。が、嬉《うれ》しい気持ちにも感謝する気持ちにもなれなかった。……むしろ、苦い感情が、込み上げてきた。

それでも、僕はにこりと笑い、「ありがとうございます」と、頭を下げた。

頭を上げようとしたとき、

「イラッシャイ　イラッシャイ」

と、再びオウムが鳴いた。

振り返ると、見覚えのある小さな顔が、驚いたようにこちらを見ている。

ミズキだった。

薄青色のワンピースを着た、ミズキがいた。髪には、ワンピースと同じ色の小さなリボン。その頬と唇が、やけに朱《あか》い。

声をかけてはいけない気がして、僕は、岡持ちを手にすると、早足で、そこを立ち去った。

そのとき、僕より拳《こぶし》一つ分背が高いミズキの肩が、僕の頬をかすめた。

白粉の匂いがした。

2

翌日、ミズキは学校に来なかった。

僕は、どこかほっとしていた。どういう感情からくる安堵《あんど》なのかは分からなかったが、ミズキと顔を合わせるのが、どことなくイヤだった。

その日は土曜日で、午後からはドウドウ滝で魚を捕まえる約束を級友たちとしていた。

約束をしたのはもっちん、カンカン、やっさんの三人で、どいつも日頃から僕にへつらってくる連中だ。目当ては、僕の家の、洋食だ。僕の両親は、僕が友人を店に連れてくると、大盤振る舞いをする傾向にあった。内気な息子が学校で孤立したり苛《いじ》められたりしないようにという、親心からだ。三人はそれに味を占め、土曜日となると、なんやかんや、僕と約束をしたがった。

しかし、悪い連中ではない。この三人は、給食だけが一日の栄養の補給源というような家庭環境にあった。だから、土曜日となると、その栄養分を他の場所で補わなくてはならない。そこで選ばれたのが僕だったのだが、たかるだけではなく、彼らはちゃんと代償を払ってくれた。宿題が面倒臭いと言えばそれを快く引き受け、早く帰りたいと言えば掃除の係を代わってくれた。

だからといって、僕は無理強いしたことはない。親分風を吹かせるような真似《まね》は好きではないし、なにより、本来、僕は一人でいるほうが好きなのだ。しかし、三人のほうから僕に近づいてきて、あれこれと僕の歓心を買うようなことばかりするのだ。それを無視すれば、彼らは腹を空《す》かせた犬のようにいつまでも、遠巻きに僕についてくる。そんなことをされるよりは、彼らの形だけの「ボス」になってしまったほうがいいと、僕のほうから折れた形だ。

犬といえば、その頃、熊野神社付近で、犬がよく目撃されていた。肉付きのいい赤犬で、首輪はしてなかったけれど、躾《しつけ》はちゃんとされていた。かつては人間に飼われ、しかし、捨てられた犬であることは間違いなかった。

僕たちは、その犬に「クマ」と名付けた。熊野神社がその由来だ。

クマは、大人たちの前には姿を現さなかった。大人に見つかれば、それは保健所行きを意味することを知っているかのようだった。とにかく賢い犬で、犬好きな子供だけを選んで、姿を現していた。

僕も、どうやらクマに選ばれたらしい。

その土曜日、父親が拵《こしら》えたナポリタンをたらふく食べたあと、ドウドウ滝に向かっていると、熊野神社の茂みから、ひょいとクマが現れた。

クマは、ぐぅるると喉《のど》を鳴らしながら、僕の足元に行儀よくちょこんと座った。

でも、僕には持ち合わせはなかった。

「なにも、ないよ」

言うと、クマは、くぅぅぅんと切なげに鳴いた。その濡《ぬ》れた目は、空腹を訴えている。

僕は、クマになにもないことを証明するかのように、ジャンパーのポケットに手を突っ込んだ。

「あ」

ポケットの奥に、何かが当たった。手を抜くと、油紙の包み。あのときの、五百五十円だ。

あの夜、チップの件を母さんに報告すると、母さんは、集金袋から硬貨を五百五十円分取り出し、それを油紙に包んで僕のポケットに入れてくれた。

「あんたにってくれたんだから、とっておきなさい。でも、父さんには内緒だからね」

よし。

僕は、三人を振り返った。

「映画を観《み》に行こう」

「え?」三人が、期待と疑いの入り混じった顔で、僕を見る。

「だから、映画だよ」

僕は、方南通りの方向を指さした。あの通りに、映画館がある。

「若大将、観よう」

「若大将！」

三人の顔が、ぱぁっと輝く。

「クマ、待ってろよ。映画を観終わったら、ポップコーンを持ってきてやるからな」

しかし、そのとき僕たちが観たのは、白黒のヨーロッパ映画だった。『灰とダイヤモンド』という映画だったと思う。

『若大将』がかかっている映画館は満員で、しかも、五十円、お金が足りなかった。それで仕方なく、隣の名画座に入るはめになった。まあ、映画なら、なんでもおもしろいだろう……と思って入ったのだが、大間違いだった。字幕を追うのも難儀だった上、映像がとにかく地味で、内容も難しく、まず、カンカンが舟を漕《こ》ぎ出した。引き続き、もっちん、やっさんの順で、寝息が聞こえてきた。

でも僕は、寝ては負けだとばかりに目をこじ開けて、それを最後まで見届けた。

「おもしろかったよね」

映画館を出ると、もっちんが、心にもないことを言った。他の二人も、

「うん、味があった」「考えさせられた」

などと、僕を気遣ってか、言葉を絞り出す。

しかし、彼らの興味はいまだ隣の映画館で、未練たらたら、若大将の立て看板を見つめる。

僕たちはポップコーンを分け合いながら、しばらくはおしゃべりを続けた。

「大学生っていいな」

　ポップコーンの袋を持つ係のもっちんが、若大将のチラシを見ながら、うっとりと言った。

「おれ、絶対、大学に行く」

「大学になんか、行くかよ」そう水を差したのは、カンカン。「オレは、中学を卒業したら、働く。そして、金を貯《た》めて、ビルを建てるんだ」

「そうだよな。大学生なんて、遊んでばかりだもんな。行っても仕方ないよ」やっさんが、強がる。「俺は、大学になんか行かなくても、社長になるんだ」

「こうちゃんは?」もっちんが、僕のほうを見た。僕は、当時、〝こうちゃん〟と呼ばれていた。

「おれは――」

　すぐには答えられなかった。僕は、〝未来〟にはあまり興味がなかった。考えてみたことはあるが、工場の煙突が吐き出すスモッグのような靄《もや》が見えるばかりで、なにひとつ楽しいことは見当たらなかった。

　僕が黙っていると、

「こうちゃんは、きっと、俳優か歌手になるよ」

と、もっちんが言った。

「だって、こうちゃん、ハンサムだし、歌もうまいしさ」

「そうだ、そうだ。こうちゃんは、きっと、スターになるよ」カンカンまで、僕に胡麻《ごま》をする。

「東宝のニューフェイスに応募しなよ」そして、やっさんが、無責任にどんどん風呂敷を広げていく。

「あ」

やっさんが、声を上げた。「ミズキだ」

見ると、『若大将』のかかっている映画館から、ワンピースを着たミズキが出てきた。隣には、小太りのハゲおじさん。……鸚鵡楼にいた、あのおじさんだ。そして、今日、僕たちに映画を観る機会を与えてくれた張本人だ。

「ミズキのやつ、ズル休みじゃん」もっちんが呟《つぶや》く。「隣のおじさんは、お父さんかな?」

違うよ。僕が言おうとしたら、

「違う」と、カンカンが、僕の陰に体を隠した。

「あのおじさん、知っている人?」

ミズキとおじさんの姿が見えなくなると、僕はカンカンに訊《き》いた。

「……父ちゃんの、知り合いだよ」

「じゃ、なんで、隠れるんだよ。挨拶《あいさつ》、すればいいじゃないか」

「嫌いなんだよ、あのおじさん。父ちゃんも嫌っている」

「でも、お父さんの知り合いなんだろう?」

「昔はね。一緒に苦労したって。でも、今は悪いことばっかりして金を稼いでいる〝亡者《もうじゃ》〟だって、父ちゃんが言ってた」

「悪いこと?」

「人を騙《だま》したり、脅したり、人のものを盗んだり」

「それ、犯罪じゃないか」

「そう。でも、あの人はうまくやっているから捕まらないんだって、父ちゃんが言ってた。本当にイヤなやつだよ。正真正銘の悪党」

でも、その悪党のおかげで、今日、僕たちは映画を観ることができた。まあ、楽しんだかどうかは別として。そして、このポップコーンも。

……あ。

見ると、もっちんに託していたポップコーンの中身が、ほとんどなくなっている。もっちんとやっさんが、僕たちがしゃべっている隙《すき》に、食べつくそうとしている。

「ダメだよ、クマの分、とっておかなくちゃ」


しかし、クマの姿は見えなかった。熊野神社、ドウドウ滝、写真工場の敷地まで行ってみたが、どんなに探しても、見つからない。

西日はいつの間にか夕日になり、ガスタンクを茜色《あかね》に染めている。冷たい風が落ち葉を舞い上がらせ、僕たちを心細くさせる。

「もう、帰らなくちゃ」

誰かが、ぽつりと言った。

ぼやぼやしていたら、この一帯は、あっという間に夕闇に飲み込まれる。

僕は、袋に残ったポップコーンを、ドウドウ滝の脇に盛ってみた。クマがこの匂いを嗅《か》ぎつけて、食べに来ることを祈りながら。

でも、予感があった。それは、不安と痛みが綯交《ないま》ぜになった、僕の力ではどうにもならない予感だった。

その夜。寝入り端《ばな》、僕はクマの鳴き声を聞いた。

その鳴き声は、この世の別れにも、そして絶望から逃れようとする最後のあがきにも、聞こえた。

3

翌日の日曜日。

この日、僕がどうやって一日を過ごしたのかは、今となってはよく思い出せない。

いや、違う。ひとつひとつのシーンは、鮮明なのだ。ただ、その時系列が不明確で、また、記憶なのか夢なのかそれとも頭の中だけの出来事なのかよく分からないシーンも混ざっていて、僕はこの日を思い出そうとすると、必ずある種の発作に襲われる。

ただ、ふたつだけ、確かなことがある。

ひとつめは、その前日。ドウドウ滝の脇にクマのために盛っておいたポップコーンが、そのまま残っていたこと。

ふたつめは、十二社池の置屋〝美好〟から、出前の注文があったこと。

ただし、その日の使いは、ミズキではなかった。美好の使用人らしき、おばあさんだった。そのときの注文は、いつものオムライスとカツカレーライスと、そしてエビフライだった。

出前には、僕が行った。

夜の七時を過ぎた頃だったと思う。

真冬のように寒い夜だった。僕は、母さんが編んでくれたマフラーを首に巻き付け、美好に向かった。でも、手袋を忘れた。

美好に着く頃には僕の手は氷のように悴《かじか》み、それでもなんとか引き戸を開け、岡持ちを玄関先まで運んだ。さきほどのおばあさんが、そこに置いて行ってと、早口で言う。

しかし、岡持ちの取っ手から、なかなか手が離れない。難儀していると、長襦袢にどてらを羽織った女の人が階段から降りてきた。小桃《こもも》と呼ばれる姐《ねえ》さんだ。小桃という可愛《かわい》らしい名前とは裏腹の、年季の入った芸者だった。化粧で誤魔化してはいるが、相当に皺《しわ》が深い。そのせいかいつでもお茶を挽《ひ》き、僕が知る限りは、稼ぎ時でも置屋にいた。僕が届けるオムライスは、大概はこの人の注文だ。カツカレーライスはここの経営者で〝お母さん〟と呼ばれる人の注文らしいが、僕は会ったことはない。

「あら、洋食屋のボク、いらっしゃい」

小桃姐さんが、僕を見つけた。

僕は、この人が苦手だった。〝ボク〟と呼ばれると、無性にイライラする。それだけじゃない。

「毛、生えた？」

と、必ず、訊く。

そして、僕の股間《こかん》をさぁっと撫でる。

「ねえ、ボク。オムライス、あたしの部屋まで、持ってきてくれる？」

「え、でも」僕は、おばあさんのほうを見た。

「この人、神経痛が出て。階段、上れないのよ。だから、お願い」

＋

小桃姐さんの部屋は、階段を上ってすぐの部屋だった。四畳半ぐらいだろうか。しかし、広く感じた。箪笥《たんす》と小さな座卓、そして火鉢がある以外、余計な物はない。

座卓の上には、双眼鏡が置いてあった。僕はその隣に、オムライスを置いた。

窓から、鸚鵡楼が見える。

どうやら、ここは、鸚鵡楼の真裏らしい。一階のベランダと二階の様子がよく見えた。二階には、部屋が五つ。それぞれしゃれた窓がついている。が、人はいないのか、どれも真っ暗だ。

「冷たい手」

小桃姐さんが、唐突に僕の手に触れてきた。

「あたしが、温めてあげる」

そして、僕の手に息を吐きかけた。

いやな臭いがした。煙草と残飯の臭いだ。事実、姐さんの歯はボロボロで、そのほとんどが不健康な褐色だった。

なのに、僕は、手を引っ込めることができなかった。姐さんの体に押される形で、僕は畳に腰を落とした。姐さんの息が、今度は唇に吐き掛けられる。僕は、どうしていいか分からず、とりあえず呼吸を止めた。そして、きゅっと目を瞑《つぶ》る。

しばらくそうしていると、息が、僕から離れた。僕は、はぁぁと大きく深呼吸した。

姐さんの興味は、窓の外に移ったようだった。

見ると、窓の一つに、灯《あか》りが点《つ》いている。

人影も見える。小太りの、ハゲ頭。

チップのおじさんだ。

「ボク、あの人、知っているの?」

「以前、チップをもらいました」

「そう。あのケチおやじが。坊や、美少年だから、気に入られたんだね」

美少年と言われて、僕は頬を熱くした。嬉しいからじゃなくて、嫌悪からだ。

「坊や、気を付けな。あのおやじは、根っからの悪党だよ」

カンカンと同じことを言う。いったい、あのおじさんは、なにをしている人なんだろうか。

「大久保で、バーとパチンコ店をやっている。でも、それは表向き。裏では、金貸しもやっている。高利貸しだよ。あいつに泣かされている人は多い。……あ」

人影が、もうひとつ増えた。子供だ。ワンピースを着た、女の子だ。

……ミズキだった。

「あの子の母親はね、この置屋にいた芸者で、でも、あの子を置いて、男と逃げちゃったんだよ。ここのお母さんが不憫《ふびん》に思って、ここに置いてやっているの」

小桃姐さんは、座卓の上の双眼鏡を手にした。

「あの子の母親は、あのケチおやじに、沢山お金を借りててね。……だから、仕方ないんだよ」

おじさんが、ミズキのワンピースを脱がしていく。

見ては、いけない。そう思いながらも、僕は、目が離せないでいた。腹の下の辺りが、どくどくと痛い。

僕は、少しだけ、前屈《まえかが》みになった。

「あのエロ男は、大人の女には興味ないのよ。ああやって、初潮もまだきていないような女の子ばかり、相手にしている。まさに、変態だね」

言いながら、姐さんは、双眼鏡を目に当てた。

「でも、だからって、うちのお母さんもひどいと思うよ。あんな年端もいかない子を働かせて。

あたしだって、水揚げは十四のときだった。それに、昔と違って今は、そういうことに煩《うるさ》いからね、警察にバレたら、ヤバいのよ。だから、こうやって監視しているの。最後までいったら、警察呼ぶよって、脅してあるのよ」

じゃ、こうやって覗いていることは、あちらには……。

「了承済みなんだよ。というより、あちらの要望。見られているほうが好きなんだってさ」

窓の向こうで、今からいったい何が行われようとしているのか、だいたいの想像はついた。が、それは間違いであってほしい、いや、絶対に間違いだ。僕は自分にそう言い聞かせ、腰を浮かせた。が、下腹の奥のほうが鈍く痺《しび》れ、うまく力が入らない。なにか、いやな感じがした。

……そこが、自分の意思とはまったく関係なしに、まるで別の生き物のように熱を帯び、そして薄気味悪く蠢《うごめ》いている。

「あたし、ちょっとおしっこしてくる」

小桃姐さんは、そう言うと、双眼鏡を僕の膝《ひざ》に置いて、部屋を出ていった。

この双眼鏡を払いのけ、僕はただちにここから去るべきだ。

しかし、僕の手は双眼鏡を掴《つか》むと、それを、目に当てた。

双眼鏡の中で、ミズキが、大写しになる。

僕は、慌てて、双眼鏡から目を剝《は》がす。

やっぱり、ダメだ。一刻も早く、ここを出なくちゃ。でも、僕の腰はじんじんと痺れて動かない。無理に動かそうとすれば、なにかとんでもない事態になりそうな予感がする。

僕は、双眼鏡を握りしめた。これはどこから来る好奇心なのか。どんな類《たぐい》の衝動なのか。分からないまま、僕は、再び双眼鏡を覗き込む。

ミズキのシュミーズが、剝がされた。膨らみかけた乳房が、露《あら》わになる。

僕の腰の奥が、ずんと重くなる。呼吸まで、乱れてきた。いけない、いけない、このままでは、いけない。でも、僕はその場から立ち去ることも、双眼鏡を放《ほう》り投げることもできずに、窓の向こう側で行われている場面を目撃し続けた。

おじさんが、ミズキの乳房にかぶりつく。

そして、パンツが脱がされ、ミズキはとうとう丸裸になった。

おじさんは、ミズキを折敷《おりしき》の姿勢で座らせると、その足をゆっくりと開いた。ミズキの、そこが、露わになる。……きれいな、薄紅色だ。

おじさんの指が、ミズキのそこをじらすように、いたぶる。その指が、徐々に、濡れていく。

僕の指がいつのまにか、おじさんの指の動きを真似る。

それに応じるかのように、ミズキは、見たことのないような表情で、苦しそうに喘《あえ》いでいる。

「あらら、あの子、すっかり気持ちよくなっちゃって」

いきなりの声に、僕の体が大きく跳ねた。双眼鏡が、手から滑り落ちる。

「はじめは、いやがっていたのに、いまじゃ、あんな顔して喜んでいる。……あら？」

小桃姐さんが、僕の下腹あたりを覗き込んだ。

「ね、ボク、あたしの、おっぱい、見てみたい？」

僕は、首を大きく横に振った。

「恥ずかしがらないで。ほら、触ってごらんよ、ほら」

姐さんの手に引っ張られる形で、僕は姐さんの胸に手を忍ばせる。

もう、僕は、限界が来ていた。

「我慢しちゃいけないのよ。これは、自然なことなんだから、出しちゃいなさい」

姐さんが、僕のズボンのチャックを一気に開ける。

「いやだ、毛、うっすら生えているじゃないの。……あらら、こんなになっちゃって。なんだか、あたしも我慢できなくなっちゃった。……ね、あたしのここに、いれてみない？」

姐さんは、腰巻ごと長襦袢をたくし上げると、僕の目の前で、大きく足を広げた。

「ね、あたしのここに、いれてみてよ。ボクのそれを」

姐さんが、僕の手を引っ張る。僕は抗《あらが》った。実際、気持ち悪くてたまらなかった。姐さんのそこは、ミズキとはまるで違って、生々しかった。腐った果物のようだった。なにか嫌な臭いもした。そんなところに、触りたくない。見てもいたくない。

でも、双眼鏡の中のミズキの顔が浮かんできて、僕は、どうしても姐さんの手を払うことができなかった。

それに、もう、我慢ができなかった。

僕は、姐さんにされるがまま、仰向《あおむ》けになった。姐さんの体が、僕に覆いかぶさる。

座卓に放置されたままのオムライスが、すっかり乾いている。

そして、エビフライ。

エビフライは、ミズキの好物だ。いつかの作文に、書いてあった気がする。

そんなことを思い出しながら、僕は、すぐそこまで近づいてくる皺々《しわしわ》の顔を見つめた。


その夜、僕は夢を見た。

ミズキのあそこをまさぐる、指。ぬるぬると、濡れている。それは、僕の指だった。

僕はその指で、散々に、ミズキを痛めつける。泣き叫ぶ、ミズキ。でも、僕はやめない。僕は、指を奥まで、深く深く、突き刺す。

僕は、ミズキの歪《ゆが》んだ顔を見下ろしながら、体に溜《た》め込んだ興奮を一気に吐き出す。

泣きじゃくるミズキ。

これだ。僕が待っていたのは、この興奮だ。この興奮こそが、僕の細胞を漲《みなぎ》らせ、胸をときめかせ、僕を生かす。

もっと、もっと、ときめきを。

そして、僕は、その口を塞《ふさ》いだ。

4

クマの死体が見つかったのは、いつだったろうか。

いずれにしても、朝だった。寒い、寒い朝。

学校に行く途中、熊野神社の前のごみ置き場の前で、近所のおばさんたちが箒《ほうき》片手に、立ち話をしていた。

「犬の首が、捨てられていたって」

「じゃ、体は？」

「見つかってないみたいよ」

「ひどいこと、する人もいるわね」

僕が横切ると、おばさんたちの会話が、わざとらしく止まる。

僕は、早足で、そこを横切った。


その夜、僕は夢を見た。

クマの首が、僕を見下ろしている。そして、牙《きば》をむき、僕を威嚇《いかく》している。

クマは、きっと、僕を軽蔑《けいべつ》しているんだろう。こんな僕を。

だって、僕はあれから、毎日のように小桃姐さんの部屋に上がり込んでは、姐さんの誘いに応じている。いや、僕のほうから、それをねだっている。

でも、僕は、姐さんのことが嫌いだった。憎んでいた。いっそ、殺してやりたかった。僕をこんなみじめな存在にしやがって。僕を、こんな卑しい人間に貶《おとし》めやがって。

これじゃ、あの悪党と同じだ。

窓向こうの鸚鵡楼。そこでは、あの悪党が、ミズキを犯していた。僕は、その様子を思いながら、悪党と一緒に、ミズキを穢《けが》していく。

穢されていくミズキを思うとき、僕は生きている実感に溢《あふ》れた。自分という存在がかけがえのない輝きに思えた。それが〝快感〟だということを知るのはもっと先のことだが、そのときは、ただひたすら、ミズキを穢してしまいたかった。

もっともっと、穢してしまいたい。

いっそ、殺してしまいたい。

僕は、姐さんの肌に食い込む指に力を込めた。

+

鸚鵡楼で死体が見つかったのは、いつだったろうか。

いずれにしても、朝だった。その日も、寒い、寒い、朝だった。

その朝、十二社池の付近は、大変な騒ぎだった。パトカーが何台も止まり、やじ馬がごった返している。

いつもは退屈そうに突っ立っているだけの交番の警官が、顔を真っ赤にして、白い息をはぁはぁ吐き出して、右に左に、忙しく動き回っている。

熊野神社の前のごみ置き場の前では、おばさんたちが、いつものように立ち話をしていた。

「三人、死んでいたそうよ」

「三人も！」

「犯人は？」

「さあ――」

僕が横切ると、おばさんたちの会話が、わざとらしく止まる。

僕は、早足で、そこを横切った。


その夜、僕は夢を見た。

いつか観た映画の、ラストシーン。

銃に撃たれた男が、荒野のようなゴミ溜めの中、蛆虫《うじむし》のようにのたうちまわっている。

違う。ここはゴミ溜めではない。浄水場だ。

僕は、いつのまにかガスタンクの上にいた。

浄水場の上を、水鳥が急《せ》かされるように飛んでいく。

夕闇が近い。

浄水場の向こう側、新宿駅あたりに、ぽつりぽつり、灯りが点《とも》る。

いつだったか、学校の先生が言っていた。

この浄水場もあと数年でなくなり、ここには超高層ビルが、いくつも建つのだと。西新宿は生まれ変わるのだと。

先生はこうも言った。

未来は、明るいと。

しかし、僕の胸には、排気ガスのような黒い霧が立ち込めるばかりだ。それは、日に日に、ひどくなる。

ある日、もっちんは言った。

「こうちゃんは、将来は、何になるの？」

今だったら、僕は答えられる。


僕は、きっと、犯罪者になるだろう。


より大きな興奮を求めて、次々と獲物を見つけ、そして罪を犯すのだ。

そして、ついには、蛆虫のように、ゴミの中で死んでいくのだ。

きっと、それが僕という人間のあり方だ。
誰にも止められない。

二章　一九九一年　テレゴニー

5

〈主文〉

被告人、河上航一《かわかみこういち》を懲役七年に処する。

未決勾留《こうりゅう》日数中一五〇日をその刑に算入する。

〈理由〉

被告人は、

第一　A（当時七歳）が一三歳未満であることを知りながら、東京都練馬区所在のa方に侵入し、同所においてAに自己の陰茎を口淫《こういん》させ、さらに姦淫《かんいん》し、その際、同女に処女膜裂傷の傷害を負わせ、

第二　B（当時一一歳）が一三歳未満であることを知りながら、東京都中野区所在のb方に侵入し、同所において、Bをソファー上に仰向けに押し倒し、その陰部に手指を挿入したところ同女が大声をあげて暴れ出したため、同女の上に馬乗りになって、その頸部《けいぶ》を両手で絞め、同女を殺害しようとしたが、同女の家族が帰宅することを恐れて逃走したため、その目的を遂げず、その際、前記暴行により、同女に対し全治約八週間を要する性器出血、内臓破裂、両眼

結膜下出血の傷害を負わせ、
第三　C（当時一〇歳）が一三歳未満であることを知りながら、東京都大田区所在のc方に侵入し、同所において、Cに対し「下着を脱げ」などと脅迫を加えて、同女を全裸にし、強いて同女を姦淫し、その際、同女に処女膜裂傷、内臓破裂の傷害を負わせるとともに、前記姦淫行為に起因する重大な精神的ストレスにより、全治不明の心的外傷後ストレス障害の傷害を負わせ、
第四　帰宅途中のD（当時九歳）を認めるや、Dが一三歳未満であることを知りながら、強いて同女を姦淫しようと企て、東京都中野区の路上にて、同女のティーシャツをまくり上げ、その両乳房を両手の手指でもてあそび、顔をなめるなどの行為をしたあとに、強いて同女を姦淫し、その際、同女に処女膜裂傷の傷害を負わせたものである。

被告人は、日常的に、幼い女児に対して強い性的関心を示しており、また、相手が女児であれば抵抗されにくく、妊娠の可能性もないので犯行が発覚しにくいことも理由として女児を狙《ねら》い、その動機は誠に身勝手で、抗うべき力を持たない七歳から一一歳の非力な女児に対して、暴行や脅迫を加え、着衣を脱がせ、その乳房や陰部を触り、陰茎を押し当てるなどしており、その犯行は戦慄《せんりつ》すべきおぞましいものであり、凶悪さと執拗《しつよう》さが際立っている。
しかしながら、他方、被告人のために酌むべき事情に目を転じ、本件の情状を更に検討し、諸事情を総合考慮の上、被告人に対しては主文の刑に処するのが相当であると判断した。

よって、主文のとおり判決する。

懲役七年。

6

なにをしているの？　それは、なに？

お人形。ミエちゃんに貸してもらった。プリンセスジェニーっていうんだって。

プリンセス？　お姫様なの？

そう、お姫様。社交界にデビューするんだよ。

まあ、そうなの。素敵なクリノリンスタイルのドレスね。フリルがたくさんで、とても贅沢《ぜいたく》。

ティアラもきれいだわ。

ドレスの下がどうなっているか、見たい？

ドレスの下？　ううん、見なくても大丈夫よ。

見せてあげるよ。

だから、いいわ。

ほら、見てよ。ちゃんと、下着をつけてるんだぜ？　生意気だろう？　人形のくせにさ。

やめて。そんな言い方、しないで。

下着を脱がせたら、どうなっていると思う？

やめて、本当に、やめて。

まずは、キャミソールから脱がせてみよう。

やめて、やめなさい！

見ろよ。人形のくせにさ、ちゃんとおっぱいもあるんだぜ。

もう、本当に……やめて。

パンツの下は、どうなっていると思う？

やめて、やめなさい！

やめて！

やめて、駿《しゅん》！

＋

膝が、がくっと落ちた。

その反動で、眠り目《スリーピーアイ》の人形のように、瞼《まぶた》がぱちりと開く。

「どうかしました？」

鏡越しに、美容師が声をかける。彼女は、手にしたドライヤーのスイッチを、いったん止めた。

蜂塚沙保里《はちづかさおり》は、瞬時に笑みを浮かべた。

「ええ、ちょっと、眠ってしまったみたい」

「お疲れなんですよ」

美容師は、ドライヤーのスイッチを入れると、笑みを返す。「ご活躍ですものね」

そんなこと、ないわよ。言葉を浮かべてみたが、口にはしなかった。口にしたら、「またたご謙遜《けんそん》を」「先生のお名前を見ない日はないですよ」などというおべっかを無遠慮にぶつけられるだけだ。一時間ほど前にふらりと寄ったブティックのマヌカンがまさにそうだった。彼女のおべっかを止めたくて、余計なものまで買ってしまった。

称賛されることには、まだ慣れていない。はじめはただただ嬉しかったが、今はそれほど単純なことではないと感じている。

称賛に浮かされていると、足元を掬《すく》われる。そんな警告をしてくれたのは、誰だっただろう。その警告だって、ただの親切ではないことは、百も承知している。

そう、世の中を、そう簡単に信じてはいけない。

いやだ、いやだ。いつのまに、こんな捻《ひね》くれた思考になってしまったのだろう。沙保里は、鏡の中の自分を見つめた。

なんて、やつれているの。とても、三十一歳には見えない。この目の下のクマはなに？　頬には染みが増えている。口角は下がり、顎にもしまりがない。というか、これ、誰？　こんな顔、知らない。誰？　誰？　いやだ、こっちに来ないで、来ないで！

膝が、がくっと落ちる。

「本当に、大丈夫ですか？　今日は、お止《や》めになりますか？」

ドライヤーを下ろすと、美容師は戸惑い気味に、鏡越しに顔を覗き込んだ。

「ううん、大丈夫」

沙保里は、軽く頭を振った。「これから、取材があるの。だから、ちゃんと綺麗《きれい》にしてもらわなくちゃ」

「これから取材ですか？」美容師は、ドライヤーを下ろしたまま、沙保里の顔をまじまじと見つめる。

沙保里は、その視線を避けるように、または作業の再開を促すように、大袈裟に笑みを作ると、自ら話題を振った。

「子供が四歳で、年中さんでしょう？　ウィークデーは幼稚園の送り迎えとママたちとのお付き合い、そして子供のお稽古事《けいこごと》で、ほぼ半日つぶれちゃって。日曜日の今日ぐらいしか、自分の時間を作れないのよ。だから、用事はなるべく一日で済ませたいの」

「なるほど、そうですか」

美容師は、ようやくドライヤーのスイッチを入れた。その熱風が、髪をふわりと舞い上がらせる。彼女の腕は確かだ。あと十五分もすれば、リクエスト通りのウェービースタイルに仕上げてくれるだろう。しかし、少々、好奇心が過ぎるところがある。

「で、今日、お子さんは？　旦那様が？」

「ううん。夫は、接待ゴルフ。朝の五時から出かけて、帰りは……今日もきっと遅いわね」

「じゃ……」

「息子は、義妹が……みてくれているわ。夫の妹なの。近くに住んでいるから、助かるの」沙保里は、言葉を選びながら、応《こた》えた。

「つまり、小姑《こじゅうと》さん？」

「小姑なんて、かわいそうだわ。まだ、二十二歳よ」

「でも、小姑は小姑ですよ。いろいろと、気を遣いません？　近くに住んでいるなら、なおさら。私の友人なんかは、お姑さんより面倒くさいって」

「そんなこと、ないわ。子守も、率先してやってくれるの。もっとも、小遣い稼ぎの一環なのよ。いいアルバイトになるって。それに、息子もあの子には懐いているし」

「そうですか」

ようやく、話が途切れる。沙保里はほっと肩の力を抜いた。美容師との会話は、気が抜けない。こんな半分拘束された状態で、次々と質問されると、余計なことまでしゃべってしまいそうだ。実際、今までにも、この人には結構、口を滑らせてしまった。

「そういえば」しかし美容師は、再び、口を開いた。「先日、テレビで見たんですけれど、最近は、幼児教室というのが流行《はや》っているようですね」

「ええ、まあ」

「あ、もしかして、お子さんも、受験を？」

「ええ、まあ」

沙保里は、わざと言葉を濁した。このまま話し続けたら、どこまでも詮索《せんさく》されそうだ。もうおしゃべりはおしまいとばかりに、鏡の前に置かれたファッション誌の一冊を引き寄せる。

あ、この号は。

鏡を見ると、美容師がにやにやと、こちらを窺《うかが》っている。その唇は「読みましたよ」と言っている。

ファッション誌を開くと、ご丁寧にそのページに折り目がついていた。美容師が、相変わらず、にやにやとこちらに注目している。その唇は、何かを言いたげだ。

「四ヵ月目に入ったところですって」

美容師の視線に耐えきれなくて、沙保里は再び自分から話題を振った。「先週、病院に行って来たの」

「そうですか！　おめでとうございます」美容師は、ドライヤーの熱風を不躾《ぶしつけ》に振りまきながら言った。「その雑誌に載っていたコラムを読んで、気になっていたんですよ。妊娠したかもしれない、妊娠検査薬を買ってこよう……ってところで終わっていたので」

沙保里は、折り目に従って、そのページを開いてみた。自分が先月書いたエッセイだ。

――忙しさにかまけていて、つい、忘れていた。そういえば、生理が来ていない。そもそも生理不順ではあったけれど、さすがに、三ヵ月もないっていうことはいままでなかった。いや、前に一度。息子を妊娠したときだ。……ああ、そうか。私、妊娠したのかも。妊娠検査薬、買ってこなくちゃ。

このエッセイには嘘《うそ》がある。この時点で、すでに妊娠は分かっていた。妊娠四週目に入ったところで主治医がいる病院に行って、その告知を受けた。生理不順なんていうのも嘘。妊娠検査薬というワードを引き出すための方便だ。そう、このエッセイは、某社の妊娠検査薬の広告記事に他《ほか》ならない。

沙保里は、ページを捲《めく》った。ページの端に、こっそりと、妊娠検査薬の広告が載っている。前のページで「妊娠検査薬」というワードに触れ、そしてページを捲ったところで自然とその広告が目に入る仕組みだ。エッセイの原稿料じたいは八万円、しかし、〝妊娠検査薬〟というワードには、三十万円が支払われるのだという。先週、入金案内の書類が届いていたから、来週には口座に入金されるはずだ。

四百字詰め原稿用紙十枚を埋めただけで、三十八万円。この手のエッセイは今回がはじめてだ。正直、抵抗もある。それまでもブランド名や店名など固有名詞を出してきてはいたが、それらは純粋に、自分が出したいから出しただけだった。が、今回は違う。いわゆるタイアップだ。これからは積極的にこういう仕事も引き受けなくてはならないだろう。なにしろ、子供が二人になる。

ドライヤーの熱風が止まった。

「さあ、終わりましたよ」

美容師が、整髪スプレーを振りかけながら、いかにも満足気に笑った。会心の仕事をしたときに出る笑みだ。その笑みに間違いはなく、沙保里は、鏡の中の自身の姿に、思わず声を上げた。

「まあ、素敵。まるで、トレンディドラマの女優さん」

「先生がおきれいだからですよ」

美容師が、沙保里に巻き付けられたケープを解きながら、念押しとばかりに言った。「こんな綺麗なママは、そうそういませんよ。本当に素敵です」

「また、そんな」

「取材は、どちらで?」

「この近くのオープンカフェで。でも、雨が心配」

しかし、雨は止んでいた。

「よかったですね。陽《ひ》も出てきましたし」エントランスまで見送りに来た美容師が、沙保里の肩についた髪の毛を毛払いで払いながら言った。

「でも、蒸すわね」

「今年も、残暑がきついですね」

「本当に。もう九月八日なのに」

＋

プラタナスの濁った緑が、西日に照らされている。沙保里は、目を細めた。

「エッセイストになった経緯をお教えください」

南青山のオープンカフェ、〝山田《やまだ》〟と名乗る無表情のライターが、早速質問をはじめた。顔色の悪い男だ。その無精髭《ひげ》が、ますます健康を遠ざけているように見える。

「きっかけですか？」

もう何度、その質問に答えたか。うんざりしながらも、沙保里はアイスティーで唇を湿らすと、応えた。

「子供ができて、それまでの仕事を辞めなくてはいけなくて。それで、副業で書いていたエッセイが、いつのまにか本業になっていたんです」

「それまでのお仕事とは？」

なんなのかしら、この人。そんな下調べもしていないの？　そんな不信感が伝わったのか、ライターの隣に座っていた若い編集者が、慌てて、大学ノートを取り出した。ノートには、沙保里に関する情報がびっしりと書かれ、切り抜きもベタベタと貼《は》り付けてある。たぶん、彼がまとめたものだろう。学生にも見えるこの若い男も、顔色が悪い。沙保里はテーブルの隅に並べた名刺を確認した。〝大倉悟志《おおくらさとし》〟。特に肩書はない。

「……えーと、大手電機メーカーのＯＬさんだったんですよね？」ライターは、大学ノートの文字を、汗ばんだ指で追った。

「はい。本社の広告室で働いておりました」

「そうですか」

ライターは小さく頷《うなず》くと、用紙の文字を指で追いながら、「えーと。蜂塚先生は……」。しかし、指を止めると、彼は沙保里の顔をちらりと見た。その髭が、もごもごと蠢《うごめ》いている。

「なんでしょう？　なんでも質問してください」

「ええ、そうですね」ライターは籠《こも》った咳払《せきばら》いを二、三繰り返すと、言った。

「蜂塚先生は、とある大物俳優の娘さんだと……」

「ええ。私は妾《めかけ》の子供です。母が、湯河原で芸者をしておりまして。でも、ちゃんと認知はしてもらっていますので、別に、隠すことではありません。エッセイでも、そのことについては触れていますし。ただ、父の名前だけは、伏せておいていただけると助かります。すでに故人ですが、本妻さんたちにご迷惑がかかるといけないので」

「では、……Ｍ氏でいいでしょうか？」

「ええ、Ｍで構いません」

しかし、ライターは父親についても出自についても、特に興味はなさそうだった。大学ノートのページをぺらりと捲ると、言った。

「えーと、確か、旦那様はテレビ関係の――」

「はい。制作プロダクションの営業です。お仕事で何度か会っているうちに――」

「妊娠された？」

ライターは、用紙に視線を落としたまま、考えなしに言った。まさにその通りだったが、いや、その通りだからこそ、沙保里の顔が強張《こわば》る。

「え？」ライターが視線を上げる。その雰囲気を瞬時に読み取ったのか、彼は、咄嗟《とっさ》に話題を変えた。

「えーと。結婚されたあとも、出産まではお仕事を続けられていたとか」

「はい。私がメインで受け持っていた仕事もございましたので、いきなり寿退社というわけにはいかなかったんです」

「なるほど。今どきの〝キャリアウーマン〟ってやつですね。その辺の責任ある姿勢が、エッセイにも反映されていて、そこが、先生の人気の秘密ってわけですか」

ライターは、自己完結気味に、そう結論付けた。

「それで、お子様が誕生されて、正式にお仕事を辞められた？」

「職場に復帰する予定だったのですが、子供が未熟児で生まれましたので、なかなか目を離すことができなくて。それで、子育てに専念するしかなかったんです」

「その辺の葛藤《かっとう》も、エッセイに反映されていますね。それが、子供を持つワーキングウーマンたちの共感を得ていると」

　ライターは、ノートに文字を書き殴りながら、ひとり、頷いた。彼の頭の中には、もう記事はある程度出来上がっているのだ。今日のインタビューは形式に過ぎないのだ。こういう〝形式〟にはもう慣れた。次から次へと雑誌が創刊される今、ライターたちの仕事は分刻みだ。じっくり膝を交えて話を訊く、なんていうことはほとんどない。この人も、時計ばかり気にしている。きっと、次の仕事が控えているのだ。

「で、話は戻りますが、エッセイを書く直接のきっかけは?」

「電機メーカーに在職時、社内報にエッセイを寄稿したのがきっかけです。そのエッセイが、女性誌に転載されて。運よく読者の好評をいただきまして、そのまま連載することになりました」

「なるほど」ライターは、用紙に視線を泳がすと、「ああ、今どきのＯＬの実態を描写したエッセイですね? あれ、本になってますよね? えーと」

「『パイとダイヤモンド』」

「ああ、そうです。それそれ」ライターの唇が、意地悪く歪む。「あれは、やっぱり、『灰とダイヤモンド』のもじりですか? イェジ・アンジェイェフスキはお読みで?」

「小説のほうは未読ですが、映画は観ました」

「へー。アンジェイ・ワイダ、知ってるんだ」ライターは、小ばかにしたように、呟いた。そして、「なら、あの映画版のラスト、どう思いましたか? 反政府……つまりレジスタンス側の主人公が、銃に撃たれてゴミ集積場で息絶える、あのラストです」ライターは、にやにや笑いながら、身を乗り出した。その目は、落とす気満々の意地悪な面接官のものだ。

「あのラストは、ダブルミーニングを狙ったものだと聞きました」

しかし、沙保里がそう答えると、ライターは、「へー」と、体を椅子《いす》の背もたれに預け、腕を組んだ。

沙保里は続けた。

「当時の共産主義下のポーランドであの映画を制作するにあたり、レジスタンスの青年の敗北を意味するあのようなラストにしたと。その意図はあたり、映画は検閲を通り、それどころか、レジスタンスを批判する傑作映画だと、当時の共産主義政府から高い評価を得たと聞きました。しかし、あの映画は、どこをどう見ても、レジスタンスの青年の物語です。あのラストを見たものは、青年に感情移入し、体制側に批判的になると思います。ワイダ監督が狙ったのは、まさに、その点です」

「へー」

ライターは、組んでいた腕を解いた。そして、コーヒーを一口飲むと、再び大学ノートに視線を落とした。その顔は、先程の、無表情なライターに戻っている。

「『パイとダイヤモンド』は、結構売れましたよね？」

「ええ、まあ。……お陰様で」

「売れっ子になったのは、あの本がきっかけでしょうか？」

「さあ、どうなんでしょう。売れっ子になったかどうかは分かりませんが、エッセイの依頼は結構増えましたね」

「エッセイを書きながら、ＯＬも続けて。両立は大変だったのでは？」

「まあ、それなりに」

「それで、テレビマンの旦那様と知り合ったきっかけは？」

「え？」また、夫の話？　夫の情報なんか、必要なんだろうか？

「先生の結婚とその生活は今やＯＬの憧《あこが》れですから。ヤンエグのテレビマンと結婚し、都心の高級マンションで、子育てをしながら仕事もこなす。昨今はディンクスが持てはやされていますが、やはり、女性の憧れは結婚――」

「あ」

沙保里は、咄嗟に、目を手で覆った。

「どうしました？」

「いえ、ごめんなさい。……ちょっと、西日が眩《まぶ》しくて」

「席、代わりましょうか？」

「ううん、大丈夫です。お話、続けてください」

「えーと」ライターは、小鼻の脇にたまった汗を数回指でこすると、調子を取り戻したのか、続けた。「そうそう。……ディンクスが持てはやされていますがやはり、子育てをしながら仕事もこなして優雅に暮らす……というのが、世のＯＬの理想だと思うのです。ですから、気になるのです。先生がどうやって、理想の結婚を手に入れたのか。是非、お聞かせください。ご主人との馴《な》れ初《そ》めを」

馴れ初め？　馴れ初め……ね。沙保里は、西日から体を逃がすと、言った。

「自社製品をピーアールするために、テレビに出演したことがあるんです」

「あ、もしかして、ＡＴＢテレビの〝ＯＬ図鑑〟ですか？　各企業のＯＬをスタジオに呼んで、クイズをしたり、ゲームをしたり」

「ええ、それです。その番組から、うちの会社に出演依頼がありまして。それで、広告室と総務部の女性社員が出ることになったんです。そのとき、制作プロダクションの担当だったのが、今の夫です」

「なるほど。出会いにも、〝華〟がありますね」ライターは、用紙の文字を指で追いながら、「えーと、旦那さんは、先生より年下だとか。……結婚したとき、先生が二十六歳で、旦那さんが二十三歳。……旦那さん、入社して翌年に、もう結婚されたんですね」

「ええ、まあ」

「勇気、あるな。僕なんか、もう三十六歳ですけどね、いまだに結婚に踏み切れない」

「そうですか」

「お子さんは、男の子でしたっけ？」

「ええ、そうです」

「今年で……」

「四歳になりました」

「お子さんは……可愛いですか？」

「え？」

なんで、そんなことを訊くのかしら。汗が、じわりと手を濡らす。沙保里は、その手をきゅっと握りしめた。

「いえ、先生のエッセイ、お子さんの話題があまり出てこないものですから」

「そんなこと、ありませんよ。最近も、子供の躾《しつけ》について、書きましたよ。確か、一昨日の新聞に載っていたはず」

「すみません。それは、まだ拝読していませんでした」

「それに、先月、雑誌に載せたエッセイも、子育てと仕事の両立について書きました」

「すみません、それも――」ライターは話を遮るように、いったん、コーヒーをすすった。

「あ、僕、読みましたよ」ひょろりと細長い体をさらに伸ばしながら、編集者が慌てて口を挟む。「一昨日の新聞に掲載されていたエッセイ、僕、読みました。お子さんが、女の子のお友達が持っている着せ替え人形に興味を示して、心配だ……という話でしたよね？」

「ええ、まあ」

「僕も、小さい頃は、リカちゃん人形とかがとても欲しくて。近所の女の子によく借りていたものです」

「は……」

「それでも、小学校に入るころには、自然と興味をなくしました。だから、大丈夫ですよ」

「それは、そうと」

コーヒーカップを受け皿に戻すと、髭面のライターは言った。

「先生は、旦那さんとお知り合いになる前に、他の男性と？」

「え？」

「さきほど、〝今の夫です〟と表現されましたよね。ということは、〝前〟があるのかと」

「言葉の綾です。それに、私も夫も初婚です」

「そうですか。でも、『パイとダイヤモンド』には、旦那さんとお知り合いになる前のことも書かれていますよね？　それとなく、元カレのことも――」

すみませぇぇん！

場違いな甲高い声が飛び込んできた。見ると、黒々とした重たいソバージュを振り乱しながら、ハンカチで汗を拭《ふ》き拭き小太りの女がこちらに向かって走ってくる。

南川千鶴子《みなみかわちずこ》。沙保里のマネージャーのようなことをしている人物だ。本来はフリーの編集者で、沙保里のエッセイをまとめ、『パイとダイヤモンド』という本にした張本人だ。それが縁で、沙保里の仕事の窓口を担当してもらっている。沙保里より十歳年上の四十一歳。「すみませぇえん」と狆《ちん》のように顔をくしゃっとさせるのが特徴だ。

「ほんと、ごめんなさい。午前中で終わる予定の仕事が押しちゃって」

千鶴子は、ぺこぺこ頭を下げながらもちっとも反省していないという素振りで、慌ただしく席についた。そしてウェイトレスを呼びつけると、カプチーノとティラミスを早口で注文した。

「ここのティラミス、美味《おい》しいんですよね。あら」

テーブルを見ながら、「ティラミス、頼まないの？　今からでも、頼む？　ほんと美味しいのよ」

「いえ。もう、あらかた、お話は伺いましたので」

ライターは、隣の編集者に、視線だけで合図した。ひょろりと細長い若い編集者は無言で立ち上がると、慣れない様子で一眼レフカメラを構える。沙保里は姿勢を正すと、レンズに向かって右側の顔を隠すように、斜《はす》に構えた。そして、いつもの笑みを浮かべた。

「本当は、インタビューしている最中の自然な様子のほうがいいんですけどね」

編集者は、不服そうにそんなことを言いながらも、ぎこちなくシャッターを切る。

「沙保里さんは、あなたたちのいう〝自然な様子〟というのが、お嫌いなのよ」千鶴子は沙保里の気持ちを代弁するように、言った。「だって、あなたたち、こちらが黙っていると悪意の一枚を掲載するじゃない」

「悪意の一枚？」編集者が、苦笑交じりに訊くと、

「そう。よりによって、なんでそれ？というような、無防備な姿を採用するじゃない。悪意があるとしか思えない」

「そんなことはないですよ」

「一度なんか、ピントがぼけぼけの写真が掲載されたことがあったのよ。しかも、半目。あれ

はひどかったわね、沙保里さん？」

　話を振られ、沙保里も苦笑交じりで、「ええ、そうね」と小さく頷いた。

「あなたは大丈夫なの？」千鶴子が、顎をしゃくった。「カメラ、慣れてないみたいですけれど。そもそも、カメラマンはいらっしゃらないの？」

「すみません、ちょっと余裕が……」

「まあ、お宅は、まだスタートしたばかりの小さな編集プロダクションですものね」

　千鶴子は、テーブルの上に並べられた名刺を摘《つま》んだ。「雑誌創刊ラッシュの中、プロダクションも次々できているみたいだけれど、いくつ、生き残れるかしらね……。で、いい記事になりそう？」

「ええ、まあ、それなりに」ライターは、不貞腐《ふてくさ》れた様子で応えた。「先生が、映画にも造詣《ぞうけい》が深いことが分かりました。今回は、その辺にも触れようかと」

「沙保里さんは、サブカルチャー的なものにもお詳しいのよ」

「サブカルチャー？　たとえば？」ライターは身を乗り出したが、

「スピリチュアリズムとか」と、千鶴子が応えると、

「へー、スピリチュアリズム」と、再び小ばかにしたように、あからさまに鼻で笑った。「やっぱり、アレですか？　宜保愛子《ぎぼあいこ》とか？　前世占いとか？　それとも、今トレンドの、エコ教とか？　地球の森林を守ろうとかいって、マイ箸《はし》とか持ち歩いている口ですか？　ああ、それとも、あれか。世界一周の船とかに乗っちゃうような？　それとも、世界は滅亡するとかいっ

て、変なものを売りつける――」

しかし、千鶴子は真顔で応えた。「沙保里さんは、見えるんですよ」

「はあ？」

「だから、いろんなものが。例えば、あなたの後ろにいる人とか。あなたの過去とか、未来とか……沙保里さんには、見えているのよ」

ライターの瞳孔《どうこう》が、微《かす》かに反応する。

「ねえ、そうでしょう。沙保里さん、見えているんでしょう？　彼の後ろにいる人が――」

＋

「もう、千鶴子さん、なんだって、あんなことを」

タクシーに乗り込むと、沙保里は千鶴子に食って掛かった。千鶴子は頼もしいパートナーだが、その頼もしさが裏目に出て、少し、喧嘩腰《けんかごし》のところがある。千鶴子が加わると、途端にその場の空気に棘《とげ》が生まれる。今日は、それが顕著だった。

「だって。あの髭男。あからさまに沙保里さんのことを見下していたから」千鶴子は、声を荒らげた。「ううん、あの手の男は、女性全般を見下しているのよ。女性がなにか目立つことをやると、必ず茶々を入れてくる。だから、ちょっと脅かしてやったの。あの男、偉そうにしていたけど、『見えているのよ』って言ったら、結構びびっていたじゃない？　いい気味」

「だからって。……いやだわ、きっと、あの人、意地悪な記事を書くわよ」

沙保里は、はぁと肩を竦《すく》めた。同時に、新たな不安が押し寄せる。

「お子さんは、可愛いですか？」という質問に、なんて答えたかしら。そして、そのとき、どんな表情だったかしら。ちゃんと、答えたわよね？「可愛い」って。愛情深い母親の顔で。

……ああ、どうしよう、自信がない。もしかしたら、顔が一瞬、強張ったかもしれない。あの男はそれを見逃さずに、しかも拡大解釈して、愛情の薄い母親として記事にするかもしれない。子供を人に預けて、ブティックに顔を出して、ヘアサロンでおしゃれして、そしておまけのように仕事をする、〝今どき〟の女。そんな風に描写するかもしれない。うん、あの男は、そういう意地悪をするタイプだ。

「大丈夫よ。原稿チェックはちゃんとするから。少しでも意地悪なことを書いたら、私が赤だらけにして戻してやる」

千鶴子は、敵と向かい合った愚連隊のように眼光鋭く、言った。

「それに、ちゃんとしたカメラマンを用意してこなかったのも、気に食わないわ。ああいうやっつけの仕事をしているようなプロダクションは、一年もしたら潰《つぶ》れるわよ。そもそも、昨今の雑誌創刊ラッシュじたいが、広告代理店がしかけたその場限りのムーブメントなんだから。数年もすれば、廃刊ラッシュがはじまるわ」

まあ、確かに。バブル景気に浮かされて、それこそ泡のように雑誌が創刊されているが、どれも、寿命は短い。

「それにしても、沙保里さん、さすがだったわ」

「え?」

「あのライター、沙保里さんの映画の知識に、舌を巻いていたじゃない。『灰とダイヤモンド』のあのラストに、あんな意味があったなんて、知らなかったわ」

「ああ、あれは……」あの男からの受け売りだ。あの犯罪者の。苦い思いが立ち込めて、沙保里は、唇を歪めた。「そんなことより、なんで? その話をしたとき、まだ来てなかったじゃない?」

「……ああ、まあ」千鶴子は、ぺろっと下唇を舐《な》めた。これも、彼女の癖だ。「実は、近くのテーブルにいたのよ。インタビューの邪魔をしちゃいけないって、タイミングを狙っていたら、なかなか声をかけられなくて」

「やだ、近くにいたんなら……」

時々、千鶴子の行動が、計り知れない。そこが、いまだ百パーセントの信頼を寄せられない所以《ゆえん》でもあるが、まあ、仕方がない。人には、どこか欠点があるものだ。

「そんなことより、本当に、見えてたんじゃないの?」千鶴子は沙保里の耳に顔を近づけると、声を潜めた。「ね、見えてたんでしょう? あのライターの後ろにいたものが」

「ええ……、そうね」

沙保里は、ぼやかしながらも、応えた。

確信はなかった。ただ、あのライターの背後に強い光がいくつも点滅し、それは複数の〝目〟

のようだった。でも、それは西日が作り出したただの錯覚かもしれないし、気のせいかもしれない。いつか本で読んだ、ゲシュタルトの崩壊というやつかもしれない。人と話をしていると、ふいに、意識がふわっと浮くような感覚がある。そして、世界が極端に小さく思え、すべてがミニチュアに見える。さらには、多重露光のように、いろんな映像が重なって見える。それは幼児期には誰でも経験していることだと、その本には書いてあった。つまり、知覚の暴走だと。確かに、その現象は、小さい頃によく経験した。ただ、本にあった現象と少し違うのは、時折、重なった映像のひとつが、未来を示唆する場合がある。または、その人の秘密を暴く要素だったこともある。小さい頃は、そのせいで、うす気味悪がられたものだ。しかし、その現象も大人になるにつれ少なくなり、二十歳を過ぎた頃にはまったく見られなくなったが、前の妊娠を機に、再び現れた。はじめは、疲労からくる錯覚だと思っていたが、千鶴子は断言した。「それこそ、スピリチュアルだ」と。

「沙保里さんは、本物だと思うわ」千鶴子は、再び耳元で囁《ささや》いた。「だって、私のこと、ちゃんと見破ったじゃない」

千鶴子とはじめて会ったとき、その首に、何かが巻き付いているのが見えた。それを言うと、千鶴子の顔は真っ青になった。

「あなた、見えるの？」

千鶴子はそう言ったきり、唇を固く閉ざした。それからだ。千鶴子の態度が変わったのは。それまでは、どこか見下されている感じがした。そう、先程の無精髭のライターのように。ただのＯＬが暇つぶしで書いたエッセイなんて……という蔑《さげす》みがあからさまだった。そんな彼女の態度に辟易《へきえき》していると、何か鳴き声が聞こえた気がした。そして、焦点を彼女の上半身に定めると、白いモヤが見えた。白いモヤは、まるでファーマフラーのように、彼女の首に巻きついていた。見て見ぬふりをしようかとも思ったが、千鶴子の態度がますます耐え難いものになってきたので、沙保里は彼女を牽制《けんせい》する意味で、指摘した。

「あなたの首に、犬がいるわ」

そのとき、どうして〝犬〟という言葉が出てきたのかはよく分からない。あるいは、その前日に見ていた映画の影響だったのかもしれない。ただ、そう言ったとき、千鶴子の表情はまるで京劇の早変わりのように、瞬時に青ざめた。それ以降、千鶴子は沙保里に一目置くようになった。

「で、どう？　体調は？」

そして、こんなふうに、優しく労《いた》わってくれるようになった。

「うん、大丈夫。悪くないわ」

「本当に？　無理してない？　悪阻《つわり》は？」

「今回は、悪阻はほとんどないのよ。前の妊娠のときは、ひどかったんだけど。今回は、不思議なぐらい平気なの。食欲もあるし」

「そう、それはよかった」

「でも」

フロントガラスに、あの子の顔が浮かんできた。沙保里は、びくっと身構えた。

「なに?」

「……ううん、なんでもない」

沙保里は、目の前の幻覚を振り払うかのように、意識的に瞬《まばた》きを繰り返した。しかし、その顔は、車窓に貼りついたまま、消える気配はない。その顔は、じっと、こちらを睨《にら》みつけている。

沙保里の体に、震えが走る。

「沙保里さん? 本当に大丈夫?」

「ええ、大丈夫」

嘘。全然、大丈夫なんかじゃない。あの子が、私を睨みつけている。憎しみを宿した目で。

千鶴子が、心配顔でこちらを窺っている。

このことを言ってしまおうか。

あの子が、怖いの。……息子の駿が。

+

その顔が初めて浮かんできたのは、駿を妊娠したときだった。いや、別の言い方をすれば、あの顔が浮かんだことにより、妊娠を予知した。

あれは、夜中だった。五年前の十月。一人暮らしのワンルームマンションの三階。

原稿を書き上げ、そのままベッドに体を横たえた。サイドテーブルの時計の針が午前二時六分を指している。それを横目で確認したとき。

突然、視界が暗転した。停電かと思い、上体を起こそうとするのだが、ベッドに四肢を縛り付けられているかのように、ぴくりとも動かない。

金縛り？

珍しいことではなかった。小さい頃から、ちょくちょく体験していた。こういうときは、それが過ぎるのを待つしかない。特に、何が起きるわけではない。ただ、静寂が通り過ぎるだけだ。幾重もの沈黙。それに耐えていればいい。

しかし、その夜は、なにか違った。

ベッドのすぐ横の腰高窓。なにか気配がする。

ざりざりざりざり。

ざりざりざり。

爪《つめ》のようなもので引っ掻《か》く音がする。

なに？　野良猫？

それとも、野良犬？

そういえば、最近、野良犬の死体がみつかったって、大家さんが言っていた。気を付けてねって。

でも。

ここは三階なのに？　ベランダなんか、ついてないのに？　どうやって、ここまで？

確認したくても、どうしても体が動かない。開けているつもりの目も、目隠しをされているように、その視界にはなにも映らない。ただ、何層もの夥《おびただ》しい闇が、墨流しの模様を描いているだけだ。

窓が開く気配がする。

まさか！　ロックしたはずなのに！

そして、〝それ〟が、沙保里の体に飛び乗った。ヘドロのような臭いが、頬を唇を首筋を、次々と撫でていく。皮膚に、無数の毛がちくちくと刺さる。

やめて、やめて、やめて！

しかし、沙保里の体は、いまだ麻酔をかけられた患者のように、ベッドに貼りついたまま、自由を拘束されていた。そのメスで腹を切り裂かれても、腸《はらわた》を切り刻まれても、なすがままの患者のように、指一本、動かせない。

やめて、やめて、やめて！

そして、沙保里は、深い闇の中へ、落ちていった。

そこは、底なしの井戸のようだった。声なき声が木霊《こだま》し、引力に任せて、底へ底へと堕《お》ちていく。

赤ん坊の顔が見えた。真黒な闇の底に、赤ん坊の顔が浮かんでいる。男の子の赤ん坊だ。

「私、妊娠した」

自分の声に起こされるように目を開けると、そこは、見覚えのある天井と壁だった。秋の眩しすぎる朝日が、無邪気に差し込んでいる。

夢？　夢を見ていたの？

沙保里の右手が、自然と下腹を撫でる。

どくどくどく。

その手に伝わってきたのは、否定しようのない、生命力だった。

沙保里は、確かな根拠を見つけたような気がした。

私、妊娠した。

沙保里は、確信した。


「まるで、『ローズマリーの赤ちゃん』みたい」

翌日、同僚の奈緒《なお》に悪夢の話をすると、彼女はそんなことを言った。

「『ローズマリーの赤ちゃん』？　悪魔にレイプされて、悪魔の子供を身ごもる……映画？　ポランスキー監督の？」

午後のロッカー室。ここで缶コーヒーを飲むのが、午後三時の二人の習慣だった。

「そう、ポランスキー監督。子供の頃、よく深夜テレビで放送していたじゃない？　私、三、四回見たわ。最近も、やっていなかった？」

「ああ。そういえば」

その悪夢を体験した日の数日前に、『ローズマリーの赤ちゃん』が、深夜に放送されていた。

「ほら、やっぱり。沙保里は、感化されやすいのよ」

「そうかしら？　映画だけが、原因？」

「あとは、……寝不足？」奈緒は、沙保里の目の下を指さした。「昨夜も、夜遅くまでエッセイの原稿を書いてたんじゃないの？」

「当たり」

「でしょう？　映画のイメージと寝不足と、そして原稿を書いていたときのテンションが妙な具合に混ざり合って、変な夢を見せたのよ」

「でも、本当に、妊娠していたのよ」沙保里は、声を潜めた。「今朝、会社に来る前に、病院に行ったの。そしたら、七週目に入ったところだって」

「うそ」奈緒は一瞬戸惑いの表情を見せたが、すぐに満面の笑みになった。「おめでとう！……それで」そして、奈緒も、声を潜めた。「父親は？　やっぱり、あの人？」

「……うん」沙保里は少し間を置いて、頷いた。「うん。蜂塚君」

奈緒の顔が、曇った気がした。その唇が、僅《わず》かに震えている。

やっぱり、奈緒も、彼のことが好きだったんだ。しかし、それを気遣えば、かえって奈緒は傷つく。奈緒の気持ちなど気づいていないというように、沙保里は、鈍感で無神経な友人を演じた。

「今夜、彼に会う予定なの。怖いわ。どうしよう、彼、どんな態度とるかしら？」

「きっと、喜んでくれるわよ。そして、プロポーズしてくれるわ」奈緒は、笑窪《えくぼ》を深めながら精一杯、言葉を弾ませた。

「でも、彼、去年大学を卒業したばかりの、まだ二十三歳よ？　仕事だって、大変そう。きっと、迷惑がられるわ」

「そんなこと、絶対、ない。だって、蜂塚君、沙保里にぞっこんだもの。だから必ず、プロポーズしてくれるわ」

奈緒の予想通り、たぶん、彼はプロポーズしてくれるだろう。その確信はあった。彼が指のサイズを何気なく聞いてきたのは、一ヵ月前だ。きっと、彼の中では準備が整っている。

「そうかしら？」しかし、沙保里は言葉を濁らせた。

この、もやもやとした不安はなんだろう。彼のことを愛している。結婚したいとも思っている。そして、彼もたぶん、それを望んでいる。でも。

沙保里は、下腹に手を添えた。

どくどくどくどく。

その胎動が伝わってきたような気がして、つい、手を外す。

「男の子かしらね、女の子かしら」

奈緒の言葉に、

「男の子よ」

と、沙保里は応えた。

「え？　七週目で、もう分かったの？」

「まさか」

沙保里は、自らの言葉を、自ら否定した。

そうよ。あれは、ただの夢。

夢なんだから。

……夢なんだから。

「でも、これで、ようやく忘れられるわね」

奈緒が、メンソールの煙草を摘みながら、言った。

「え？」

「あの男のこと」奈緒のライターが、勢いよく火を上げる。

「……もう、忘れているわよ」

「本当に？」

「思い出したくもない」

「その割には、先月のエッセイで、触れていたじゃない」

「あれは……」

ネタに困って、苦し紛れに書いたものだ。女を支配しようとする、前時代的な男の代表として。自信過剰な愚かな男に引っかからないための、反面教師として。

「もしかして、まだ、彼に未練ある？」

「まさか！」

沙保里は声を上げた。しかし、周囲に人がいないことを改めて確認すると、声を潜めた。

「まさか。あんな、犯罪者。思い出したくもない」

「でも、沙保里、あんなに夢中だったじゃない。私がやめておきなって言っても、あの人を理解できるのは私だけだって。あの事件が起きたときだって、沙保里、あの男のために情状酌量の証人にまでなって」

「あのときは……どうかしていたのよ」

「ほんと、どうかしていた。あのときの沙保里は。そういうの、なんていうか知ってる？　共依存っていうんだって」灰皿代わりのコーヒーの缶を弄《もてあそ》びながら、奈緒が冷やかすように言う。

「共依存……？」

「そう。沙保里は、世間知らずだからさ。つい、ボランティア感覚で、ああいう高慢で中身がないダメ男に尽くしちゃうのよ。尽くしている自分に酔っちゃうタイプなのよ」

「そういう言い方、やめてよ」

「ごめんごめん」言いながら、奈緒は細長い煙を吐き出した。「っていうかさ。……共依存の場合、なかなか腐れ縁を切れないっていうけれど」

「だから、もうあの人のことは、なんとも思ってないから。思い出すだけで、吐き気がする。あの男は、根っからの犯罪者。異常者よ。狙ったのは子供だけじゃない。何かの儀式だっていって、動物も虐待してたわ。殺してもいた。……本当に、思い出したくもない」

そう、それは本心だった。未練など、ひとつもない。あるのは、深い後悔と憎悪と、あんな男にいっときでも尽くして体を開いてしまった自身への罪悪感だけだ。

『主文、被告人河上航一を懲役七年に処する』

あのときの裁判長の声が、沙保里に重たい現実を叩《たた》き付けた。目が覚めた瞬間だ。

まず、聞こえてきたのは、
ぴちゃっ、ぴちゃっ、ぴちゃっ……。

という、音。あの男が鳴らす音だ。感情が乱れると出る、彼の癖。指しゃぶり。

そして、目に入ったのは、項垂《うなだ》れながら裁判長の言葉に聞き入る、薄汚れた小男。幼女四人を強姦した、卑劣な犯罪者。

ひどい吐き気がした。

こんな男と体を重ね、結婚まで考えていた自分が許せなくて、逃げるように法廷を後にした。

「あれから、一年ね」

奈緒が煙草を咥《くわ》えながら、独り言のように言った。

「今頃、刑務所でいじめられているわね。レイプ魔って、囚人たちに軽蔑されるっていうから」

「……一本、もらえる?」

沙保里は、奈緒から煙草を一本譲り受けると、それを咥えた。

思えば、煙草を覚えたのも、彼の影響からだった。

「いいの？　お腹《なか》の赤ちゃんに悪いんじゃないの？」

「うん、これで最後にする。もう、吸わない」

沙保里は、そう決意しながら、ゆっくりと煙を吐き出した。

煙は、深海を泳ぐクラゲのように、灰色の壁に、ふわりふわりと漂いながら、吸い込まれていく。

その様子は、あの悪夢を連想させた。

煙の中に、あの赤ん坊の顔が、浮かんでいる。河上航一にそっくりな、その顔。

沙保里は、咄嗟に目を閉じた。

+

「沙保里さん、沙保里さん」

肩を揺すられて、沙保里ははっと、意識を戻した。

千鶴子の心配顔が、こちらを覗き込んでいる。

「大丈夫？　顔色、悪いわよ？」

「ああ、……ごめんなさい。ちょっと眠くなってしまって」

「妊娠すると、しょっちゅう眠くなるからね。でも、もう、マンションにつくわよ」

見ると、車窓の外の風景は、いつのまにか西新宿の高層ビル街だった。竣工《しゅんこう》したばかりの都庁舎が、こちらに迫っている。

「いつ見ても、圧巻ね、タックスタワーは」

「タックスタワー？」

「あら、巷《ちまた》ではそう呼ばれているの、知らない？　税金で建てられた、塔」

「そんな風に、揶揄《やゆ》されているの？　でも、私は好きよ。荘厳な感じ。なにか、パリのノートルダム寺院みたいじゃない？　つい、見惚《みと》れてしまうわ」

「かなわないわね、沙保里さんには」千鶴子は、小さく肩を竦めた。「私なんて、貧乏性が染みついているから、つい、皮肉を言ってしまうけれど。沙保里さんは根っからのお嬢様だものね。いいものはいいって、感性が素直で、羨《うらや》ましいわ」

お嬢様。千鶴子が沙保里を形容するとき、度々出てくるフレーズだ。はじめは、それこそ嫌味で言われているのかと思っていたが、そうでもなさそうだ。千鶴子は、心底、自分のことを〝お嬢様〟だと思っているようだった。彼女の口癖に、「どうせ私は、貧乏性」というのもあるが、これもただの卑下ではなさそうだ。これらが意味するものはなんだろうか。コンプレックスの表れだろうか。それとも。

「それにしても、西新宿がこんなに変わるなんて」千鶴子は、都庁舎を見上げた。「ここは、昔は浄水場だったのよ」

「そうなの？」

「あら、知らなかったの？」

「新宿には、あまり縁がなかったのよ。ずっと神奈川県のほうだったし」

「じゃ、なんで、新宿に？　……あのマンションに？」

「なんでかしら。タイミングってやつかしら。新居を探しているとき、たまたま、あのマンションが新築されて。有名建築家の手による億ションってことで、随分と話題にもなったでしょう？　雑誌でも結構紹介されていて。外観が素敵だな……って。それで、なんとなく」

「そう。運命だったのね」

「運命？」

千鶴子は、いつでもそうだ。何事も「運命」という言葉で軽々しく片付けてしまう。こういう軽薄さが、ときどき、疎ましく思える。

甲州街道から十二社通りに折れ、左手の脇道を少し入ると、目的のマンションだ。五年前に建てられた分譲マンションで、沙保里は九階の部屋を、月五十万円払って借りている。十階建て七十二世帯の中規模マンションだが、その外観はヨーロッパの館を思わせる豪奢《ごうしゃ》な作りで、なによりそのイギリス式庭園が素晴らしい。都心にいながらそこはまるでイギリス郊外のカントリーハウス……というのがマンションのキャッチコピーだったが、それに偽りはなかった。専属の庭師により管理された庭園は、いつどんなときでも、見事な顔を見せてくれる。今は、サルビアとダリア、そして秋バラが可憐に咲き誇っている。

「いつ見ても、素敵なマンションね。都庁がノートルダム寺院ならば、ここはまるでベルヴェデーレ宮殿ね」タクシーを降りると、千鶴子は言った。

「ベルヴェデーレ宮殿？　ウィーンの？」

「そう。実際、ベルヴェデーレ宮殿をモデルにしているんじゃないの？　だって、このマンションの名前、ベルヴェデーレ・パロットじゃない」

「そうそう、マンションの名前といえばね――」

〝菅野〟という名札をつけた中年のドアマンが、こんにちは、と声をかける。イギリスの高級ホテルのドアマンを真似たモスグリーンのコスチュームは、やはり日本人にはどこか不似合だ。沙保里はいつものように、こんにちは、と頭を軽く下げた。しかし、千鶴子はドアマンの存在など気が付かない素振りで、早足でエントランスに足を踏み入れた。

「外観はバロック建築だけれど、中はヴェルサイユ宮殿の鏡の間だわ」

大理石が敷き詰められたロビーに入ると、千鶴子は、一度足を止めた。

「ああ、本当に、ここはなんて贅沢な作りなの？」

上京したての小娘のように、千鶴子は、大袈裟に両の手を胸の上で重ねた。もう何度もここには来ているというのに、毎回、これをやる。はじめは、これも何かの嫌味なんだろうか？とも思ったが、彼女は心の底から、称賛しているようだった。カウンター向こうの若いコンシェルジュが、笑いを堪《こら》えている。

千鶴子が言うように、このマンションは高級ホテル仕様で、なにもかもがいちいち贅沢だ。あのドアマンもこのコンシェルジュも二十四時間体制で、ポーターまでいる。エントランスもロビーもホールも、五つ星ホテルに負けない、いや、それ以上の意匠が凝らされていて、リビングスペースもラウンジも、それこそヨーロッパの宮殿のようなクオリティだ。しかも、ラウンジのオープンキッチンでは有名ホテルのシェフが日替わりで腕を振るう。ラウンジ横のカフェスペースでは、本格的なアフタヌーンティーも堪能《たんのう》できる。

都庁がタックスタワーならば、ここはゼイタクタワーだ。その分、部屋の価格も高い。一番安い部屋でも、五十五平米、七千二百万円。最多価格帯は一億二千万円で、一番高い部屋は、三億円だったたか。なのに、二日で全部屋に買い手がついたという。もっとも、そのオーナーの大半は投資が目的で、部屋そのものは賃貸に出している。沙保里が借りている部屋のオーナーも、確か、投資家だったはずだ。

「で、このマンションの名前がどうしたの？　さっき、なにか言いかけたでしょう？」エレベーターホールに着くと、千鶴子は出し抜けにそんなことを言った。

「え？　……そうそう。このマンションね、元は洋館だったらしいんだけど」

「……そうなの？」

「洋館といっても、今でいうところの、料亭ですって」

「へー」

「よっちゃん……義妹《いもうと》が、先日、そんなことを言ってたわ。よっちゃん、怪談とか、好きなのよ。いわゆる、おたく？　小説みたいなのも書いているのよ」

「怪談？　四谷怪談とか牡丹灯籠《ぼたんどうろう》とかの、怪談？」

「そう。なんでも、この西新宿あたりは、いろんな怪談の舞台になっているらしくてね」

「へー。そうなんだ。あ、でも、この辺に住んでいたっていう中野長者の話は、聞いたことあるわ。罪のない下男を次々と殺害した報いで、娘が蛇に化身するって話。熊野神社に、そんな説明があったのを見たことある」

「熊野神社って、あの？」

「そう、十二社通り沿いにある、あの神社。新宿の鎮守様《ちんじゅ》。……で、料亭って？」

「ああ、そうそう。……よっちゃんが言うにはね、この辺は以前、十二社池があって、料亭が立ち並んでいたんですって」

「へー」

「料亭のひとつに、〝鸚鵡楼〟と呼ばれる洋館があって、その跡地に建ったのが、このマンションらしいの。だから、ベルヴェデーレ・パロットっていう名前みたいよ。ベルヴェデーレは楼閣、パロットは鸚鵡って意味なんですって」

「ああ、それで」

「なに？」

「前に、タクシーでここに来たときに、『ああ、鸚鵡楼ですね』って運転手に言われたことあるのよ」

「この辺に長く住んでいる人は、いまだに、〝鸚鵡楼〟って呼んでいるみたいね。私も何度か聞いて、そのたびに、なんのことかしら？と思っていたけれど」

「でも、なんで〝鸚鵡〟なのかしら」

「さあ。よっちゃんに、聞いてみましょうか？」

＋

「お帰りなさい」

玄関ドアを開けると、義妹の依子《よりこ》が駆け寄ってきた。

「よっちゃん、お留守番と子守、ありがとう。助かったわ」

依子の後ろを、駿がちょこちょこと付いてくる。

「駿、いい子にしてた？」

沙保里は息子の駿の方に手を差し伸べたが、駿は依子のケミカルウォッシュパンツの端をぎゅっと掴み、それを離さない。沙保里はすぐに諦《あきら》めて、手をひっこめた。

「お邪魔します」

千鶴子が、沙保里の後ろから、ひょっこりと顔を出す。駿も、依子の陰から顔を出すと、「ぐっいぶにんぐ」と挨拶した。

「まあ、駿くん、英語で挨拶ができるの。偉いわね」

駿は、照れたようににこりと笑うと、再び、依子のパンツの陰に隠れた。

「お義姉《ねえ》さん、そのヘアースタイル、とても素敵。いつもの、青山のサロン？」

依子の言葉に、沙保里の顔もつい綻《ほころ》ぶ。

「うん。いつものところ。よっちゃんも、行ってみる？」

「でも、あそこ、高いし……。カットとパーマで、三万円はいくでしょう？」

「出してあげるわよ」

「本当に？　……でも、遠慮しておく。どうせ、私なんか……」依子は、癖毛のショートヘアをくしゃっと掻くと、口をへの字に曲げた。「私みたいのが下手にオシャレしても、ニューハーフみたいになるのがオチ」

「そんなこと、ないのに。よっちゃん、可愛いよ？」言ってはみたが、依子は確かに、体が大きくて、女性にしてはがっちりしている。その肩幅は、肩パッドいらずだ。

「……駿、ぐずらなかった？」沙保里が訊くと、

「ううん。全然」と、依子は駿の頭を軽く撫でた。「駿くん、今日もとてもいい子だったよ」

「本当に？　今日は、何を？」

「一緒に映画を観ていたよ」

「映画？」


リビング。テレビの前に、数本のビデオテープが置かれている。パッケージはどれも、おどろおどろしい。

「こんな、怖いものを観ていたの？　駿、怖がらなかった？」

「全然。むしろ、きゃっきゃっと面白がってたよ」

「そう……？」

「特に、『ツイン・ピークス』がお気に入りみたい」

「あれ、流行っているみたいね」

「うん。すっごい人気で、どのレンタルビデオ屋に行っても、貸し出し中ばかり。昨夜、ビデオ屋で返しに来る人をずっと待って、ようやく、一巻だけ借りられた」

「おもしろいの？」

「すっごくおもしろいわよ。もう、めちゃくちゃ、夢中になる」

「なんだか、最近、そういう怖そうなドラマとか映画とか流行っているわね。『羊たちの沈黙』とか」

「『羊たちの沈黙』！　私、三回も観ちゃった！　もう、傑作！　アンソニー・ホプキンス、すごい！　お義姉さんは、もう、観た？」

「ううん。……なんだか、怖そうで」

本当に、今年に入ってから、テレビドラマも映画も、すっかり変わった。いわゆるサイコ系のものが目白押しだ。バラバラ死体がゴミ箱に捨てられていたのは、どのドラマだったかしら？

息子の駿がうっかり観てしまい、慌ててチャンネルを変えたものだ。

リビングテーブルには、レポート用紙が広げられていた。

「あ、今、片付ける」

依子が慌てて、レポート用紙を綴じた。

「なに？　小説？」

沙保里が訊くと、

「ううん、……まあ、そんなところ」と、依子の言葉が、少しだけ淀《よど》む。

「あ、小説といえば」

千鶴子が、ソファーに腰を落としながら言った。「この辺って、以前は池だったんだって？」

「え？」

依子は、レポート用紙を鞄《かばん》にしまいながら、「うん、そう、十二社池。結構大きな池で、池の周りにたくさん料亭や茶屋があって、めちゃめちゃ賑《にぎ》わっていたんだって。芸者もかなりいて、いわゆる、花街だったって」

「で、〝鸚鵡楼〟というのは？　このマンション、鸚鵡楼という料亭の跡地に建てられたんでしょう？」

「ああ……」依子は、再び、言葉を濁した。「料亭というか……。なんでも、上流階級の紳士淑女たちが集まる、会員制のクラブだったみたい。十二社池の畔《ほとり》から少し外れた高台に建てられた、洋館。元は、なんとかっていう大名の下屋敷があった場所で、関東大震災の後に、バロック様式を取り入れた洋館が建てられたらしいよ」

「なんで、〝鸚鵡楼〟っていうの？」

「鸚鵡が飼われていたんだとか。その鸚鵡が人真似が上手《うま》くて、それで近所の人たちにそう呼ばれるようになったみたい」

「なるほど。それで……」

「戦争で、この辺も空襲を受けたみたいだけど、鸚鵡楼は奇跡的に残って。戦後は、アメリカ進駐軍の詰所にもなったらしいんだけど、昭和三十年代に競売にかけられて、どこかの会社の社長が道楽で買い取ってホテルにしたんだとか。でも、事件があって、結局は廃業になって。それからは、空き家としてずっと放置されていたんだって。この辺の人は、〝お化け屋敷〟とも呼んでいたみたいよ」

「お化け屋敷？　なんだか、物騒な話ね」千鶴子は、ちょこちょこと近づいてきた駿を、膝の上に載せた。

「それで、その鸚鵡はどうなったの？　……死んだの？」

「どうなんだろう。鸚鵡の記録は特に残ってなかったわ。でも、もしかしたら、まだ、生きているかもね」

「え？」

「鸚鵡って、随分長生きだっていうじゃない？　だから、名前の由来になった鸚鵡も、もしかして、生きているのかも？って」

「まさか！」千鶴子は、笑い飛ばした。「鸚鵡楼が完成したのは、昭和十年でしょ？　そのときに生まれた鸚鵡だとしても、……五十五年以上も経《た》っているわ」

「五十五年ぐらいなら、種類によっては、まだ生き残っているかもよ？　キバタンって種類は、八十年生きるって」

「八十年……そんなに？」

「もしかしたら、その鸚鵡が、あの事件を目撃しているかもしれない」

「あの事件？」

「昭和三十七年十一月にね、殺人事件が起きているの。三人が殺されて、でも、犯人は……よく分からないのよね」

「分からない？」

「うん。記録がね、残ってないの。ううん、残してないというか、ぼやかしているというか」

「どういうこと？」

「たぶん、法的に罪に問われない人が犯人だったんじゃないかしら」

「……どういうこと？」

「よく分からないけれど。例えば、精神に異常がある人とか、犯人が十四歳未満の少年とか――」

「なに？　なんの話？　十四歳未満がどうしたの？」

沙保里はティーポットとティーカップ、そして焼き菓子をテーブルに並べた。

「うん。鸚鵡の話」千鶴子が、焼き菓子の一つを摘む。「鸚鵡って、八十年、生きるんだって。知ってた？　沙保里さん」

「え？　そんなに生きるの？」カップにお茶を注ぎながら、沙保里。「そんなに生きるんなら、今から飼ったら、鸚鵡より先にあの世に行くことになるわね」

言いかけて、沙保里の瞼の裏に、小さな閃光《せんこう》が走った。それは、なにか血の色をした光景で、沙保里は、咄嗟に目を押さえた。手にしたポットが、がたんと大きな音を立てて、テーブルに落ちる。

「お義姉さん、大丈夫?」依子が慌てて、傍《そば》にあったティッシュを引き抜いた。

「あ、ごめんなさい。ちょっと、手が滑っちゃった」

沙保里は、急いで笑みを作った。「いずれにしても、生半可な気持ちでは飼えないわね、鸚鵡は」

「ほんとね」ティッシュでテーブルを拭きながら、依子。「まさに、一生もの」

そんな話を二十分ほど続けた頃、依子はそろそろ時間だと、帰り支度をはじめた。その気配で、千鶴子の膝の上でうたた寝していた駿が、むくりと体を起こした。

「お夕飯、食べていけばいいのに」

沙保里は、サイドボードの置時計を見た。結婚祝いで友人にもらった、ロイヤルコペンハーゲンの置時計。六時になろうとしている。「ピザでも、頼む?」

「ありがとう。でも、お母さんが夕飯作って待っているから」

「そう?」沙保里は、やおら立ち上がった。「お義母《かあ》さんに、よろしくね」

そして、沙保里はサイドボードの引き出しからポチ袋を取り出すと、それを依子の前に置いた。

「今日の子守代よ」

しかし、それを、駿が横から奪い取る。

「ダメよ、駿。よっちゃんに返しなさい」

「いやだ、いやだ。よっちゃん、かえっちゃいやだ」

「駿、聞き分けのないことを言っちゃだめよ」

「いやだ、いやだ、いやだ」

駿が、依子にしがみ付く。

「いやだ、いやだ、いやだ、よっちゃんがいい!」

駿の瞬きが速くなり、肩がぴくぴくっと痙攣《けいれん》をはじめた。そして、ぴちゃっぴちゃっぴちゃっと、奇妙な音を立てはじめた。いつものやつだ。指しゃぶり。

「駿、やめなさい、指をしゃぶるのはやめなさい!」

しかし、沙保里が言えば言うほど、駿は、「ぴちゃっぴちゃっぴちゃっ」と、激しく指をしゃぶる。

「駿!」

沙保里の体が震えだす。つい出そうになる手を、きゅっと固く握りしめる。

閃光が、再び沙保里の視界を遮る。窓の向こう側に聳《そび》える都庁舎の銀色の壁肌に、オレンジ色の西日が反射している。

眼球の奥からなにか得体のしれない痛みが押し寄せてきて、沙保里は、その場に蹲《うずくま》った。

「沙保里さん、大丈夫？」

千鶴子の声。

「お義姉さん！」

そして、依子の声。

しかし、どちらの声にも応えられない。ひどい耳鳴りが邪魔をして、顔を上げることができない。

『主文、被告人河上航一を懲役七年に処する』

どこからか、そんな声が聞こえてきて、沙保里は耳を塞いだ。

しかし、今度は、法廷で項垂れる小男の後ろ姿が浮かんできた。

沙保里は、その映像を打ち消そうと、さらに顔を床に押し付けた。

落ちる。

闇の中、意識が猛スピードで、底に向かって落ちていく。底には、あの顔が、浮かんでいる。

沙保里は、全身に力を入れた。

強張る肩に、ふと、何かが触れた。

微かに開いた瞼の隙間に映る、その顔。

あのときの顔。犯罪者の顔。

「いや、こないで！」

沙保里は、その顔を力の限り、撥《は》ね除《の》けた。

なにかがぶつかる鈍い音がして、沙保里は、はっと、顔を上げた。額から血を流した駿が、唖然《あぜん》としてこちらを見ている。テーブルの角で、頭を打ったようだった。

駿！

しかし、駿は、沙保里の手を除け、依子に抱き付いた。依子が、青ざめた顔で、駿を沙保里から隠した。

「お義姉さん。今日は、駿くん、うちで預かろうか？」

その言葉に、つい、縋《すが》り付きそうになる。でも、ダメ。明日は幼稚園。幼稚園を休ませるわけにはいかない。

「うちは、高円寺だから。幼稚園からも遠くないし。私か、それとも、お母さんが――」

よっちゃんが送るの？　そのぼさぼさ頭で？　化粧もしないで？　そのケミカルウォッシュパンツで？　それとも、お義母さんが？　偽ブランドを平気で着ちゃうようなあの品のない出で立ちで？　車は？　あの、国産のミニカ？　ダメ、絶対、ダメ！

沙保里は、立ち上がると言った。

「ううん、大丈夫。ちょっと、立ちくらみしただけだから。……さあ、駿、いらっしゃい。絆《ばん》創膏《そうこう》、貼ってあげる」

駿は、依子にすがったまま、こちらを見ようともしない。

「駿！」

しかし、沙保里が声を上げると、駿はスイッチが入ったおもちゃのように依子の体を離れて、ゆっくりと、沙保里の傍へと歩き出した。

+

駿を寝かしつけると、沙保里は、子供部屋の扉をそろそろと閉めた。

「ようやく、寝たわ」

沙保里は、大きく息を吐いた。

リビングテーブルには、宅配ピザの残骸《ざんがい》と、手付かずのサラダと粉々に割れた焼き菓子と、リンゴジュースが入ったコップ。

ロイヤルコペンハーゲンの置時計は、九時五分を指している。

「お疲れ」

千鶴子が、やれやれとポーチから煙草を引きずり出した。

依子が帰ったのが、六時過ぎ。そのあと宅配ピザを頼み、簡単なサラダを拵えて。そして、仕事の打ち合わせをしようとしたとき、駿が突然、暴れだした。

よっちゃんのところにいく、おばあちゃんのところにいく……と、わめき散らす。

お菓子を与えても、好物のリンゴジュースを与えても、おもちゃであやしても、泣き止まない。ピザが届いたところで一度は泣き止んだが、しかし、すぐに癇癪《かんしゃく》がはじまった。

「駿君、反抗期がはじまったのかしらね」

煙草の煙を吐き出すと、千鶴子は言った。

「そうね、反抗期ね」

沙保里は、冷たくなったピザの一切れを摘み上げた。思えば、ランチを食べたきり、なにも口にしていない。せっかくのピザが届いても、それを口にすることを駿が許さなかった。

反抗期。言葉にしてはみたけれど、そんな単純なことではないと、沙保里は考えている。

「保育園は?」

「え?」

「幼稚園ではなくて、保育園に入れたほうがいいんじゃないのかしら。保育園だったら、朝早い時間から、夜まで預かってくれるわよ? そのほうが、沙保里さんも自分の時間が持てるでしょう?」

なにを言っているのかしら? 保育園? あれこれと奔走して、ようやく入れた名門幼稚園なのに、保育園に入れろって? やっぱり、この人はなにも分かっていない。子供がいないから、こんな無責任で非常識なことを言えるんだ。全然分かってないんだ。

喉の奥から、激しい怒りのようなものが込み上げてくる。

「ええ、そうね」しかし沙保里は、穏やかに答えた。「でも、再来年は小学校だし。やっぱり、幼稚園でないと」

「受験?」

千鶴子のその言葉は、どこか棘があった。それはどこか、義母と似ている。

「今どき、私立の受験を考えてないママはいないわ」沙保里の語気が、自然と強くなる。「キッズルームのママたちも、みんな、私立を考えている」

「キッズルーム？」

「このマンションの三階にある子供用の施設。ときどき、遊ばせているの」

「なるほど。いわゆる、公園ね。でも、受験もいいけれど、沙保里さんだって来年は出産じゃない。負担じゃない？」

「ええ、まあ、楽ではないわね」

「仕事、セーブする？」

「ううん、大丈夫」

沙保里は、大きく頭を振った。「幸い、今度の子は、今から親孝行なのよ。全然、障らないの。悪阻もないし。駿のときは、悪阻がひどくて、出産までいろいろと大変だったけれど、今度の子は、もう、拍子抜けするぐらい、全然大丈夫なの。とってもいい子。駿とは正反対。きっと、女の子だと思うわ。うん、そう、女の子。もう、男の子は懲り懲り。男の子なんかもう――」

意識の奥のほうに沈めていた本音が、つい、口から飛び出した。沙保里は、慌てて口を閉ざした。

「沙保里さん？」

「ううん。……そういうことだから、仕事は続けるわ」

「それを聞いて、安心した。実はね。ちょっとおもしろい仕事が来ているのよ」

「おもしろい仕事？」

「タイアップなんだけれど。エステティックサロンのM、知っているでしょう？」

「ええ、もちろん。最大手じゃない？」

「そのサロンがね、今度、ヒプノセラピーをはじめるのよ」

「え？　ヒプ……なに、それ？」

「簡単に言えば、催眠療法。アメリカなんかじゃ、とても流行っているんだって」

「催眠療法って、催眠術で記憶を遡《さかのぼ》ったりする、あれ？」

「そう」

「なんで、エステティックサロンが？」

「美顔や痩身《そうしん》といったハード面だけじゃなくて、ソフト……つまり心をケアすることによって真実の美を手に入れる、というのをコンセプトにするみたい」

「へー。おもしろそうね」

「でしょう？　それで、沙保里さんに体験してもらって、それをエッセイにまとめてほしいっていう依頼なのよ。どう？」

「私、催眠術に……かかるの？」

「催眠術っていったって、そんな大げさなものではないようよ。あくまで、心のケアと癒《いや》しが目的だから」

「そう？　じゃ……」

置時計の針は、十時十五分を指している。

「あら、いつの間に、こんな時間」

煙草を灰皿の底に押し付けると、千鶴子は帰り支度をはじめた。

「もう……帰るの？　まだ、早いじゃない。お酒でも、飲む？」

「ありがとう。でも、明日、朝イチで打ち合わせが入っているから。それに、旦那さん、もう帰ってくる頃じゃない？」

「うん。……でも、どうかしら。この時間になっても帰らないってことは、きっと、今日も午前様なんじゃないかしら。だから、もう少し……」

「あ、でも、やっぱり私、帰るわ」

「泊まっていってもいいのよ？」

「沙保里さん、……どうしたの？　なにか、あった？」

千鶴子が、心配というよりは呆《あき》れた様子で、顔を覗き込む。

言ってしまおうか。本心を。心の奥の奥にしまっている、本音を。

怖いの。駿と二人っきりが、怖いの。

沙保里の手に、じわっと汗が広がる。沙保里は、シガーケースからメンソール煙草を一本抜き取ると、それに火をつけた。

「……ね、千鶴子さん。正直に言ってほしいんだけど」

沙保里は、煙を吐き出しながら、千鶴子に視線を合わせた。

「なに？　やだ、怖い顔して」

「駿は……いい子？」

「え？」

「駿は、ちゃんとしていると思う？」

「いい子だと思うよ。オムツが取れたのも早かったし、言葉だって早かったでしょう？　二歳の誕生日の頃には、もうペラペラだったじゃない。今じゃ、英語だって、しゃべるんでしょう？」

「英会話教室に行っているから。教室でも、一番なのよ、あの子」

「でしょう？」

「受験教室でも、一番。先生に毎回、褒められているわ。特に、記憶力がすごいって」

「でしょう？　……っていうか、何？　もしかして、自慢している？」

「違うわよ。自慢なんて。……ね、本当に、駿、おかしいところはない？」

「まあ、ちょっと癇癪持ちのところはあるけど。でも、子供なんて、あんなものよ。理不尽に、突然、暴れたりするものよ。それに、子供の中では、ちゃんと理由があるのよ。それが、周囲に伝わらないだけで――」

ぴちゃっ、ぴちゃっ、ぴちゃっ……。

子供部屋から、何か音が聞こえてきた。

「なに？」千鶴子が、子供部屋のほうに視線を泳がせる。

「あ、また、はじまった」沙保里は、腰を浮かせた。「指しゃぶりよ。また、指しゃぶりがはじまったのよ」

「指しゃぶりなんて、珍しくもないわよ。放っておけば、治るわ。むしろ、気にしたり抑えようとしたりすると、よくないのよ」

「ううん、あの子の指しゃぶりは、異常だわ。ね、病院に行ったほうがいいかしら?」

「そんなに気になるなら、行ってみるのもいいけど。……でも、指しゃぶりは、本当に気にしないことが一番なのよ」

「詳しいのね」

「テレビで見たのよ。……ほら、もう音はしなくなったじゃない。放っておくのが、一番」

また、そんな無責任なことを言う。一日中、一緒にいないから、そんなことを言えるんだわ。年がら年中、あの音を聞かされる身にもなって。

ぴちゃっ、ぴちゃっ、ぴちゃっ……。

ほら。やっぱり、まだ、止まっていない。

ぴちゃっ、ぴちゃっ、ぴちゃっ……。

放っておくのが一番?

冗談じゃないわ。放っておいたら、朝まで、あの音を聞かされるのよ。

ぴちゃっ、ぴちゃっ、ぴちゃっ……。

ぴちゃっ、ぴちゃっ、ぴちゃっ……。

だから、やめなさい！

沙保里は、タオルケットで駿の顔を覆った。

「そんなことをしても、無駄だよ」

「僕は、誰の命令も聞かない」

「だって、僕は、人の上に立つ人間だからね」

黙りなさい！

沙保里は、タオルケットでその口を抑え込んだ。

「やめてよ、ママ。苦しいよ。死んじゃうよ」

沙保里は、ようやく我に返り、その手から力を抜く。

駿？　駿？

沙保里は、ゆっくりと、駿の顔からタオルケットを剝がした。

駿？　……駿？

その声に応じて、顔がこちらに向けられた。

「殺すぞ、ばばぁ」


……沙保里さん、沙保里さん。

肩を激しく揺すられて、沙保里は、はっと顔を上げた。煙草の灰が、ぽろりと落ちる。

「大丈夫？　沙保里さん」

千鶴子の顔が、大写しになる。

沙保里は、どくんどくんと乱れた鼓動を宥《なだ》めるように、はぁとひとつ、大きく息を吐いた。

また、いつものビジョンだ。

沙保里は、二つ目の息を吐いた。

そのビジョンがいつ頃から現れたのかはよく覚えていない。もしかしたら、駿がお腹に入っているときなのかもしれない。いずれにしても、そのビジョンは、日に日に鮮明な輪郭を帯び、より具体的になっている。

そう、ふと、気を緩めたとき。美味しいお茶を飲んでまどろんでいるとき。または、心地よい生活ノイズに眠気を誘われたとき。そのビジョンは、すぅぅぅっと意識の隙間を縫って、やってくる。

沙保里は、今一度、息を吐き出した。

「ね、千鶴子さん。テレゴニーって知っている？」

「テレゴニー？」

＋

――知り合いに、中央競馬会に登録している馬主さんがいる。

競馬には詳しくないのだけれど、馬主になるには、かなり厳しい審査基準があるようだ。

まずは、その所得。年間所得額が二千万円以上、資産額が一億四千万円以上であることが求められるらしい。

その方のお誘いで、去年の五月、東京優駿、いわゆる日本ダービーを馬主席から観戦した。府中の東京競馬場は昨今のオグリキャップブームもあり、大変な混雑だった。なにより、若い女性の多さ！　これが、オヤジギャルか……。競馬新聞と赤ペンを持ったおじさんたちは、すっかり、居場所を失っている。しかし、追いやられたおじさんたち、ちょっとかわいそうだったなぁ。

さて、一般の観戦席の混雑を横目に見ながら、私たちは馬主席専用のゲートを目指す。馬主席はドレスコードが定められており、私も何を着ていけばいいか散々悩み、結局は、ディオールのワンピースでお邪魔した。他の方々も煌《きら》びやかな正装でお出ましで、さながら、『マイ・フェア・レディ』の競馬のシーンのようであった。


フロッピーから呼び出した文章は、ここで終わっている。

女性誌の連載エッセイ、締切にはまだ間があったが、今日、やっつけてしまおう。

あんなに引き止めたのに、千鶴子は帰ってしまい、そして、夫はまだ戻っていない。

このまま寝てもいいけれど、ここのところ、あまりよく眠れない。それに、寝ると、また悪夢を見てしまう。

置時計を見ると、もう零時になろうとしている。

沙保里は、ワープロの端をとんとんと指で叩きながら、煙草を咥えた。

今回のエッセイは、タイアップはなしだ。だから、何を書いてもいいのだが、担当編集者からは、「ステイタス」というお題を与えられている。ステイタス。つまり、社会的地位。もっといえば特権だ。ステイタスと聞いて、真っ先に思い浮かんだのが「馬主」だった。同じ幼稚園に子供を通わせる母親たちのサークルの中に、夫が馬主の人がいる。彼女に馬主席に招待されたときのことを書こう。特にどんな展開にしようなどとは考えることもなく、キーを叩いているうちに、ふと、ある単語を思い出し、それがなにかひどく不快な感情を呼び寄せたので、昨日は途中でワープロの電源を落とした。

テレゴニー。

そう、この言葉をはじめて知ったのは、馬主たちの会話からだった。

沙保里は、キーに指を置いた。


——テレゴニーってご存知？

馬主用ラウンジ。カルティエのトリニティリングを弄《いじ》りながら、そのご婦人は言った。そこにいた紳士淑女たちが、興味津々といった様子で、婦人に注目する。

「テレゴニーというのは、前に交尾したオスの特徴が、他のオスとの間にできた子供に遺伝する……という説。つまり、そのメスが雑種と一度でも交尾してしまうと、そのあとサラブレッドと交尾して仔馬を産んでも、その仔馬は厳密にはサラブレッドとはいえない……という説よ。百年ほど前までは、畜産業界では割と、信じられていた説なんだけど」

「つまり、処女でない女性を嫁にもらうと、元カレの特徴を受け継いだ子供が生まれるってことかい？」

アルマーニのスーツを着た、年頃四十代の男性が、半ばからかうように言った。その場にいた淑女たちの顔に、一斉に苦笑いが浮かぶ。

「処女信仰ってやつですかぁ」シャネルの新作スーツを着たモデル風の女の子が、思い切り笑い飛ばす。「バカみたいですぅ。まったく、非科学的ですぅ。迷信ですよぉ」

「そうかしら？」

しかし、カルティエの指輪の婦人は、言った。

「あながち迷信ではないんじゃないかしら？　だって――」


沙保里は、ここで、指を止めた。


ぴちゃっ、ぴちゃっ、ぴちゃっ、ぴちゃっ……。

ぴちゃっ、ぴちゃっ、ぴちゃっ、ぴちゃっ……。


また、はじまった。

沙保里は、耳を塞いだ。

テレゴニー。

シャネルの女は馬鹿馬鹿しいと一蹴《いっしゅう》したが、カルティエの女はまったくないとは限らないと、いくつか実例を示した。


ぴちゃっ、ぴちゃっ、ぴちゃっ……。

ぴちゃっ、ぴちゃっ、ぴちゃっ……。


駿は、あの犯罪者の遺伝子を受け継いでいるのかもしれない。

だって、駿は、あまりにあの男の特徴を受け継いでいる。

まずは、あの指しゃぶり。あの男も、しょっちゅう奇妙な音を立て、指をしゃぶっていた。

そして、あの頭の良さ。あの男も、頭だけは良かった。そして、その顔。日に日に、似てきている。少なくとも、夫にはまったく似ていない。夫もそれに気づいているのか、駿にはあまり思い入れはないようだ。一応、父親としての最低限の義務と愛情は注いではいるが、無償の愛とは違う気がする。

それでも、駿は、間違いなく、夫の子供だ。なにしろ、あの子を妊娠したとき、あの男は刑務所の中だ。

「そうよ。駿は、夫の子供。あの男とは、一切、関係ない」

沙保里は、キーボードに再び指を置いた。そして、勢いをつけて、キーを叩きはじめた。

――四年前の五月三十一日、東京優駿が開催された日。私の息子が生まれた。それにちなんで、「駿」という名前をつけようと言い出したのは夫の父親だった。義父は、馬券を当てて上機嫌だった。ただの冗談と思いきや、夫も姑も小姑も、みな賛成。私だけが、反対。こんな思い付きで決めちゃっていいの？　ね、もっと考えましょうよ。でも、多勢に無勢。結局は、その名前が付けられた。私だけ一人、取り残されたようで、私はなかなかその名前に馴染《なじ》めなかった。

が、今は「駿」という名前を呼ぶたびに、あの五月の青い空を思い出して、すがすがしい気持ちになるのである。そして、母となった喜びを噛《か》みしめるのだ。

私は、どうしようもなく、母親だ。

＋

母親？　笑わせてくれるね！

あなたは、僕の苦しみなんて、ひとつも分かろうとしたことはないくせに。あなたが僕を産んだときですら、苦しみは自分だけのものだとかたく信じていた。

あなたのその狭い膣《ちつ》を抜けだすのに、僕がどれほど喘ぎ、苦しんだか。僕が、あなたの子宮の中で、何度、あなたの臍《へそ》の緒をこの頸《くび》に巻き付けて死のうとしたか。

僕はね、羊水に包まれていたあのときに、すでに、あなたに殺意を抱いていた。それを植え付けたのは、あなた自身だ。僕はね、あなたを殺すために、あなたの膣を抜けだしたんだ。僕はね、生まれ落ちたその瞬間から、発酵しているんだ。発酵のはてに、あなたを殺すんだ。

……ああ、発酵が止まらない。僕は、肥溜めの中に投げ込まれてしまった。助けてくれ、体が熱くて臭くて、たまらない。

もう、我慢できない。僕をこんなところに閉じ込めたやつらを許さない。

殺してやる。

殺してやる！

＋

なに？　今の。

……あの子が、私を殺そうとした？

沙保里は、キーボードの上に置かれた指を見つめた。その指は、ホームポジションに置かれたままだ。バックライトの液晶画面が、ちらちらとフリッカーをまき散らす。

沙保里は、キーボードから指を剝がすと、煙草を摘み上げた。

ぴちゃっ、ぴちゃっ、ぴちゃっ……。

ぴちゃっ、ぴちゃっ、ぴちゃっ……。

壁の向こう側から、駿が出す異音が聞こえる。

ぴちゃっ、ぴちゃっ、ぴちゃっ……。
ぴちゃっ、ぴちゃっ、ぴちゃっ……。

駿、やめて、お願い、やめて！

7

ぴちゃっ、ぴちゃっ、ぴちゃっ……。
ぴちゃっ、ぴちゃっ、ぴちゃっ……。

「え？」
中野坂上近くのレンタルビデオ屋。棚からビデオパッケージを引き抜いた蜂塚依子は、振り返った。

しかし、そこには誰もいなかった。レジにはおじさんが一人、何か雑誌を読んでいる。

時計を見ると、十一時を過ぎている。

一度、高円寺の自宅に帰ったが、どうしても『ツイン・ピークス』の続きが観たくて、レンタルビデオ屋を目指して家を出た。しかし、案の定、近所の店はどこも貸し出し中で、それでも欲求は収まらず、レンタルビデオ屋を探しているうちに、とうとう、中野坂上まで来てしまった。

その甲斐《かい》あり、目当てのビデオを見つけることができた。

レジカウンターに行くと、白髪交じりの中年男性が、慌てて雑誌を閉じた。

「いらっしゃいませ」

閉じた雑誌の表紙が、不意に視界に入る。男性を対象にした週刊誌だ。何の気なしに胸に付けた名札を確認すると〝河上〟とある。

「はじめてですか？」

「え？　……はい」

「では、身分を証明するものはお持ちですか？」

「あ、はい」

一連の手続きが終わると、男性は言った。

「蜂塚さんとおっしゃるんですか」

「え？」

「珍しい苗字《みようじ》ですよね。……いえ、すみません。〝蜂塚〟という名の知人がいるものですから」

「そうなんですか？　だったら、その人、私の親戚《しんせき》かも」

「その知り合いは、結婚してその苗字になったんですが」

「そうなんですか」

「犯人、誰だと思いますか？」

「え？」

「ですから、ローラ・パーマーを殺害した犯人ですよ」男性は、ビデオを入れた袋を手渡しながら言った。

「ああ、『ツイン・ピークス』ですね」依子は、袋を受け取りながら、曖昧《あいまい》な笑いを浮かべた。「さあ。私にはさっぱり見当がつきません」

「僕もです。……あ」

どことなく古臭い、しかし聞き覚えのある曲が流れてきた。

それは、ロックとフォークソングと歌謡曲をミックスしたような曲調で、たぶん、昭和四十年代に流行ったナンバーだろう。

「僕が、有線にリクエストしたんですよ」

男性は言った。「思い出の曲なんです」

誰が止めても　誰が咎《とが》めても
会わずにはいられない
狂った恋だと分かっていても
行かずにはいられない
愛している　愛している　愛している
殺したいほど　愛している

+

「もう、本当に、頭きちゃう」

依子がお風呂から上がると、母親の京子《きようこ》が雑誌をダイニングテーブルに投げ置いたところだった。男性を対象にした週刊誌……あのレンタルビデオ屋の店員が読んでいた雑誌と同じものだ。

「お母さん、こんな雑誌も、読むの？」

依子は、ペットボトルを片手に、椅子に腰を落とした。

「あの人のエッセイ連載が、はじまったのよ。知らなかった？」

「へー、そうなんだ」

依子は、雑誌を手に取った。

よほど読み込んだのか、そのページがぱらりと開く。

「お義姉さんもすごいわね。もうこれで、六本目じゃない？　連載は」

「依子、今日、あの人のところに行ったんでしょう？　そのエッセイのこと、聞いてないの？」

「知らないわよ。こんなに連載持っていちゃ、お義姉さんだっていちいち報告しないし。こっちだって、わざわざ訊かないし」

依子はさらっと、紙面に視線を走らせた。

なるほどね。母親の興奮の理由はすぐに分かった。このエッセイのテーマは、嫁姑だ。男性読者を意識してか、その内容は生々しくはないものの、男性の同情がお嫁さんに行くように、工夫が凝らされている。つまり、姑を直接叩くのではなくて、自身の至らなさを前面に出しながら、それとなく姑の無知、愚かさを炙《あぶ》り出しているのだ。


――ところで、義母に、シャネルのお財布を譲った。

というのも、新しい財布を夫に買ってもらったからだ。エルメスのベアン。私にはまだ早いかしらと買うのを躊躇《ためら》っていたのを夫が察し、結婚記念日にプレゼントしてくれたのだ。問題は、使用中のシャネルの財布である。買って、まだ一年経っていない。だからといって、財布がふたつあっても仕方がない。そんなことを悩んでいると、義母の顔が浮かんだ。義母が持っているのはヴィトンの財布。上野の露店で買ったという。明らかな偽物だ。こんなものを何も知らない善良な市民に売りつけるとは。怒りが湧《わ》き上がるとともに、嬉しそうに偽物を大切に扱う義母が哀れになり、それが偽物であることをなかなか言い出せずにいた。その財布を見るたびに、もどかしくて仕方がない。それが偽物であることを知らせなくてはならない。でも。

そうだ。私のシャネルの財布を、差し上げればいいんだ。

私はその思い付きをすぐに決行したのだが、シャネルの財布を目の前に置いても、義母はきょとんとするばかりだ。

「でも、私、お財布、あるし」

と、義母は、偽ヴィトンを愛《いと》おしそうに撫でる。義母にとっては、ヴィトンこそが、ブランドなのだ。そのモノグラムこそが、ブランドの象徴なのだ。だから、それ以外のものを見せられても、きょとんとするしかない。

「それ、どこのメーカー？」

義母は、シャネルの財布を人参《にんじん》か大根を扱うように、雑に持ち上げた。

「メーカー……じゃなくて、〝シャネル〟というブランドですよ」

「シャネル？　あの、顔を黒塗りして歌っているグループ？」

やはり、義母にとってのシャネルは、ココ・シャネルではなくて、シャネルズ（ラッツ&スター）なのだ。

「違いますよ。シャネルは、高級ブランドですよ。いろんな有名人も愛用しています。そのお財布だって、八万円したんですよ？」

「え？　八万？」

義母の顔色が、変わった。義母が偽ヴィトンをいくらで買ったのかは知らないが、まあ、たぶん、八万円というのはその十倍の値段だろう。

値段を知った義母は、態度をころっと変えた。それまで雑に扱っていたシャネルの財布を、恭《うやうや》しく、両の手に載せた。

「ああ、さすがに、八万円だけあるわね」

それから義母は、財布の隅々を舐めるように観察しつつ、あれこれと褒めだした。革がいいだの、デザインが素晴らしいだの、使い勝手がよさそうだの。それは、どれも、偽ヴィトンを初披露したときのセリフそのままだ。

「これ、本当に、もらっていいの？」

「ぜひ、もらってください」

義母の満面の笑みを見て、私はようやく肩の荷を下ろした。これで、偽ヴィトンを見なくて済む。これで、偽物だと指摘できない罪悪感に悩むこともない。

義母の笑顔は、どこまでも屈託ない。

その笑顔を見ながら、私は思った。

私には、不要になったブランド物をあげる肉親がいない。母はブランドには興味がないし、兄弟も姉妹もいない。それでは友人にあげれば？　ダメダメ、そんなことをしたら、百年の友情も壊れてしまう。それが仮に後輩であったとしても、女どうしで、ブランドを譲ったり譲られたりするのは、御法度なのだ。そういうことができるのは、家族だけなのだ。

だからこそ、私は、義母の笑顔が、沁《し》みた。


「まったく。馬鹿にして！」

京子が、テーブルを激しく叩く。

「お母さん、やめなよ。また、隣の人に壁をどんどんってされるわよ」

築二十五年を過ぎたこのマンションは、壁が脆弱《ぜいじゃく》だ。昼間は気づかないが、夜ともなれば、隣の生活音が、存外、響く。先日も、管理人を通してやんわりと注意された。それでも京子の突発的な興奮は止まらず、昨日は、壁を激しく叩かれた。

京子のこの興奮は、息子の祥雄《さちお》が結婚してからだ。つまり、沙保里が嫁になってからだ。

それまでは、むしろ、控えめな性格だった。控えめ過ぎて、学校行事やら町内会やらの面倒を押し付けられた口だった。沙保里の妊娠が分かり結婚という話になったときも、反対する夫に対して、京子は表立って意見はしなかった。それどころか、「母親になる沙保里さんの気持ちを一番に尊重したほうがいいと思う」とすら、言っていた。

結婚してからも、なにかと、嫁の沙保里を立てていた。

たぶん、コンプレックスの裏返しなんだろうな……と、依子は母親のことを分析していた。

京子は九州の農家出身で、ほとんど社会経験がないまま、見合い結婚した。夫の仕事の関係で東京に住むことになったが、いまだ訛《なま》りがとれない京子にとっては、東京こそがコンプレックスそのものなのだ。依子が記憶している母親は、その大柄な体をいつも小さく縮めて、人目を避けるようにこそこそと歩く姿だ。

だから、はじめは嫁に引け目を感じていた様子だった。

なにしろ嫁の沙保里は、都会育ちで、大手電機メーカーで働くキャリアウーマン。しかも、人気エッセイストという肩書も持つ。どれをとっても、京子には想像もつかない輝かしいプロフィールだ。しかも沙保里は、今は亡くなったが、ある有名俳優の娘でもある。妾腹《しょうふく》の子ではあるが、それでもそんな嫁がきたとなったら、それこそ、殿さまのお姫様を賜ったようなものだ。だから京子は、まさに腫《は》れ物に触るように、嫁の顔色をうかがいながら、姑という立場を演じてきた。そんな調子だから、沙保里のエッセイのいいネタにされもした。それはどれも、田舎臭くて、どん臭い、常識知らずな姑という役柄だ。それでも京子は、文句のひとつも言わなかった。

そんな京子が手のひらを返したのは、一通の手紙が原因だった。誰が出したのかは分からないが、二年前、「蜂塚沙保里さんに関する重大な事実をお知らせいたします」という文章からはじまる、ワープロで書かれた手紙が届いた。

その手紙には、沙保里が以前、付き合っていた男性のことが書かれていた。その男性とは結婚の約束までしていたが、男性が児童強姦の罪で逮捕され、沙保里は裁判で情状酌量の証人に立つも、男性は実刑。さらに、沙保里はその男の子供を中絶しているという。

その手紙には、他にも沙保里の交友関係があれこれと書かれていたが、母親の神経を逆なでしたのは、強姦犯の男と付き合っていて、しかもその男の子供を中絶している、という事実だった。もともと、潔癖症なところがある京子だ。その怒りは、それまでの性格をがらりと変えるほど、激しかった。

それ以来、京子は嫁の沙保里を「あの人」と呼び、事あるごとに詰《なじ》るようになった。

「所詮《しょせん》は愛人の子供よ。芸者の子。だから、こんな露悪的なことも、平気で書けるんだわ」

京子は、依子から雑誌を奪い取ると、それでテーブルをばんばん叩きはじめた。

「祥雄も、なんだってあんな女にひっかかったんだか。これからだってときに」

確かに、兄の結婚は早かった。念願のテレビ関係の会社に入社したかと思ったら、その翌年には、妊娠中の沙保里を家に連れてきた。

「その妊娠だって、怪しいもんだわ。本当に、種は、祥雄なんだか」

「お母さん！」

依子は、母親の手から、雑誌を奪い返した。

「それは、言っちゃダメ。絶対よ。特に、駿の前では、絶対、言っちゃダメだからね」

「あんたは、ほんと、駿に甘いんだから」

「お母さんにとっても、大切な孫じゃない」

「でも、あの子、ちっとも祥雄に似ていないじゃない。やっぱり、怪しいわよ。そもそも、結婚前に、複数の男性と関係を持つような女よ？　祥雄は、まんまと騙されたんだわ。だって、芸者の娘よ？　手練手管に長《た》けているのよ。なのに祥雄ったら、あの人にべったりで。こんなに近いのに、うちには顔も出さない。ああ、今からでも、時間を巻き戻したい。そしたら、絶対、あんな嫁はもらわないのに」

「それでも、お兄ちゃんは、沙保里さんと結婚したと思うよ？」

「そんなこと、ないわよ。だって、ほら、祥雄にはもう一人、彼女いたじゃない。一度、うちに連れてきた」

「ああ……」確か、お義姉さんの元同僚の人だ。「でも、あの人は、酔っぱらったお兄ちゃんをタクシーで送ってくれただけだよ？」

「そうかしら？　あのとき、私、ぴんときたのよ。あ、ただの仲じゃないって。あの人だったら、きっと、祥雄ももっと幸せになれたかもしれない」

「でも。お兄ちゃん、今、すっごく幸せそうだよ？」

だって、あんなに立派なマンションに住んで。兄だけのお給料じゃ、とてもあんな億ションには住めない。いくらテレビマンとはいえ、入社七年目の兄のお給料だけで、家賃五十万円の部屋に住めるわけもない。しかも、車はフェラーリ。兄だって、人気エッセイストの夫ということで、会社での立場は有利なはずだ。きっと、出世も早いだろう。見栄っ張りで体面を気にする兄のことだ、今の生活に不満があるはずがない。

「それに、お母さんが気にしている、お義姉さんの元カレが犯罪者っていうのは、お義姉さんとは直接関係ないんだから。そんなことで、お義姉さんを責めるのは、どうかと思うよ？」

「まったく、あんたまで、あの人に買収されちゃって。あんただって、エッセイで散々ネタにされているのに」

言われて、依子の表情が、ぐにゃっと歪む。

母親の言う通り、依子も何度か、沙保里のエッセイに登場している。今のところ、母親ほど悪くは書かれていないが、だからといって、褒められるような人物として描かれているわけでもない。体の大きい男っ気のないホラーマニアの女の子。そんな位置づけだ。

+

——無印良品が大変な人気だ。近々、ロンドンに出店するという噂も聞いた。

私のキッチン、リビングでも、無印良品は大活躍している。どんなシチュエーション、シーンでも、違和感なくすんなり溶け込むそのデザイン。やたらと足し算する華美で機能過多な商品が氾濫《はんらん》するなか、このシンプルさはほとんど奇跡だ。それでいて、決して他の商品に埋没したりはしない。しっかりと個性を主張している。しかも、使い勝手がいい。

義妹がまさに、無印良品だ。


これは、はたして褒めているのだろうか。自室に戻ると、依子は三ヵ月前に発行されたファッション誌を引っ張り出した。そして、依子は何度も読み返したそのエッセイを改めて、読んでみた。

――義妹は、とてもいい子だ。実直で真面目で、正義感も強い。が、世間は往々にして、真っ当な正義を嫌う傾向にある。義妹も、そのせいで、苦い青春を送っている。高校時代、悪に憧れる薄っぺらい級友たちによって散々傷つけられ、人間不信になった。義妹は、ただ、級友たちの悪事が許せなかっただけなのだ。それがたとえ遊び半分の万引きであったとしても、義妹にとっては悪、それを告発しないではいられない。それがもとで、彼女は壮絶ないじめにあい、高校は中退。それ以来、内に引きこもってしまった。しかし、私はそれでいいと思う。世の中は好景気で浮かれているけれど、それは虚飾に過ぎない。こんな時代は、長くは続くまい。虚飾が剝がされたときこそ、義妹のような、善良で真っ当な人間の出番なのだ。そのときまでは、繭《まゆ》の中で栄養を蓄えていればいい。

彼女のような、無印だが良品が先頭に立つ時代は、もうすぐそこだ。

褒められているのか、晒《さら》されているのか、よく分からない。いや、きっと褒めてくれているのだろう。まさに、褒め殺し。

しかし、問題はそこではない。依子は、さらに読み進めた。

――そんな良品娘の義妹だが、ただ、おとなしいだけの良品ではない。個性もまた、とびぬけている。彼女は無類のホラーマニアだ。古今東西のホラー映画、小説はほとんど網羅しているのではないだろうか。その知識も抜群だ。ホラーの要素をまったく含まない話をしていても、彼女の手にかかると、たちまち百物語のようなおどろおどろしい空気になってしまう。

私が中学生のときも、似たようなクラスメイトがいた。女子数人と楽しく会話を弾ませていると、必ず「あ、あそこに、なにかいる」などと、話の腰を折るのだ。クラスにひとりはいる霊感少女。が、彼女たちは本当に見えているわけではない。ただ、注目を自分に集めたいだけだ。幽霊や占いといったオカルト要素は、手っ取り早く注目を集めるにはとても効果的だ。例のクラスメイトも、特に成績がよかったわけでも、話術に長けていたわけでもなかったが、「あ、そこになにかいる」というだけで、たちまちサークルの中心に立つのである。

私は、そんな彼女が嫌いだった。軽蔑すらしていた。「見えてない」くせして、「見える」ふりをするこの罪深さ。

「これって、お義姉さん自身のことじゃない」

依子は、母親がしたように、雑誌をサイドテーブルに投げ置いた。

そりゃ、つい、夢中になってホラー映画の話をしてしまうこともある。でも、霊感があるとか、何かが見えるとか、そんなことは一度も言ったことがない。というか、霊感なんか、ない。でも、お義姉さんは、会話が盛り上がると、必ず、「あ」と幽《かす》かな叫び声を挙げる。それこそ、太宰治の『斜陽』の冒頭のように。そして、「どうかした?」と必ず応えるのが、南川千鶴子。

続けて、意味ありげに視線を泳がすお義姉さん。「もしかして、なにか、いる？　いるのね、沙保里さん。何が見えるの？」と畳み掛ける千鶴子。これがはじまると、もう二人の独壇場だ。お義姉さんは「ううん、なんでもないの」などと儚《はかな》げに首を横に振るけれど、その場にいるものの全員、お義姉さんの視線が気になってしかたがない。自然と、お義姉さんが、その場の中心になる。

「そういうところ、上手いんだよな、お義姉さん」

依子は、ベッドに腰を沈ませた。

「あの人は、根っからの女王様体質なんだ。自分が中心にいないと、気が済まないのよ」

でも、一番質《たち》が悪いのは、南川千鶴子だ。まさに腰巾着。あの人がいるから、お義姉さんは、どんどん図に乗る。

依子は、先程投げ置いた雑誌を手繰り寄せた。

――義妹は、本当にいい子なのだ。まだまだ原石だけれど、磨けばきっと、ターコイズのような淑女になるに違いない。

ターコイズね。……ダイヤじゃないんだ。

原石か。お義姉さんが言う〝原石〟とは、処女を意味する。つまり、お義姉さんは、私のこと、バージンだと思っている。

「まあ、確かに、そうなんだけどね」依子は、ため息交じりで、ひとりごちた。「お義姉さん、いくら本音エッセイが売りだからと言って、最近、ちょっとやりすぎ。身内だからぐっと我慢しているけど。これが赤の他人だったら、たまんないわ。……お義姉さん、たぶん、いろんな人に恨まれているんだろうな」

依子は、マガジンラックから、別の雑誌を引き抜いた。学生からOLにまで絶大な人気を誇るファッション誌。ここにも、義姉《あね》のエッセイが掲載されている。同じ幼稚園に子供たちを通わせている母親たちについて書かれたものなのだが。特に、ある母親の描写が、酷《ひど》い。

「このエッセイで晒された人は、どんな気持ちだろう？　というか、お義姉さん、晒された人の気持ち、考えたことあるのかしら？」

たぶん、ないだろう。

でも、そこが、義姉の魅力でもあるのだろう。

義姉は華やかで、どこにいっても目立つ。まさに、銀のスプーンを咥えて生まれてきたような女だ。容姿と出身大学にコンプレックスを持つ兄にとっては、まさに高嶺《たかね》の花。兄がどのように籠絡《ろうらく》されたのかは、簡単に想像することができる。

はじめて兄が沙保里を連れてきたとき、大学に合格したときよりも就職が内定したときよりも、誇らしげだった。

「子供ができた。俺、父親になるんだ」とはしゃいでいた兄の顔は、まさに、トップに上り詰めたように得意げだった。

「駿は、誰に似たんだろうな……」

顔は、兄の祥雄に似ていると思う。母は似ていないと言うが。

でも、中身はまるで違う。

なにしろ、兄はそれほど頭はよくないし優秀ではない。高校も大学も第一志望は落ちて、滑り止めの三流にようやく滑り込むことができた。

しかし、駿は、すこぶる頭がいい。その知識の吸収力は恐ろしいほどだ。その発想にも、度々驚かされる。駿と一緒にいると、こちらが教わることのほうが多い。

あの子は誰に似たのだろうか。

沙保里お義姉さん？　違う。義姉は文化人を気取ってはいるが、頭の出来は、兄と似たり寄ったりの俗物だ。

「駿は、誰に似たんだろうな……」

依子は、もう一度呟きながら、ラジオのスイッチを入れた。

懐メロが流れている。

それは心地の良いメロディーで、睡眠導入にはもってこいの曲だった。瞼が、しだいに重くなる。依子は、枕《まくら》にゆっくりと頭を沈めた。

8

誰が止めても　誰が咎めても
会わずにはいられない
狂った恋だと分かっていても
行かずにはいられない
愛している　愛している　愛している
殺したいほど　愛している

「あら、懐かしいわね。ザ・ミルズじゃない？」

カフェレストランに向かう途中、パチンコ屋の前で、ママ仲間の一人、佐々木《ささき》さんの足が止まった。

沙保里の足も止まる。しかし、その足は微かに震えている。

この場を早く、離れたい。この曲は聴きたくない。

あの男を思い出す。

「さあ、急ぎましょう。あのカフェレストラン、すぐに満員になっちゃうわよ」

リーダー格の山谷《やまたに》さんがそう号令をかけてくれたのをこれ幸いと、沙保里は足を速めた。

しかし、佐々木さんは、たらたらと沙保里に向かって思い出話を続けた。

「ザ・ミルズ。わたし、ファンだったんですよ。蜂塚さん、覚えてらっしゃいません？」

「ええ、なんとなく」沙保里は、早口で応えた。

「私、ボーカルのツトムのファンだったんですよ」

「そうですか」

汗が、止まらない。沙保里は、ハンカチを取り出した。

「ザ・ミルズといえば」吉田《よしだ》さんが、話題に割り込んできた。「メンバーの一人が、逮捕されませんでしたっけ？」

沙保里の足が、自然と早くなる。ほとんど、駆け足だ。

「やだ、沙保里さん、そんなに慌てて。どうしたの？」須藤《すどう》さんが、後ろから声をかける。

「お腹がすいちゃって。早く、参りましょう」

ママ仲間には、大きくわけて三つの派閥がある。沙保里が参加しているこの派閥は、全員で五人。年収、三千万円から五千万円といったところか。具体的に年収の話題が出たことはないけれど、だいたい、収入のレベルに応じて派閥はできあがる。収入に大きな差があると、話題がかみ合わないどころか、そのステイタスの違いが原因で思いもよらないトラブルが生じることになる。だから、自《おの》ずと、レベルに応じてグループが出来上がるのだ。このグループで、お迎えの二時まで、ランチをしたりお茶をしたりして、時間を潰《つぶ》す。

以前は、年収六百万円程度の一般サラリーマンの奥さんも仲間にいたが、彼女は早々に、このグループを抜けた。あからさまにブランドと分かるものを好んで身に着けていて、そのくせ、ストッキングはいつでもどこかが伝線しているような人だった。そんな彼女が、あるとき、バーキンを買った。中古だとしても、彼女の夫の所得では、とうてい無理な買い物だ。案の定、サラ金を利用したらしい。そのバーキンを、彼女は山谷さんが主催するパーティーに持ってきた。彼女にしたら、百万円を超えるバッグのお披露目のつもりだったのだろうが、これほどのマナー違反もない。「バーキンは、仕事かカジュアルで使用するものよ。パーティーに持ってくるなんて、非常識よ」と、山谷さんはやんわりと注意したのだが、それ以降、彼女は他のグループに移った。年収一千万円以下の、一般サラリーマンの奥さんたちで作られたグループだ。

「あの人、バーキンを売ってしまったらしいわ」

カフェレストラン。注文を終えると、佐々木さんが早速、話題を提供した。

「あの人って、野口《のぐち》さん?」ナプキンを膝にかけながら、山谷さん。

「ええ。結局、パーティーに一度持ってきただけで、売ってしまったらしいの。他にも、いろいろと借金がおありのようで。……パートをはじめたらしいわ」

「まあ。お気の毒。ご無理なさらないといいのですけれど」山谷さんが、ご自慢のヴァンクリーフのペンダントに、そっと触れる。以前、まったく同じペンダントを失《な》くしたことがあるようで、こうやって確認するのが、彼女の癖だ。

「でも、送り迎えはどうするのかしら」ミネラルウォーターを口に含みながら吉田さんが訊くと、

「パートを抜け出すみたいですよ。昨日なんか、パート先の作業服を着て、いらっしゃっていたもの」と佐々木さんが淀みなく応えた。

「二時に幼稚園が終わって、そのあとは？」

「お子さん一人でお留守番みたいですよ」

「まあ……。ご無理をなさらないで、保育園にお預けになればいいのに」

「本当に」山谷さんが、評論家よろしく口を挟む。「この好景気に乗じて、まるで自分までレベルアップしたかのように勘違いして、普通の方々がこぞって有名私立幼稚園、そして私立小学校に子供を入れているようですけれど、これほどの暴挙もございませんね。子供がかわいそうよ」

「お教室も大変な賑わいよ」佐々木さんがさらに話題を振る。

「受験教室？」山谷さんが、憐《あわ》れみを含んだような笑みを浮かべた。「そもそも、お教室に通わせている時点で、名門校には相応《ふさわ》しくないのに」

須藤さんが、あいまいな表情で沙保里の方を見る。このグループで、幼児教室に子供を通わせているのは、須藤さんと沙保里の二人だけだった。二人とも同じマンションに住み、今の幼

稚園を受験させるために、教室に通うようになった。他の三人もそれに気が付いたのか、「あ」と無言の声を上げると、慌てて、話題を変えた。

まあ、確かに。沙保里は、思った。それだけのステイタスとコネクションがあれば、受験対策の教室などに通う必要もない。逆にいえば、ステイタスもコネクションもない成り上がりあるいは身の程知らずが縋るのが、〝お教室〟だ。

新宿で飲食業を営む須藤さんの旦那さんは、まさに成り上がりだ。では、私は何だろう？　身の程知らず？　沙保里は、ミネラルウォーターで唇を濡らす。

ポケベルが鳴っている。みんなの視線が、沙保里に集まる。呼び出し主は、南川千鶴子だった。

「ちょっと、失礼」

沙保里は中座すると、公衆電話を探した。

「沙保里さん？　ごめんなさい。大丈夫だった？　あのね、実はね――」

千鶴子の事務所に電話すると、彼女は慌てた様子で、一気に用件を並べ立てた。

「昨日、話した例の件なんだけど。ほら、ヒプノセラピー。早速なんだけど、動きがあってね。急遽《きゆうきよ》、取材を兼ねて打ち合わせをお願いされて」

「分かった。……いつ？」

「今日だっていうのよ」

「今日？」

「今日だったら、何時が大丈夫？」

「二時には幼稚園にお迎えに行かなくちゃいけないし。そのあとは」

「お教室？」

「ううん、今日は教室はないの」

「なら、夕方なら、大丈夫？　四時から六時ぐらいまで」

「え、……まあ、その時間なら」

「じゃ、場所は、ヒルトンホテルのラウンジでいいかしら？」

「ええ、それで、いいわ」

そして、電話は切れた。

相変わらず、押しが強い人だ。毎回、こんな感じでちゃっちゃっと押し切られてしまう。

でも、どこかで、こちらからその押しを引き受けている。

仕事ができた。これで、口実ができる。

＋

「なら、駿君、私が預かってあげましょうか？」

幼稚園に向かう途中、沙保里がそれとなく取材のことを言うと、須藤朱美《あけみ》は案の定、そんなことを言った。

「うちの英之《ひでゆき》と駿くんは仲良しさんだし。うちの子も、駿君といると、とてもいい子なの。お勉強も進むし」

「でも、毎回、悪いわ」

「ううん、いいのよ。四時から六時でしょう？　あっというまよ。それにヒルトンなら、万が一なにか問題があっても、近所だし」

「じゃ、……お言葉に甘えようかしら」

沙保里は、女子中学生が親友にやるように、朱美の袖《そで》を軽く摘んだ。朱美もそれを返すように、沙保里の腕に自身の腕を絡み付けてきた。そして、その頭を沙保里の肩にちょこんと載せた。こんな子供っぽいしぐさが、ひどく似合う。大学生のときに、アルバイト先のオーナーに見初められて妊娠、そして結婚したという朱美は、沙保里より六歳ほど若い。その肌は十代のように瑞々《みずみず》しく、きゃしゃで小柄な体型のせいか、女子高校生のようにも見える。本当ならば、まだまだ遊び盛りなのに。同じ年頃の女性はディスコにクラブにと忙しく飛びまわっている。でも、彼女はそんなことには見向きもせず、妻と母の役割を懸命にこなしている。なにより、同じマンションの住人としてとても頼りになる。沙保里は、朱美の腕をさらに引き寄せた。

前方には、山谷さんと佐々木さんがじゃれ合いながら歩いている。その少し後ろを、まるで付き人のように歩いているのは吉田さん。吉田さんはグループの最年長だが、いつも控えめだ。たぶん、年齢のことを気にしているのだろう。確か、今年で四十一歳。

「それにしても、駿君は本当にいい子ね。将来が楽しみ」朱美が、不意にそんなことを言った。

「そう?」沙保里は、応えた。「でも、ちょっと、感情の起伏が激しいところがあって。最近、反抗期みたいだし」

「あら、そう? うちの子に比べれば、全然よ。うちの子の落ち着きのなさは、天下一。もう、本当に心配。誰に似たんだか」朱美は、細い溜息を吐き出した。「……先日なんか、幼稚園の先生から呼び出しがあってね。ゆかりちゃんの顔に、傷をつけちゃったって」

「ゆかりちゃん? 野口さんちの?」

「そう、野口さん。バーキンの野口さん」

「それで、……傷って?」

「積み木の角で、ちょっとかすっただけなのよ。それを、野口さんたらオーバーに騒ぎ立てて。訴えるだの、なんだのって。先生が仲裁に入ってくれたから、なんとかその場で収まったけれど」

「全然、知らなかった。そんなことが、あったの」

「あの人、私たちに相当恨みがあるみたいね」

「恨み?」

「だから、逆恨みよ。自己中心的な話よ。自分からグループを抜けたくせに」

「逆恨み……」

「母親があんな調子じゃ、ゆかりちゃんが心配だわ」

「どうして?」

「うちの子が、ゆかりちゃんに怪我《けが》させた理由はね、ゆかりちゃんに『死ね』って言われたからなのよ」

「まあ、ひどい」

「でしょう？　それでなくても女の子って、言葉が早いじゃない？　語彙《ごい》も豊富だし。それで、うちの子、ゆかりちゃんに一方的に言葉で攻撃されたみたいなのよ。それで、手が出ちゃったみたい。それにしたって、『死ね』はないでしょう？　きっと、野口さんが家で言っているのね。子供は、親の真似をするから」

「……そういえば、うちの駿も、寝言で『死ね』って」

「ああ、それ、ゆかりちゃんのせいよ」

「そう……なのかしら」

「絶対、そうよ。本当、他人様《ひとさま》の子供ながら、行く末が心配よ」

「行く末……」沙保里の思考に影が落ちる。「……ね、もしよ。もし、自分の子供が犯罪者になったら、どうする？」

「え？」朱美が、きょとんとこちらを見る。

「だから、例えばよ」

「そんなこと、考えたこともないわ。被害者になったらどうしようとは考えるけれど。……うちの子に限って、犯罪者になることはないもの。絶対」

「そうよね。うちの子に限って、そんなこと……ないわよね」

＋

ヒルトンホテルのラウンジで、沙保里は千鶴子から二人の女性を紹介された。

一人はエステティックサロンMのマネージャーで、向井《むかい》という四十代の女性だ。華やかな業界にいる割には、地味な黒いスーツ。そして、もう一人が、ヒプノセラピストのREIKOという女性だった。金髪ボブのウィッグと暗闇色のサングラスのせいで、年齢はよく分からない。が、その肌艶《はだつや》からいって、そう歳《とし》は取っていないだろう。こんな形《なり》だがれっきとした日本人で、アメリカでは割と名の知れたセラピストなのだという。

ラウンジで簡単な挨拶と紹介が終わると、沙保里は、最上階のスィートルームに連れていかれた。

「どういうこと？」

訊くと、

「今日は、沙保里さんに、ヒプノセラピーを体験してもらうのよ」

と、千鶴子はまるでそれが当たり前のように言った。

「え？　今日なの？」

戸惑う沙保里に、

「REIKO先生は、明日には、いったんアメリカにお戻りになるんです。ですから、今日、是非」

と、通せんぼするような形でドアの前に陣取る向井女史が、追い打ちをかける。

「でも」

千鶴子を振り返る。

「大丈夫よ、沙保里さん」

「……準備が」

「準備などは必要ございません」

そう言ったのは、ＲＥＩＫＯ。この人の声は独特で、つい、身を委《ゆだ》ねてしまいたくなる。

「最もリラックスする姿勢でじっとしていただくだけです。……さて。どちらにいたしますか？ベッドに横たわるか、それとも、ソファー？」

「あ……じゃ、ソファーで」

たぶん、もう催眠術ははじまっているのかもしれない。沙保里は、自らソファーに体を沈めた。

それを合図に、向井女史がカーテンを一枚一枚閉めていく。

そして、最後のカーテンが閉められたとき、サイドテーブルのランプが点灯した。それは、なにか夕闇の残照を連想させた。心細さが、じわじわと広がっていく。

「では、まず、あなたの悩みを教えてください」

悩み？　……悩みなんて、ないわ。沙保里は、きゅっと唇を閉じると、ゆっくりと首を横に振った。

「沙保里さんは、見えるんですよ」

そう言ったのは、千鶴子だった。

「見える？」

「はい。神秘的なものが。例えばオーラとか、例えば……」

「なるほど。霊感体質なのですね」

「そうなんです」

ＲＥＩＫＯと千鶴子の会話が続く。千鶴子は、いつもの調子で、自分の思い込みと決めつけを織り交ぜて、次々と、沙保里のプロフィールを語っている。「そんなことないわ」「それは違うわ」と言葉を挟もうとするのだが、意識がとろんと痺《しび》れて、うまく言葉が紡げない。

眠い。とても、眠い。死んでしまいたいほど、眠い。

「目を閉じてもいいですよ」

ＲＥＩＫＯが、耳元で囁《ささや》いた。

……はい。

「では、今、あなたは、何歳ですか？」

……十六歳。

「今は、昭和何年ですか？」

……昭和五十一年。

昭和五十一年、初夏。

私は十六歳。高校二年生。広告代理店が主催する菓子メーカーの女子高生モニターミーティングに参加していた。築地《つきじ》の本社ビル、広告業界、なにもかもが輝いて見えた。

モニターは私を含めて十五人、十五歳から十八歳までの、女子高生。制服着用が義務付けられていたから、どの学校の子かだいたい分かる。みんな、制服がかわいいことで有名な学校だ。みんな、ティーン雑誌のモニター募集の広告に応募したらしい。

〝君の感性で、ヒット商品を生もう〟なんていうコピーだったけれど、生むもなにも、すでに商品は出来上がっていて、それを試食して感想を言うだけのものだ。ちょっとガッカリ。

だから、私は、本音を言ってやった。全然美味しくない。スタッフの人は慌ててた。特に、くるくる巻き毛の、いかにもパシリって感じのおじさん社員。

「え？　うそ？　なんで？　どこが美味しくない？」

って、あたふたしっぱなし。

商品を作ったメーカーの人も同席していたから、その人のご機嫌をとったり。バカみたい。だって、美味しくないものは美味しくないんだもん。仕方ないじゃない。

「ちょっと、ちょっと」

袖をひっぱられて、私は隣を見た。海老茶《えびちゃ》のチェックのリボンのその子は、K女の生徒。ティーン雑誌の女子高制服ランキングでは常にトップ3に入っている学校だ。

「もっと、言葉を選んだら?」その子は言った。ミーティングがはじまる前に渡された名札には、藤本美沙《ふじもとみさ》とある。自己紹介のときに、ミサって呼んでくださいと言った子だ。「だって、忌憚《きたん》のない感想をって言われたから、忌憚のない感想を言ったまでよ」私は言った。

ミーティング開始から一時間半が過ぎており、今は十五分間の休憩中だった。

「というか、あなたは美味しいって思った?」私は、躍起になって繰り返した。「本当に美味しいと思った?」

「まずくはないんじゃない?」

ミサは、肉付きのいい唇にリップを塗りながら答えた。よく見ると、うっすら化粧もしている。前髪もきれいにカールがかかっていて、たぶん、部分パーマだろう。K女って、意外と校則ゆるいんだ。引きかえ、私は。

真っ黒の直毛をふたつに分けて三つ編みにし、前髪は眉毛《まゆげ》のぎりぎり上でまっすぐにぱっつんとカットされている。右のほっぺと顎と鼻の上にはニキビ。

はっきりいって、十五人の中では一番見劣りしている。でも、一番の注目を集めているのも確かだった。なにしろこの制服は、制服ランキングで毎回トップをキープしている。東京近郊の女子の憧れの制服だったが、狭き門で、この制服はなかなか手に入らない。それがまた希少価値を生んでいるのだが、しかし、いくら制服がかわいらしくて有名でも中身がこんなんで、T女学院という学校名だけで私を選んだスタッフは今頃後悔しているだろう。特に、あのくるくる巻き毛の社員は、私の顔を見て、あからさまに「期待はずれ」という顔をしてみせた。悔しい。ぎゃふんと言わせたい。

「でも、やっぱり、メーカーの人も来ているんだし。お世辞でもいいから、褒めておけば？」

ミサが、手鏡に自身を映しながら言った。「一人でも否定的な人がいると、場がしらけちゃって、私たちもやりにくいよ」

「分かった。なら、私、もう何も言わない」

「だから、そういう態度はやめようよ。楽しくやろうよ。だって、後半は、撮影もあるんだよ？」

ミサは、部屋に次々と搬入される照明器具を顎で指した。ミーティングの様子が撮影され、ティーン誌に掲載されることになっている。

「誰か偉い人の目に留まったら、読者モデルとかテレビ出演とかチャンスもあるかもしれないじゃん？　でも、一人でも仏頂面の人がいたら、メーカーの人だって出版社の人だって広告代理店の人だって、気分悪くなって、私たちをちゃんと見てくれないよ」

ミサは遠まわしに、私一人が浮いていて、そのせいでスタッフの中にもいやな空気が流れているということを警告しようとしていた。

「というかさ。T女学院の生徒が来るとは思ってなかったよ？　だって、あそこ、めちゃくちゃ校則厳しいじゃん？　制服ランキングのトップをとっても、生徒の写真も載んないじゃん？

あれ、禁止されているからでしょう?」

確かに、校則の厳しさは他に類を見ないだろう。他校の生徒たちが、〝T女子刑務所〟と揶《か》揄《ら》って呼んでいるのも知っている。

「なのに、顔出ししても、大丈夫なの?」

たぶん、退学処分だ。よくても、停学。でも、私はその覚悟をもって、ここに来た。

「なんか、わけありって感じだけど、でも、あんまり場を乱さないでほしいわけ。ここはオトナになって、仲良くやろうよ」

前髪のカールを指で整えながら、ミサが念を押す。私が黙っていると、ミサは、話題を変えた。

「広告代理店の社員っていったら、みんなカッコいいのかと思ったら、そうでもないんだね」

ミサの視線を追うと、そこには、くるくる巻き毛の社員が、あくせくと、動き回っている。

モニターの女子生徒たちに飲み物を運んだり、メーカーのお偉いさんにぺこぺこ頭を下げたり。その髪は水分を含んで、ますます大きく盛り上がっている。細身の体にその髪型は、遠めでみると、マッチ棒のようだ。

「鼻毛もくるくるなのかな?」

私は、特に意識もせずに言ったが、それがミサにはひどくおかしかったらしく、笑いが止まらなくなった。ミサは笑いながら他の生徒のもとに行き、話を次々と伝えていく。

「鼻毛もくるくるなのか?」

これがその日の、女子たちの最大の関心事になり、ミーティングの後半は、くるくる巻き毛の社員が動くたびに、笑いが起こった。そのおかげでミーティングは、主催側の思惑通りな雰囲気となり、写真もいいものが撮れたとカメラマンを喜ばせた。

くるくる巻き毛は、最後の最後まで女子高生たちの注目の的だった。私たちは、彼の関心をこちらに向けようと、あれこれと彼をからかった。いつのまにか質問大会がはじまり、

「何座?」「おとめ座です」

「血液型は?」「O型です」

「彼女は?」「一応、います」

「彼女さんのこと、愛してますか?」「いやー、まいったな」

「好きなタイプは?」「……えっと」

「浮気したいと思ったことは?」「……いや、その……困っちゃうな」

やっだー、照れてるぅ。そんな笑いの中、私も釣られて彼の一挙手一投足を観察することとなったが、眺めているうちに、彼の指が意外と細くて長いこと、彼の眼《め》がきれいな二重であること、彼の鼻が割と形がいいことなどを発見した。

お開きになる頃には、「意外と好みかも」と言い出す子まで出てきて、自ら彼に電話番号を渡す子までいた。

私も、そっと、ノートの端に自分の電話番号を書いてみた。それを無造作に破って小さく小さく折りたたむ。でも、渡すきっかけがなくて、それは私の手の中で、ぐしゃぐしゃにふやけ

ていった。

「ね、あの人、ミルズのメンバーだった人じゃない？」

ディスカッションが終わると、参加者の一人がそんなことを言った。髪の毛のウェーブばかりを気にしている、ちょっと苦手なタイプの子。制服のネクタイがだらしない。

「ミルズ？」隣の子がすぐに反応した。

「知らない？　ほら、昔、『狂った恋』を歌っていた、ザ・ミルズ。グループサウンズの」

「グループサウンズ？　知らない」

「知らない？　ほら、愛している、愛している、殺したいほど愛している……ってやつ。愛しているぅぅぅって絶叫して、失神するのよ」

「なに、それ。……ああ、でも、その曲は聴いたことあるかも。それを歌っていた人？　でも、違うでしょ？　似ているだけじゃない？」

「ううん、間違いない。ミルズの人よ。お姉ちゃんがファンで、うちにレコードがあるもん。あの右頬のホクロと天然パーマ、間違いない」

「でも、そんな人がなんでここに？」

「再就職したんじゃない？　一発屋だったし、芸能界は引退したんでしょ」

ザ・ミルズ。そんなグループ、まったく知らなかったが、私の好奇心が反応した。

時計を見ると、もう結構な時間だった。そう遠くない場所から来ている他の子たちは手を振りながらそれぞれの帰路に散っていったが、私だけ、残された。御礼と称して持たされた菓子の詰め合わせをぶら下げながら、私は不安を隠しきれず、きょろきょろと周りを見回す。

くるくる巻き毛が、ジャケットの内ポケットからタクシーチケットを取り出した。

「これ、使ってください」

「でも、ここから家までだと、ものすごくお金、かかりますけど？」

「いくらかかっても大丈夫ですから」

「でも」

私は、自分の顔がやたらと熱くなっていることに戸惑った。

「大丈夫ですから」

彼が、笑う。あ、八重歯。……歯も、割ときれいなんだ。

「あの」私は、手の中の紙切れを、彼に渡した。「もし、また、なにかあったら……」

「はい。また、次の機会がありましたら、是非」

「かわいい」

その歳の女の子なら一日のうち百回は使用する言葉を、私は言ってみた。彼の目がきょとんと私を見る。みるみる染まる頬に、私は繰り返した。

「かわいい」

大人をからかうのは、この年頃の特権だ。上目遣いで「次の機会って、いつ？」などと言って、大人が困るのを見るのがなにより楽しい。よし、もっとからかってやろう。

「あなた、ミルズの人？」

「え？　いや……、困ったな。昔のことですよ」

「でも、ごめんなさい。私、ミルズって、全然知らない」

彼の顔の筋肉が、いろんな感情が入り混じった複雑な表情を作る。

「……あ、そうだ。これ」

彼から渡されたのは、チョコレートだった。そのパッケージは初めて見るものだ。

「サンプル品ですが、もし、よかったら、どうぞ」

「でも、お菓子なら、もうこんなに沢山」

「それはどれも安物です。スーパーでもどこでも売っている廉価品です。でも、このチョコレートは特別なお客様にだけお渡しする、特注なんです」

「特別？」

「そうです」

「そんなの、もらっていいの？」

「どうぞ、もらってください」

タクシーが止まり、扉が開いた。

「では、お気をつけて」彼が、深々と頭を下げた。くしゃくしゃの頭。頑固な天然パーマに毎朝手を焼いているのだろう。整髪剤の香りはするが、まったく効果はない。

彼の手が私の背中を軽く押し、私はその力に従って、タクシーに乗り込んだ。体が自然な形でシートに収まる。こんなに上手に座れたことなんてない。はじめてだ。そして扉が閉まり、車が滑り出した。車窓からは、いつまでもいつまでも、彼が手を振る姿が見えた。

胸の奥のほうが、じんわりと熱くなる。


これが、彼――河上航一との出会いだった。

私は、その日一日の出来事を、ビデオテープを巻き戻すように、何度も何度もリプレイしてみた。

そして、気が付いた。

もしかして、あの人、いじめられている？　たぶん、そうだ。モニターディスカッションのときも、まるでそれが当たり前のように、あれこれと動いていたのは、彼だけだった。他にも社員らしき人は数名いたのに、彼にだけ仕事を振り、そのくせあからさまに無視し、あるいは彼の働きにいちいちケチをつけ、せせら笑っていた。

そのときの彼は、まるで、クラスにいるときの私みたいだった。

いじめって、いい大人になってもあるもんなんだ。

胸が、ちくちくと痛い。

これは、シンパシー？　同情？　それとも好奇心？

それから私は、ミルズについての情報をかき集めることに熱中した。古本屋を四件回り、古い雑誌を六冊手に入れた。ザ・ミルズ、五人で構成されたバンドで、グループサウンズブームも下火になった昭和四十五年にデビュー。デビュー曲の『狂った恋』は十万枚のヒット。

「いやだ、これ、もしかして、あの人？」

五人の中のひとり、笑ってしまうほどださいポーズで格好をつけている。この天然パーマ、この右頬のホクロ、八重歯。……彼だ。でも、なかなかサマになっている。キャプションには、彼の当時のプロフィール。ニックネームはコーちゃん。担当はサイドギターとコーラス。年齢は……、

「昭和四十五年で二十歳？ ……じゃ、今は、二十六？ ……やだ、おじさん過ぎる」などと、指を折りながら自分との歳の差を確認してみたり、「二十二歳で芸能界を引退したんだ。そのあとは大学に行って……。へー、なかなか堅実な人じゃん」などと古い週刊誌の記事を何度も捲ったり、古レコード屋では『狂った恋』のシングル盤も見つけた。それは、聴き覚えのある曲だった。結構好きかもしれない。ボーカルの声はあまり好きじゃなかったけれど、合間合間のコーラスの声は、いい。どれが彼の声かしら？ 私は、傷だらけのレコードにさらに傷をつけるように、何度も針を落とした。

愛している　愛している　愛している
殺したいほど　愛している

「バカみたい。私、なにやってんだろう」

梅雨がはじまる頃、私の好奇心も急速に冷えていった。なのに、その週の土曜日、彼から電話があった。

「忘れ物をみつけたのですが、あなたのでしょうか?」

違う、と分かっていながら、翌日、私は待ちあわせ場所まで行った。

そして、誘われるまま、ホテルに行った。

初めてだった。

シーツについた血を気にしながら、私は訊いた。

「ね、ミルズってどういう意味?」

「マンソンのミドルネームが〝ミルズ〟なんですよ。そこからとりました。僕が提案したんです」

「マンソン?」

「チャールズ・ミルズ・マンソン。大量殺人を犯した、マンソンファミリーのリーダーです」

なに、それ。そんな凶悪犯の名前をバンド名にするなんて。

もしかしたら、危ない人なのかもしれない。あの剽軽《ひょうきん》な天然パーマは隠れ蓑《みの》で、その裏側にはとんでもない素顔が隠されているのかもしれない。

それでも、私は彼の誘いを断れなかった。

だって、私は――。

誰が止めても　誰が咎めても
会わずにはいられない
狂った恋だと分かっていても
行かずにはいられない
愛している　愛している　愛している
殺したいほど　愛している

＋

「今は、平成何年か、分かりますか？」

……今は、平成三年です。

「あなたは、今、何歳ですか？」

……三十一歳です。


ぱーんと何かが弾ける音がして、沙保里は目を開けた。

ぼやけた視界の中、千鶴子の姿が見える。

「大丈夫？　沙保里さん」

「ええ、ええ、大丈夫よ」

沙保里は、ほとんど機械的に応えた。それを言うのがやっとだった。

頭が痺れて、うまく考えられない。沙保里は、バッグを探った。そして、シガーケースを探し当てると、その中から一本、煙草を摘み上げた。しかし、指が震え、うまく摘めない。沙保里はもう一方の手で煙草を支え、ようやっと、口まで運んだ。

その様子を、三人が、意味ありげに眺めている。その表情は、好奇心であったり同情であったり憐れみだったり。本来なら、それぞれの表情を読み取って、それ相応の受け応えを速攻で作り上げるのだが、今はそんな余裕もなかった。とにかく、頭が痺れて、なにも考えられない。

沙保里は、なにかの病気のように震える指で、煙草に火をつけた。

ヒルトンホテルを出たのは、予定の六時を五分ほど過ぎた頃だった。

「沙保里さん、急がなくちゃ。駿くんを預けているのでしょう?」千鶴子が、沙保里を急かした。

「ええ」しかし、沙保里の足どりは、重い。

「どうしたの?」千鶴子が、狆のような表情で、こちらを窺っている。

「私、さっき、なにか、変なこと言った?」

「ううん。特には。REIKOさんがおっしゃるには、沙保里さんは、催眠術にはかかりにくい質なんですって」

「そうなの? でも……」

「沙保里さん、普通にすぅすぅ寝てしまって。先生、驚かれていたわ」

「寝ていただけ?」

「そう。本当に気持ちよさそうに。四十分ぐらいかしら。これじゃ、体験取材にはならないわね。でも、その辺はうまく誤魔化して、エッセイにしてほしいんだけど」

「うん、分かっている。……ね」

「なに?」

「ね、ヒプノセラピーって、本当に効果あるの?」

「効果はあるみたいよ。事実、ヒプノセラピーで、悩みが解決した人も多いのよ」

「そう?」

「効かなかった人は、きっと、悩みがない人なのよ。……それか、相当な秘密主義者。沙保里さんは、どっちかしら」

さあ、どっちかしら。

沙保里は、口を噤《つぐ》んだ。

マンションが見えてきた。

モスグリーンの制服を着たいつものドアマンが、こくりと挨拶する。

「じゃ、私は、ここで」

千鶴子は言うと、立ち止まった。

「あら、寄っていかない?」

「ううん、今日は、これから打ち合わせが」

「そう?」

「明日、また来るわ」

「あ、明日締切のエッセイね。分かった、仕上げておく」

「それと、通販会社から商品、届いた?」

「え?」

「ほら、先月、モニターの依頼が来たじゃない?」

「ああ、忘れてた。……ううん、まだ届いてないわよ」

「そう? 今週いっぱい待って届かないようだったら、私、連絡してみるわね」

「うん、お願い」

「じゃ、また、明日」

+

「あの人、笑ったわ」

沙保里が言うと、須藤朱美はワイルドストロベリーのティーポットを持ったまま「え?」と小首を傾《かし》げた。

沙保里は、駿を迎えに、須藤宅に上がり込んでいた。

「あの、ドアマンのおじさんよ。……えっと、スガノさん？」

「菅野《かんの》さんのこと？」

「カンノって読むの？　あの人」

「で、菅野さんがどうしたの？」

「あの人、いつでも無表情で、こちらが挨拶しても、にこりともしないじゃない？」

「うん。まるで、ロボットみたいな人よね。でも、いい人よ。私、何度か話したことあるわ」

「そうなの？　私は苦手だわ」

「まあ、確かに、愛想はないわね。ちょっと怖い感じ。いっつもむすーとしてて。笑顔なんて、見たことないわ」

「でしょう？　なのに、笑ったのよ。にこって」

「うそ、信じられない」

「でしょう？」沙保里は、ティーカップをソーサーごと持ち上げた。湿ったミントの香りが、鼻先にふわっと漂う。「あら、このお茶、おいしい」

「緑茶にミントとリンデンを入れてみたのよ。ミントは、キッチンガーデンで私が育てたの。あと、蜂蜜《はちみつ》をとかして、少しだけ甘くしてみたんだけど」

「朱美さんの淹《い》れるお茶は、本当においしいわ。今度、エッセイに書いてもいい？」

「え？　……恥ずかしいわ」朱美は、はにかみながら上目づかいでちらりとこちらを見た。「でも、ちょっとなら。悪くは書かないでね」

「もちろんよ。悪く書くはずないじゃない」

しばらくは、お茶を楽しみながら世間話に花が咲く。が、「あ」と、クッキーをリスのように齧《かじ》りながら、朱美の視線が唐突にどこか遠くを見た。

「もしかして、沙保里さんに気があるのかも、菅野さん」そして、出し抜けにこんなことを言う。

「なんの話?」

「だから、菅野さんが笑った話よ」

「ああ。その話」

「そうよ、きっと菅野さん、沙保里さんに……」

「まさか。それはないわ」沙保里は、紅茶を一口、啜《すす》った。「……あ。もしかして」今度は沙保里の視線が、ふと、遠くに飛んだ。

「なに?」

「千鶴子さんに気があるのかも。だって、前も、千鶴子さんと一緒にいたとき、笑ったもの。そのときは、気のせいかと思ったけれど」

「千鶴子さん? フリー編集者の?」

「そう。……そうか、あれは、千鶴子さんに対しての笑みなんだわ」

不愛想なドアマンとツーショットの千鶴子を想像して、沙保里はなにか可笑《おか》しくなった。

「案外、お似合いだわ、あの二人。歳も近そうだし」

「でも、彼女、ご結婚は？」

「それが、バツイチで、今はシングルみたいなの。……あのドアマンはどうなのかしら？」

「さすがに、妻帯者じゃないかしら？」

「そうかな。……朱美さん、今度、訊いてみてよ」

「それこそ、沙保里さんの霊感で、霊視してみたら？」

「いやだ。やめてよ。私のは、そんなんじゃないんだから。誰がそんなこと」

「だから、その千鶴子さんよ。いつか、ラウンジでばったり会ってね。そのとき、そんな話になって……」

もう、千鶴子さんたら。変な噂が広まったら、どうするのよ。変人扱いされてしまう。

「本当に、霊感とかじゃないのよ。……ただ、自分の身に起きる出来事が、なんとなく予想できるだけよ。他人のことは、よく分からないの」

「そうなの？　千鶴子さんは、『すごいすごい、あの人は本物よ』って、絶賛していたけれど」

「あの人、たぶん、方向転換を狙っているんだわ」

「方向転換？」

「今は、オカルトとかホラーとかスピリチュアルとか、そういうのが流行っているでしょう？　だから、そっち方面でも私を売り込もうとしているのよ。だから、さっきも……」沙保里は、紅茶を口に含むと、言った。「ヒプノセラピーって知ってる？」

「ヒプノセラピー？　ああ、雑誌で読んだことあるわ。いわゆる催眠術でしょう？」

「そう。でも、なんか胡散臭《うさん》いのよ」

「体験したの？」

「うん」

「なんか、怖くない？　だって、トラウマとか秘密とか、暴かれちゃうんでしょう？」

「まあ。……そうね。でも、私、結局、寝ちゃったみたいなの。だから、効果なし」

「そうなの？」

「もしかして、朱美さん、興味あるの？」

「うーん、ちょっとね。機会があったら旦那に体験してもらいたいわ」

「旦那さんに？」

「だって、絶対、なにか隠しているんだもの」朱美は、冗談めかして言った。しかし、その目は真剣だ。「あの人。たぶん、女が――」

ドアが開く音がして、会話が途切れる。

隣の部屋で、図形パズルで遊んでいた駿が、飛び出してきた。そのあとを追うように、朱美の一人息子、英之くんがよろよろと歩いてくる。今日も、パズルで駿に完敗したようだ。

沙保里は、ティーカップをテーブルに置くと、駿に手を差し伸べた。

しかし、駿が向かったのは、朱美のもとだった。

「英之くんのお母さん」

「なぁに？　駿くん」

「英之くんのお母さんは、Ｓ？　それともＭ？」

「え？」

「だから、サド？　それともマゾ？　どっち？」

沙保里の顔が、かぁぁっと熱くなる。一方、朱美の顔色は、さぁっと青ざめる。

そして、朱美は隣の部屋に駆け込んだ。

「信じられない！」

そんな叫び声がして沙保里も部屋を覗くと、そこにはアダルト雑誌が散乱していた。それはどれも洋物で、暈《ぼか》しもモザイクも入っていない無修整の代物だった。沙保里は、足元にあった一冊を拾い上げたが、あまりにも生々しい過激なＳＭプレイ写真に、すぐに放り投げた。

「違う！　……主人のよ！」朱美が叫んだ。「そうよ、これは主人のものよ！　主人が隠していたものを、子供たちが引っ張り出して……」

「朱美さん……」

「ごめんなさい。こんなものを、子供たちに見せるハメになって。ほんと、ごめんなさい」

それから、朱美は「信じられない、信じられない」を繰り返しながら、狂ったように雑誌をゴミ箱に放り込んでいった。

雑誌が隠されていたのは、あの天袋だろうか。それにしても、なんであんな高いところを。見ると、椅子の上に、子供用の百科事典が数冊、積まれている。

なんてことを。こんな悪知恵を働かしたのは、きっと、駿だ。

沙保里はいたたまれない気分で、茫然《ぼうぜん》と朱美の姿を追う。

ごめんなさい、ごめんなさい、朱美さん。駿がいけないの、駿が悪いのよ。

……あら。椅子の上に何かが光っている。たぶん、雑誌の中に挟まれていたか、または雑誌を引っ張り出したときに一緒に出てきたものだろう。沙保里は、それを摘み上げた。

それは、見覚えのあるペンダントだった。

白蝶貝《しろちょうがい》のモチーフ。

「これ……山谷さんの……ヴァンクリ……」

しかし、それを口にすることは憚《はばか》られた。とんでもない事態になる。沙保里は、それをそっと、元の位置に戻した。

遠からず、これは朱美が見つけるだろう。そして、波乱が巻き起こるだろう。が、その波乱に、自分が巻きこまれるのは少々面倒だ。

沙保里は、一瞬にしてそんな判断を下した自身を小さく軽蔑しながらも、その場からそっと逃げ出した。

動悸《どうき》が止まらない。

「ね、ママ？　ママは、S？　それともM？」

なのに、駿は無邪気に繰り返す。

「そんなこと、言っちゃダメ」

「ね、どっち？」

「帰るわよ、駿」

「ね、ママ！」

「煩《うるさ》い！」

そもそも、あんたが、悪いのよ。駿、あんたが、あんなことをしなければ。あんたが、……生まれてこなかったら。

「ね、ママ、ママ」

「黙りなさい！」

「サドって……」

＋

「ね、沙保里ちゃん。サドって知っているよね？」

仰向けで煙草を吹かしながら、河上航一がそんなことを言う。

彼の長話がはじまる予感がした。しかし、話を振ったのは自分だ。無言の彼が少し怖くて、「歴史上の人で、一番会ってみたい人って誰？」などと、ろくでもない質問をした自分がいけない。

私は、覚悟を決めたように、枕を抱えなおした。

「サド？　あの、サドマゾの、サド？」

「そう、サディズムの語源になった人」

「語源って、人だったんだ」

「そう、フランスの貴族、侯爵だったんだ」

「へー」

「サド侯爵は、牢獄《ろうごく》に閉じ込められた憎悪と怒りがモチベーションとなって、暗黒文学といわれる一連の作品を生み出したんだよ」

河上の話は、長くなりそうだった。私は、枕に顔を押し付けながら、彼の唇を眺めた。

「記録では、サド侯爵は鞭《むち》打ちや肛門愛《こうもんあい》などの性癖は持っていたが、殺人などの残虐行為は行っていない。彼が残した作品はどれも胸糞《むなくそ》が悪くなるような悪徳にまみれてはいるけど、しかしそれが彼の本質ではないんだよ。彼を牢獄に入れなかったら、一連の作品は間違いなく誕生していなかった。僕が思うに、サドはただのお調子もののスケベのちょっとした変態だったんだよ。しかも、要領が悪い。

彼が起こした事件で有名なのが三つあるけど……新婚早々に起こしたジャンヌ・テスタル事件、それから五年後のアルクイユ事件、そして長期投獄のきっかけとなったマルセイユ事件、これらの事件を紐解《ひもと》くと、気が狂うほどの凄《すさ》まじい残虐行為なんかは行われていないんだ。もっとも、カトリック支配の当時の物差しからいうと、肛門性交と神への冒涜《ぼうとく》的な罵詈雑言《ばりぞうごん》が大変な問題になるのだが、それを除けば、貴族の遊びの一環と言えば済まされる程度の乱交パーティーだった。

ただ、当時からサドの醜聞は妄想を含んで増幅されていて、サドはとんでもない悪魔の申し子みたいに言われていた。その先入観が、事件にいろんな物語を生み出したんだろうな。さらに悪いことに、保守の塊のような姑がサドの後ろにはいつも控えていて、彼女は当時の貴族の遊びをまったく理解できない普通の感覚の持ち主で、自分の信念を決して曲げない頑固者で、さらに、素晴らしい行動力と粘り強さを持っていて、サド侯爵を牢獄に閉じ込めるんだ。でも、結局は、この投獄が、サドにあの作品を生ませる。つまり、ちょっとしたただの変態に過ぎなかったのに、枠の中に閉じ込められたせいで、とんでもない方向に花が咲いてしまったんだな。マスターベーションを禁じられて欲望が捩《ねじ》れるのと似ている感じだ。

彼の小説を生み出したのは、自分を支配する者への怒りと自分の自由を奪った世界に対する憎悪そのものだ。彼が作品内に残した言葉は、呪《のろ》いなんだよ。呪い。欲望を上手に隠した善人どもが溢れかえるこの世界に対して、『しかし、汝《なんじ》がその懐深く隠しているのは、これだろう？』と、悪徳の鏡を差し出す。自らの欲望に目覚めた善人たちが、ついには欲望に喰《く》いちぎられる。それこそが、彼の復讐《ふくしゅう》であり、呪いなんだよ。つまり」

「難しいわ」私は、もう限界だとばかりに、言葉を無理やりねじ込んだ。「サドの小説なんて、読んだことないし。っていうか、サドって小説家だってこと今日はじめて知った。サドっていったら、ＳＭの女王様プレイしか思い浮かばないもん」

「つくづく、君は呑気《のんき》でいいな」

「それ、バカにしているの？　ええ、どうせ私はなにも知らない、いまどきの馬鹿な女子高校生よ」

「ごめん、ごめん、悪い意味で言ったんじゃないんだ、あ……こんな時間か」

彼は、煙草を灰皿の底に押し付けた。

もう一本、ね、もう一本、吸って。あと、一本でいいから。そんな願いを込めて、私も煙草を咥えた。

しかし、彼は呆気《あつけ》なく、ベッドから体を剝がす。

「ね、今度、航ちゃんの部屋に行っていい？」

阿婆擦《あばず》れ女を真似るように、私は煙を吐き出した。

「なんで？」

彼は、振り向きもせず、トランクスに右足を入れる。

「航ちゃんの部屋、行ってみたい」

「汚いよ、僕の部屋」

「掃除してあげる」

「いいよ。……ママ」

「え？」

「ね、ママは、どっち？　S？　それともM？」

駿！

沙保里の背骨が、小さくうねる。

その反動で、煙草の灰が、床に散らばった。

今のビジョンはなに？

記憶？　それとも……予知夢？

沙保里は、乱れた鼓動を抑え込むように、改めて、椅子に座りなおした。

時計を見ると、午後十一時五分。朝が早いと言って夫はすでにベッドに入り、駿も子供部屋のベッドの中だ。

沙保里だけが、明日締切のエッセイを仕上げるために、リビングの片隅でワープロを広げていた。


――息子の成長には、時折り、戸惑う。息子は現在年中さんで、どこにでもいる幼稚園児だ。特に、英才教育といったものはしていないのだが、とにかく彼の知識のインプットは凄まじい。その頭の中を覗いてしまいたくなる。

なにしろ、英語だけで書かれた雑誌を読み、その内容もほぼ理解してしまう。

しかし、アウトプットに関しては、まだまだ問題だらけだ。

先日も、そのことで、顔から火が出るほど、恥ずかしい思いをした。

ここまで入力して、沙保里は、キーから指を離した。

ダメダメ。これじゃ、ただの自慢になってしまう。自慢したいわけじゃない。息子の知能を恐れているだけなのだ。

四歳児が、SだのMだの、そんなことを口にするなんて。

ううん、問題はそれだけじゃない。

そもそも、子供の目に触れる可能性がある場所に、あんないかがわしい雑誌を置いておくなんて。

朱美さんの旦那さんは、やっぱり、ただの成り上がりなのだ。今でこそ、ラーメン店とお好み焼き屋で成功しているが、確か中卒で、十代から歌舞伎町《かぶきちょう》のバーで働いていると聞いた。裏の組織ともつながりがあるとも聞いた。そんな経歴だから、ゾーニングに対しても、無頓着《むとんちゃく》なのだ。良識ある親なら、あんな不注意はしないものだ。

朱美さんには悪いけれど、ちょっと距離を置いたほうがいいのかもしれない。

沙保里は、文章を入力していった。

——三つ子の魂百までとはよくいったもので、幼児期に子供が吸収する記憶は、あとあと、ひょんなところで影響がでてくるものだ。この時期にインプットされた記憶は削除されることなく、無意識の層に蓄えられる。だからこそ、この時期、子供を持つ親は細心の注意を払わなければならない。

今日、こんなことがあった。

同じマンションに住むAさんに息子を預けたのだが……

ここまで入力したところで、沙保里は思い直した。

ううん、ダメよ。朱美さん自身には罪はないのだから。

悪いのは、あの旦那。朱美さんは、あの男に騙されているんだ。自分の店にアルバイトに来ていた大学生の朱美さんに手を出して妊娠させるような男だ。そもそも、モラルが薄いんだ。

「あの人。たぶん、女がいる」

朱美さんはそんなことを言っていたけれど、それは、たぶん、当たっている。

須藤宅で見かけたあの白蝶貝のペンダント。あれは……山谷さんのご自慢の品と同じものだった。

しかし、山谷さんは以前、それを失くしてしまったという。今しているのは、新しく買い直したものだと。

「さすがは、山谷さんね。あんなお高いものを失くしてもケロっとしていて、しかも、同じものを買い直すだなんて」

そんなことを、当時グループにいた野口さんと話したことがある。

「でも、どこで失くしたのかしら。……浮気相手の家か車だったりして」野口さんは、そんなことも言った。「だって、山谷さん、男のお友達が沢山いるようよ。私も、歌舞伎町界隈で何度か見かけたわ。さすがは、元タレントさんね。交友関係が華やかだわ」

野口さんの、こういうところが嫌いだった。どこかで品のない噂を拾っては、それを芸能レポーターよろしくばら撒《ま》いていく。野口さんがグループを追い出されたのも、それが直接の原因だ。なにも、バーキンのせいだけではない。

しかし、今回ばかりは、野口さんに軍配が上がりそうだ。あの白蝶貝のペンダントは、たぶん、……ううん、間違いなく山谷さんのものだ。それがなぜ須藤宅にあったのか。……それは、あの旦那さんと山谷さんが——。

自然と、ため息が出る。

近々、波乱が起きる。

沙保里は、ワープロのキーボードに指を置くと、それまで入力した文章を全文削除した。

今回は、身近な人をエッセイに出すのはやめよう。

なんで？　身近な人の観察こそが、蜂塚沙保里エッセイの醍醐《だいご》味《み》なのに？

千鶴子の声が聞こえたような気がした。

でも、千鶴子さん。今回ばかりは、ダメよ。しゃれにならないわ。

なら、もっともっと身近な人を書いてみれば？　……両親のこととか。

父は有名俳優で母は日陰の身。それでも両親は愛情深く、自分を育ててくれた。両親は、沙保里にとっては聖域だ。できるなら、それは冒したくない。

でも、締切は明日。

今日見聞きしたことを書いて波乱に自ら巻き込まれるか、それとも、自身の出自をさらけ出すか。

しばらく悩んだあと、沙保里は再び、キーボードに指を置いた。

9

「今回もおもしろいけど……」

マンション近くのカフェ。沙保里が渡した原稿を読み終わると、千鶴子は言った。

「でも、大丈夫？　このエッセイの中に出てくる男性の奥さんって、須藤さんのことじゃないの？」

「うん。……悩んだけど、この際、割り切ろうと思って」沙保里は、煙草を咥えこんだ。

「私、彼女と何度かここで立ち話したわよ。安田成美似の、可愛らしい人でしょ？」

「うん。とてもいい子よ。若いのに、よくやってる。だからこそ、黙っていられなかったっていうのもあるの。私が書こうが書くまいが……どのみち、波乱が起きるのは止められないもの」

「分かった。じゃ……タイトルは、『マダム白蝶貝』ってどう？　マダムバタフライをもじって」

「やだ、それいくらなんでも……」沙保里は、顔を歪めた。千鶴子のタイトルセンスは、どこか品がない。

「あら、また、この曲」

千鶴子が、ふと、顔を上げる。

「最近、この曲、よく聴くわ。リバイバルしているのかしら」

誰が止めても　誰が咎めても
会わずにはいられない
狂った恋だと分かっていても
行かずにはいられない
愛している　愛している　愛している
殺したいほど　愛している

「きっと、誰かが、意図的に有線にリクエストしているのね。……沙保里さん？　どうしたの？」

「ううん、なんでもない」沙保里は煙草を消すと、テーブルに広げたメモ帳を閉じ、慌ててトートバッグに詰め込んだ。「やっぱり、こういうところは落ち着かないわ。マンションのラウンジに、移らない？」

「え？　でも、マンションのラウンジでは仕事の話はしたくないって、だから、ここを……」

「とにかく、もう出ましょう。人が多くて、眩暈《めまい》がする」

「大丈夫？　悪阻とか？」

「ううん、そういうんじゃないの。今度の子は、本当にとてもいい子だから、悪さしないのよ。……とにかく、出ましょう」

しかし、千鶴子は次の打ち合わせがあると言って、タクシーを拾うと、行ってしまった。

時計を見てみる。まだ、お昼前。幼稚園のお迎えには時間がある。一人の時間が欲しい、時間が矢のように過ぎていく、などと普段言ってはいるが、こうやってぽっかり時間が空くと、なにをしていいか分からなくなる。

とりあえず家に戻ろうと、マンションのエントランスまで来たとき、ドアマンの菅野さんに声をかけられた。

「気を付けてください」

「え？」

「ここ数日、マンション内で不審者が目撃されています」

「不審者？　そんな怪しい人が、マンションに入れるの？　このマンションのセキュリティーは大使館並なのでしょう？」

「はい。おっしゃる通りなのですが、死角もございまして」

「死角？」

「はい。非常階段です」

「そんなところから、侵入できるの？」

「今、管理会社と警備会社とで、対策を練っているところです」

「怖いわ。じゃ、まだ〝死角〟のままなのね」

「いえ、とりあえず非常階段のほうには、警備員を常時立たせていますので、今のところは大丈夫かと」

「でも、さっき、気を付けてくださいって」

「はい。念のため、お部屋の施錠はお忘れなく」

「分かりました」

「それと」

「まだ、なにか？」

「ペットは飼っておられますか？」

「いえ」

「なら、大丈夫です」

「……なにか、あったの？」

「いえ。例の不審者と関係しているかどうかは分からないのですが、今朝、駐車場で犬の死骸《しがい》が見つかりまして」

「犬の……死骸？」

「近所の住人が飼っておられた犬だったそうです」

＋

「犬神って知っている？　沙保里ちゃん」

河上航一が、私の性器を舐めながらそんなことを言う。

「犬神……？」私は、息も絶え絶えに、ようやく応える。

「何でも望みを叶《かな》えてくれる神様だ。あれが欲しい、これが欲しいと望めば犬神様がどこか盗んできてくれて、または、あいつが憎い、こいつを殺したいと思えば、僕の代わりに犬神様がそいつを成敗してくれる」

河上がしゃべればしゃべるほど、その息が私の快感をくすぐる。私は、その快感をねだるように、会話を繫《つな》ぐ。

「怖い神様ね」

「僕は、犬神持ちなんだよ」

「犬神……持ち？」

「小学生の頃、ある人物を呪い殺そうとして、可愛がっていた犬を頭だけ出して土に埋めたんだ。犬の目の前に餌《えさ》を置いたままね」

「可哀想《かわいそう》。目の前に餌があるのに、食べられないなんて」

そう、それは、まさに今の私。エクスタシーをお預けされたまま、その手前の小刻みな陶酔だけで焦らされて、今にも狂いそうだ。

「そう。犬の苦しみは相当だったろうね。でも、その苦しみこそが大切なんだ。苦しんで苦しんで、犬が餓死するその手前で首を刎《は》ねて、犬の霊を憑依《ひょうい》させたんだ。それ以来、僕は犬神持ちなんだよ。だから、僕を裏切ったら、ただじゃおかないよ。どこにいても、誰といても、必ず、犬神様がお前を殺しに行くからね。分かった、沙保里ちゃん？」

「分かったわ、分かったわ、だから、早く、ね、早く……。ね、航ちゃん、早く……」私の秘所から、次々と愛液が湧き出す。私はたまらず、腰を浮かせた。「早く……！」

「まだだよ、沙保里ちゃん、もっともっと、苦しまなくちゃ、もっと、もっと――」

＋

「…………様」

「……塚様」

「蜂塚様」

え？

沙保里は、砕けそうになった腰を、右手で支えながら、振り返った。

フロントカウンター。コンシェルジュの若い女の子が、心配そうな眼差《まなざ》しを向けている。

「蜂塚様、大丈夫ですか？」

「ええ、ありがとう。大丈夫よ。ちょっと、ふらついただけ。さっき、ドアマンに、嫌な話を聞いたものだから」

「不審者のことでございますか？」

「ええ、それもあるけれど。……死骸。犬の死骸」

「ああ」コンシェルジュの顔が、途端に歪んだ。「それ、見つけたの、私なんです」

「そうなの？」

「はい。今朝の八時前でしょうか。……酷い状態でしたよ。首がなくて」

「首が……ない？」

「ええ」コンシェルジュの顔色が見る見る青ざめて、ついには嘔吐《えず》きだした。

「ごめんなさい、いやなことを思い出させて」

「いえ、こちらこそ、すみません」コンシェルジュはハンカチで口元を軽く押さえると、言った。「ところで、蜂塚様に、お荷物が届いております」

「宅配便？　……誰かしら」

それは、片手で持てるほどの中サイズの箱だった。重さもそれほどない。差出人の欄には、通販会社の名前が書かれていた。

私、なにか注文したかしら？

それとも、夫？

ううん、私の名前が書かれている。

「ああ、きっと、あれね」

通販会社のモニター商品だ。沙保里は荷物を受け取ると、エレベーターホールに向かった。

部屋に戻り、荷物を床に置いた途端、電話が鳴った。

「沙保里？」

その声は、かつての同僚、奈緒だった。

「奈緒？　いやだ、どうしたの？　久し振り！　仕事は？」

「うん、今、ランチタイム。そっちこそ、今、大丈夫？」

「うん。あと一時間ぐらいで幼稚園に迎えに行かなくちゃいけないんだけど。……で、どうしたの？」

「うん。……あのね」

「なによ」

「最近、変わったこと、ない？」

「え？　……なんで？」

「私も、最近知ったんだけど……」

「だから、なに？」

「あの男、半年前に出所したみたいよ。予定より早く出られたみたいね」

沙保里の思考が、一気に飛んだ。自然と、膝ががくがく震える。

「あの男って……」

「だから、河上よ。河上航一」

膝の震えが、全身を駆け抜ける。沙保里は、その場に座り込んだ。

――どこにいても、誰といても、必ず、犬神様がお前を殺しに行くからね。分かった、沙保里ちゃん？


もしかして、あの荷物。

まさか、あの箱の中に。

……血まみれの犬の首！

沙保里は短く叫ぶと、その場に蹲《うずくま》った。


何かが鳴っている。

電話？

出なくちゃ。

出なくちゃ……。

あ。この感じ。前にもあった。あれは、いつだったかしら？　あれは……。そう、六年前。

＋

その声は、母だった。

「沙保里ちゃん？　今、大丈夫？」

「うん、仕事から戻ってきたところ。で、なに？　どうしたの？」

「あなたに電話があったわよ。えっと、なんて名前だったかしら。……そうそう、フジモトさんて方」

「フジモト？　……誰だろう」

「ミサって言えば、分かりやすいかもって、言っていたけど」

「フジモト、ミサ？」

藤本美沙。……思い出すのに少し時間は要したが、しかし、その名前が記憶から引き出されてからは、その口調、容姿、会った日時、そのとき言われた言葉、さらに自身の姿まで、諸々《もろもろ》、鮮明に蘇った。そのビジョンにはもちろん河上もいて、私は少しだけ、呼吸を乱した。

「ああ、ミサね」しかし、私は少しも動揺していないというふうに、続けた。「で、なんて？」

「さあ。用件は聞いてないわ。ただ、できたら連絡くださいって」

「あちらの電話番号は？」

「えっと。〇四……」

ミサ。広告代理店のモニターディスカッションのときに電話番号を交換したはいいが、あれから一度も会っていない。そんな人が、突然連絡してくるなんて。たぶんミサは、河上の事件を新聞かテレビで知って、それで連絡する気になったんだ。だって、それしか考えられない。

母から教えられた番号に電話をかけると、女性の声が出た。

名乗ると、相手は「あ」と言ったきり、しばらくは言葉を詰まらせた。

「お久しぶり」私がそうきっかけを与えると、「ああ、本当に、お久しぶり」と相手はようやく言葉を取り戻した。そして、「河上航一――」と、切り出した。

「え？　ああ、今、話題の」私は、意識して棒読み台詞《せりふ》のように言った。「幼女だけを狙った連続強姦魔でしょう？」

「犯人って、あの人よね？　あの、広告代理店の社員よね？」

「誰？」私は、惚《とぼ》けた。が、もともと誤魔化しや嘘は苦手だ。声が裏返ってしまった。

「ほら、あのとき、天然パーマの社員がいたじゃない」

「ああ、そういえば。……その人が今回の事件の犯人なの？」またまた惚けてみたが、声の震えが止まらない。真実を言ったら、ミサはどう思うだろうか。あの頃から付き合いはじめて、今も付き合っている。そして、こんな事件が起きても、まだあの男を信じている。そんなことを白状したら、ミサはなんと言うだろう。

「たぶん。ううん、間違いない。すっかり雰囲気が変わったけれど、面影があるわ。それに、元ミルズのメンバーだって報道されてたもの。テレビとか週刊誌とか、見てない？」

「私、仕事で忙しくて。その事件のこと、よく知らないのよ」

「ね、」ミサの声が、また、詰まった。「ね、もし違ったら申し訳ないんだけど。……河上に誘われたりしなかった？」

「え？」

「違うなら、それでいいの。うん、ごめんなさい」

「どういうこと？」

「私ね……」ミサの声が、フィルターにかけたように籠《こも》る。たぶん、受話器に手を添えて、周りに聞こえないようにしているのだろう。私の声も緊張する。

「どうしたの？　……あの人となにかあったの？」

「私……あいつに誘われて……」

「寝たの？」

ミサの声が途切れる。

「寝たの？」

私は繰り返し、質問してみた。「ね、彼と、寝たの？」

「寝たわよ。ええ、白状するけれど、寝たわ。だって、相手は、大手広告代理店の営業マンよ？……実際は違って、ただの下請け会社の契約社員だったけど。でも、当時はそうだって信じていたもの。だから、断るはずないじゃない。だって、もしかしたら、これをきっかけに、マスコミとかに進出できるかもって、そう思ったんだもん。あの年頃の女の子なら、みんなそう思ただって、そうなんでしょう?」

「あのときの十五人全員とは言わないけれど、何人かは食べられているんじゃないかな。あなたも？」


嘘よ、そんなこと、信じない。嘘よ、嘘よ、嘘よ……。

私だけって言ったじゃない。私だけ愛しているって。

ね、航ちゃん、嘘よね、嘘よね？　私だけを愛しているのよね？

ぴちゃっ、ぴちゃっ、ぴちゃっ……。

ぴちゃっ、ぴちゃっ、ぴちゃっ……。

なに？　なんの音？　なにか音がする。それは、ひどく神経を逆なでする、いやな音。早く早くと急かされる、不愉快な音。ね、なんの音？　ね!!

ぴちゃっ、ぴちゃっ、ぴちゃっ……。

ぴちゃっ、ぴちゃっ、ぴちゃっ……。

やめて、その音は、やめて！

「やめないよ、ママ」

駿！

沙保里は、顔を上げた。手には、宅配便の箱。しかし、その中身を思い出して、沙保里はそれを投げ捨てた。

が、箱から転がり出たのは、スリッパだった。モニターのお願いと書かれた紙も同封されている。

夢？　夢を見ていたの？

電話が鳴っている。

時計を見ると、午後三時になろうとしている。

「うそ、幼稚園！」沙保里の思考が、ようやく現実に戻る。

沙保里は、受話器に飛びついた。

「沙保里さん？」

その声は、須藤朱美だった。

「沙保里さん、大丈夫？」

「ごめんなさい、駿は？　駿は？」

「駿くんは、私が連れて帰ってきたわ。今、マンションのキッズルームにいる。来られる？」

キッズルームに行くと、山谷さん、佐々木さん、吉田さん、そして朱美がベンチに座っていた。

それぞれの子供たちが、幼稚園の制服を着たまま、トランポリンで遊んでいる。その中には、駿もいた。

「ごきげんよう、蜂塚さん」

山谷さんが、白蝶貝のペンダントに触れながら、にこりと笑う。その後を追うように、

「ごめんね、沙保里さん」

と、朱美が視線を微妙に外しながら軽く頭を下げた。「承諾もなしに、駿くんを連れて帰ったりして」

「ううん、こちらこそ、ごめんなさい。そして、ありがとう」

「蜂塚さん、どうかなさったの？　今までお迎えに遅刻したことがないのに」佐々木さんの問いに、

「……ええ、気分が悪くて、少し休んでいたの。そしたら、寝過ごしてしまって……」

「妊娠初期ですものね。気を付けないと」山谷さんが、ベンチに座るように顎で促す。沙保里はそれに従うように、ベンチに腰を落とした。

「でも、どうして、皆さんが、ここに？」

「ええ、実はね……」

佐々木さんが、誰よりも先に口を開いた。

「野口さんのお嬢様がね」

佐々木さんのその重々しい口調のせいか、沙保里の鼓動が早くなる。

「ゆかりちゃんが……どうしたの？」

「重い心臓病なんですって」

「え？」

「拡張型心筋症っていう病気みたいよ。なんでも、二歳のときに発症して一度入院していたらしいんだけど、お薬で小康状態が続いたので、退院して、幼稚園にも通っていたみたいなの」

「ところが、ここにきて悪化したらしくて。明日から、入院ですって」山谷さんが言葉を挟む。

「でね、たぶん、心臓移植が必要になるんじゃないかって」

「でも、日本では移植できないじゃない？　で、アメリカに渡ることになるらしいのよ」佐々木さんが、追いかけるように言った。「そうなると、莫大《ばくだい》なお金がかかるらしくて」

「それでね、私たちにもなにかできないかって」山谷さんが、背筋を伸ばしてなにかを宣言するように、声を張る。「会を作って、寄付を募ろうってことになったの」

「寄付？」

「そう。〝ゆかりちゃんを救う会〟っていうのを作って、全国で募金活動を行うのよ。チャリティーコンサートをやったり、著名人を集めてチャリティーオークションをやったり。目標は一億円」山谷さんは、さらに声を張り上げた。「ノブレス・オブリージュ。奉仕は、私たちの義務だと思うの。どう、みなさん？」

山谷さんの言葉に、そこにいた全員が、深く頷いた。須藤朱美を見てみると、彼女も「ノブレス・オブリージュ、ノブレス・オブリージュ」と呟きながら、同意を示している。沙保里も、慌てて、小さく拍手した。

「それでね、早速、内輪でチャリティーバザーをやったらどうかしら?って話になって。それで、急遽、ここに集まったのよ」佐々木さんが、話を締めくくるように、言った。「もちろん、蜂塚さんも、ご協力いただけるわよね?」

「ええ、もちろんよ」

そして、話は山谷さんと佐々木さん主導でどんどん進み、その三十分後には、この週末に身内だけで決起大会を兼ねたプチバザーを開くことが決まった。

「で、場所なんだけれど」山谷さんが、沙保里と朱美のほうを見ながら言った。「このマンションはどうかしら? 確か、最上階にフリーラウンジがあったわよね? あそこは、住人が一人でもいれば、利用できるのでしょう?」

「ええ、予約をすれば」朱美が、小さく応える。

「なら、この週末、予約、とれないかしら?」

「今週は三連休だから、予約は埋まっているかも――」

沙保里の言葉を遮るように、朱美は言った。

「私、フロントに行って、確認してみるわ」

「……そういうことで、今度の日曜日、夜七時から、ちょっとしたバザーをやることになったのだけれど」

部屋に戻ると、沙保里は早速、千鶴子に電話を入れた。

「バザー?」

「内輪だけのバザーってことなんだけど、何人か人を集めなくてはならなくなって。千鶴子さん、来られる?」

「〝ゆかりちゃんを救う会〟……か。ゆかりちゃんって子は幸せね。みんなに、そんなにしてもらって。……うん、分かった。九月の十五日ね。私は大丈夫よ。でも、何を持って行けばいいのかしら」

「何でもいいのよ。いらなくなったものとか、使わなくなったものとか」

「だからって、変なものは持っていけないわよね。だって、みんな、きっとお高いものを持ってくるんでしょう?」

「ま……そうでしょうね」

「分かったわ。うちで一番高いもの、持っていくわ」

「そんなに無理しないで。ほんと、これは気持ちの問題なんだから」

「気持ちだけで、一億円も集まらないわよ」

「そりゃ、そうだけど」

千鶴子の言う通り、目標額の一億円を集めるには、それ相応の宣伝と人脈と組織力が必要だ。〝気持ち〟だけではどうにもならない。発案者の山谷さんは〝ノブレス・オブリージュ〟と言っていたけれど、そんな崇高な気持ちだけでどうにもならないのが、お金だ。

「なんなら、小説家とか芸能人とかにも声をかけてみる?」千鶴子の提案に、

「今回のは、そんなに大々的なものじゃないから」沙保里は、やんわりと断った。「でも、ゆくゆくはお願いしなくちゃいけないかもね」

「じゃ、今度の日曜日に……」

「あ、ちょっと待って」電話を切ろうとした千鶴子を、沙保里は止めた。「あのね。……今日、渡した原稿」

「うん。もう、入稿したわよ。明日の朝にはゲラが出るけど、いつもの通り私のほうでチェックしておくから」

「あれ、ボツにできないかしら」

「どうして?」

「内容が内容でしょう? こんなことになった今、世に出してはいけない気がするの」

「でも、固有名詞が入っているわけではないし。それに、あのエッセイが掲載されるのは、そんなに部数も多くない純文系の文芸誌よ? だから、大丈夫」

「でも」

「それに、今からボツは不可能だわ。明日には印刷屋に回るんだから。発行は土曜日なのよ？今、印刷を止めたら、それこそ、賠償ものよ？」

そうよね。エッセイの内容も一般論として、相当ぼかして書いた。それが、朱美さんとその夫、そして山谷さんのことだと気付く人はそういないだろう。

そんなことより、バザーの日は、駿の子守が必要だ。

よっちゃんに頼めるかしら？

沙保里は再び、受話器を取った。

「今度の日曜日？　うん、大丈夫よ。バイトも休みだし」

思った通り、依子は快諾してくれた。

「ごめんなさいね、先日も頼んだばかりなのに」

「ううん、平気、平気」

「なら、日曜日、七時前に来てくれる？　お夕飯、用意しておくわ」

「うん。分かった」

「じゃ……」電話を切ろうとしたとき、

「あ、そうだ」依子が、それを止めた。「ね、お義姉さん、河上って人、知っている？」

〝河上〟という名前を聞いて、沙保里の心臓が跳ね上がる。

「……どうして？」しかし、沙保里は動揺を抑えながら、応えた。

「一昨日、中野坂上のレンタルビデオ屋でビデオを借りたらね、レジのおじさんが〝蜂塚〟っていう苗字に反応して。知人に〝蜂塚〟っていう人がいるって言うの。結婚して、この苗字になったって。蜂塚って名前、あんまりいないじゃない？　だから、もしかしてって」

「その人……おじさんだったの？」

「うん。たぶん、四十代か五十代」

「身長は？」

「そんなに高くなかったよ。私よりちょっと高いぐらい？　……一七〇センチあるかないか」

「ホクロは？　顔にホクロ、なかった？」

「ホクロ？　どうだったかな」

「髪は？」

「髪？　白髪交じりだったかな。あ、パーマがかかってたかも。なんか、おばさんみたいな、ぐるぐるパーマ」

河上航一だ。

「知らないわ、そんな人」沙保里はしらを切った。「じゃ、今度の日曜日、お願いね」そして、受話器を置いた。

「今朝、駐車場で犬の死骸が見つかりまして」

「あの男、半年前に出所したみたいよ」

「ね、お義姉さん、河上って人、知っている？」

「一昨日、中野坂上のレンタルビデオ屋でビデオを借りたらね、レジのおじさんが……」


中野坂上。

あの男が、こんな近くにいる。


――どこにいても、誰といても、必ず、犬神様がお前を殺しに行くからね。分かった、沙保里ちゃん？


中野坂上のレンタルビデオ屋。行ってみなくちゃ。確認してこなくちゃ。

「ママ」

なのに、駿が邪魔をする。

そこをどいて、駿。ママ、行かなくちゃいけないの。

どうしたの？　駿。その顔はなに？　なんでそんな顔をして私を睨みつけているの？　どうして、あなたは、いつもそうなの？

ぴちゃっ、ぴちゃっ、ぴちゃっ……。

ぴちゃっ、ぴちゃっ、ぴちゃっ……。

だから、それはやめなさいって言っているでしょう？　どうして、ママの言うことをきかないの？　私はこんなに頑張っているのに、あなたのためにいろんなものを犠牲にしてきたのに。あなたのために、沢山の時間を捧《ささ》げてきたのに。見て、この前歯。一本は、差し歯なのよ。あなたがお腹の中で私の栄養を横取りしたせいで、妊娠してすぐに折れたのよ。自慢の八重歯だったのに、折れたのよ。髪の毛だって、随分と艶がなくなったわ。それに沢山抜けたわ。体形も随分と崩れた。それでも、私はあなたに尽くしたのに。なのに、どうしてそんな顔をするの。

この、臭《にお》いは、なに？

またなの？　また、うんちをもらしたの？

どうして？　幼稚園ではちゃんとおトイレできているでしょう？

なのに、なんで、家ではちゃんとできないの？

なんなの？　これはママへの嫌がらせ？

ママがそんなに嫌いなの？

駿、なにか言いなさい。

せめて、ごめんなさいって、言いなさい！

駿、なにか言いなさい！

「ママ、死ね」

駿、やめて。

お腹は、蹴《け》らないで。お腹は殴らないで。

お腹の中には、赤ちゃんがいるのよ？

駿、やめて、お腹はやめて、お腹は！

そんなことをしたら、バチが当たるわよ、神様が見ているんだから！

「神様？」

そうよ、駿、悪いことをしたら、神様が……。

「ママは、神なんか、信じているの？」

ええ、もちろんよ。

「嘘だね。ママは、神なんか信じちゃいない。いや、憎んですらいる」

なんてことを言うの、駿。

「本来、人間は、神を憎んでいる。自分を支配し牢獄に閉じ込めた神を、憎悪している。でも、大概の人間は、偽善者だ。その憎悪を少しも見せようとしない」

やめなさい、駿、やめて、もう、お腹を殴らないで！

「やめないよ。僕は〝犯罪者〟だからね」

やめて。血が出てきたわ、赤ちゃんが死んじゃうわ！

「ママほどの偽善者は、そうそういないよ。そのお腹の赤ん坊も、本当は欲しくないくせに」

そんなことはないわ。欲しいわ、私は母親だもの。母親だもの！

「僕のような犯罪者は呪いの言葉を吐き続けるんだ。欲望を上手に隠した善人どもが溢れかえるこの世界に対して、『しかし、汝《なんじ》がその懐深く隠しているのは、これだろう？』と、悪徳の鏡を差し出すんだ。そして、自らの欲望に目覚めた善人たちが、ついには欲望に喰いちぎられる」

何を言っているの、やめて、駿、やめて、やめて！


やめて！


足を強く引っ張られた感じがして、沙保里は目を覚ました。

鼓動が速い。ひどく、乱れている。

呼吸を整えながら、沙保里は、今、自分がいる場所を確認する。

そう、ここはベッド。隣には夫が寝ている。

時間は？　……サイドテーブルの時計を見ると、午前二時を少し過ぎたところだ。

では、何日？　……九月十一日。……水曜日。

今日の予定は？　……七時には起きて。九時には家を出て、駿を幼稚園に送って。……二時に幼稚園に迎えに行って。三時に池袋の幼児教室に行って。そのあと、木曜日締切のエッセイを書き上げて。

……中野坂上に行って。

ここまで考えたところで、指が震えてきた。それはあっという間に全身に広がり、得体の知れない不安と恐怖に、押しつぶされそうになる。腹の奥から叫びが飛び出しそうになって、沙保里はそれを枕で抑えた。

助けて、助けて。

枕の中で繰り返し、叫ぶ。涙がとめどなく流れる。

私……どうしたらいいの？

+

「どうしたの？　沙保里さん」

どうにも震えが止まらず、沙保里は衝動的に南川千鶴子に電話を入れた。

「……ごめんなさい、こんな夜遅くに」

「ううん、私は大丈夫。さっきまで仕事していて、起きてたから」

「寝るところだった？」

「まあ……そうね。パジャマを着たところ」

「ごめんなさい」

「だから、どうしたの？」

「駿が……」

「駿くんがどうしたの？」

「駿が……怖いの」

沙保里は、とうとう、その心の奥に封印していた本音を吐き出した。

「え？」千鶴子が、戸惑い気味に、声を濁らせる。

「見えるの、駿の将来が」

「どんな将来？」

「あの子は……犯罪者になるわ」

「そんな、まさか」

「あの子は、罪のない人を次々と凌辱《りょうじょく》し、そして、ついには、私を殺すのよ」

「沙保里さん……」

「だから、そんなことにならないように、あの子をしっかりと育てなければならないの。一流の教育を受けさせて、ちゃんとした環境で、あの子をしっかり躾けたいのよ。そのためには、スタートでしくじっちゃいけないの。だから、幼稚園だって、ちゃんとした子弟しか通っていない今のところを選んで、必死で受験したのよ」

「分かった、分かったわ。……もしかして、いつか私が言った、保育園に入れたらって言葉、気にしているの？　だったら、別に、責めているわけではないのよ、幼稚園に行かせていることを」

「違うの、違うの、そういうことじゃないの」

「沙保里さん、疲れているのよ。そんなに深刻に考えちゃだめよ」

「ええ、分かっている。考えないようにしようって、努力している。でも、ダメなのよ。あのビジョンが消えない。それどころか、最近、ますます頻繁に、鮮明に見えるの。私には見えるのよ、その悍《おぞ》ましい光景が」

「だから、気のせいよ」

「気のせい？　だって、千鶴子さん、いつも言っているじゃない。私は〝本物〟だって」

「ええ、でも」

「そうよ、私には、見えちゃいけないものが見えるの。はじめて見えたのは、中学校の頃よ。父が死ぬ夢を見た。その翌日、父が死んだわ。隣のおじさんが死んだときも、そう」

「沙保里さん！」

「それにね」沙保里は、息を詰まらせた。

「大丈夫？　沙保里さん」

「それにね、あいつが、戻ってきたのよ」

「あいつ？」

「そう、あの男が。あの犯罪者が」

「誰？　誰のこと？」

「結婚する前に、付き合っていた人がいたってことは、話したわよね」

「ええ。エッセイでも時々、話題になる人ね」

「そう、その人。その人が――」

そして沙保里は、むかつく胸をかきむしりながら、河上航一についての全《すべ》てを包み隠さず、吐き出した。

それは、長い話だった。

出会いから別れまでの九年間。

それを語り終えるまでに、一時間を要した。

沈黙が続く。

受話器の向こう側から、少し荒い息遣いが聞こえる。

なにか言って、千鶴子さん。気にするなって励まして。大丈夫だって慰めて。

「沙保里さん。……もしかして、まだその人のこと、思っているの？」しかし、千鶴子は意外なことを言った。

「まさか！」

沙保里は、怒りに任せて受話器を叩き置いた。

＋

朝。

不機嫌な駿の手を引っ張りエントランスホールまで来ると、やはり息子の手を引っ張りながら歩く須藤朱美と鉢合わせした。

沙保里はなにかバツが悪い気がして、伏し目がちに軽く会釈した。朱美も、他人行儀に目だけで会釈する。

思えば、あの日以来、朱美とろくに会話を交わしていない。声をかけようとしても、朱美のほうがそれをかわしてしまう。

しかし、今朝は、朱美のほうから、声をかけてきた。

「あの日のことなんだけれど」

「ええ」

「内緒にしてくれる？　誰にも話さないって」

「……ええ」

「ちょっとした趣味なのよ。……遊びなの」

朱美が気にしているのは、夫が隠していたという無修整のアダルト雑誌のようだった。ということは、あのペンダントにはまだ気づいていないのだろうか？　いや、気づいているはずだ。

……どっちだろう？　沙保里は、探るように朱美の顔を見た。しかし、そのフルメイクの下に隠された本意までは読み取れない。

「誰にも、話さないわ」沙保里は、言った。それは嘘ではなかった。あのアダルト雑誌については、一文字も書いていない。それでも少し、声が震える。罪悪感という小さな棘が、喉の奥につっかえている。

「よかった。その言葉を聞きたかったんだけれど、なかなか言い出せなくて」

朱美の口元に、ようやくいつもの笑みが浮かぶ。沙保里も笑みを返したが、どこかぎこちない。……やっぱり、あの原稿、今からでもボツにならないだろうか。

「沙保里さん、顔色が悪いようだけど、大丈夫？」

「ええ。大丈夫。ありがとう」

ドアマンが沙保里たちを見つけ、ぺこりと頭を下げる。

「あ、菅野さんだわ。そういえば、千鶴子さんとはどうなった？」

「どうなったって。どうにもなってないわよ」

「そりゃそうよね。……そうだ。今度のバザー、千鶴子さんもいらっしゃるんでしょう？　なら、彼も呼んで差し上げたらどうかしら？」

「そんなの、無理に決まっているじゃない。マンションのスタッフが住人の集まりに参加できるわけないでしょう？」

「お誘い大変光栄なのですが、勤務規定で禁じられていますので」菅野が、周囲を気にしながら、深々と頭を下げる。

ほら、やっぱり。沙保里は、朱美をこれ見よがしに見た。

「そうなの？　残念だわ」しかし、朱美は心底残念そうに肩を竦めた。

「とはいえ、そのチャリティーにはぜひ協力したいと思いますので、わたしの代わりに、人をお呼びいたしましょうか？」

「あら、いいのよ。今度のバザーは、そんなに大勢は集まらないし、なにより、内輪だけの決起大会ですから」沙保里が慌てて取り繕うと、

「そうですか？　わたしの知り合いに、エリートがいましてね。いえ、わたしの同級生だった男なんですが、わたしとは違って大変優秀な男で、人格者なのです。彼なら、そのチャリティーの成功に一役買えると思うのですが」

「どんなご職業の方？」朱美が興味津々、身を乗り出す。

「ホウソウ関係です」

「放送関係？　まあ、それなら、確かに、心強い協力者になってくれるかもね。ぜひ、お声をかけてくださいな」

朱美が、屈託なく笑う。

夫婦間で波乱が巻き起ころうとしているのに、この余裕はなんだろう。まるで何事もなかったように、ケロッとしている。

他人の自分がこんなにあれこれと気を揉んでいるというのに。そう思ったら、罪悪感の棘が、ポロリと取れた。

そうよ、私が今、最も悩まなくてはならないのは、あの男のこと。……そして、駿のこと。

沙保里は、駿の手をきゅっと引っ張ると、マンションを出た。

10

「今日は、十四日。土曜日……か」

カレンダーを見ながら、蜂塚依子は、無意識にそんなことを呟いた。

「ようやく、一週間が終わる」

扇風機を止めると、先日借りた『ツイン・ピークス』のビデオを鞄に詰め込んだ。汗が、じわりと脇を濡らす。

「それにしても、今日は蒸し暑い」

「お父さんは？」

リビングのドアを開けると、母親が一人、黙々と針仕事をしていた。

「さあ」

刺繡《ししゅう》針を規則正しく動かしながら、母親がちらりと視線を上げた。その目は血走っている。テーブルには、雑誌が数冊無造作に置かれている。どれも、沙保里のエッセイが掲載されている。母はきっと寝ていないのだ。繰り返し、義姉のエッセイを読んでいたに違いない。テーブルの上には昨日の夕食がそのままに、干からびている。母親は娘の顔を見ながら、何かの台詞のように言った。

「依子、今日は顔色がいいわね」

「そう?」

「今日は?」

「うん。バイト」

「朝ごはんは?」

「時間がないから、いい」

「そう」

どの道、朝食なんか用意してないくせに。

「じゃ、行ってくるから」

F財団法人でバイトをはじめて二年。いつまでも家事手伝いのままでは体面が悪いと、父が持ってきた仕事だ。「心配だ」と母は反対したが、一日中家にいたところでますます気が滅入《めい》る。気晴らしのつもりで父の提案に乗ってはみたが、単調な事務仕事とお茶汲《く》み、そして家と職場を往復するだけの毎日は、砂漠の一本道を当てもなくひたすら歩いているようなもので、足取りは重たかった。通勤電車にもなかなか慣れなかった。乗っている時間はおよそ三十分、それだけで疲れ果ててしまう。

昨日は雨が降ったので、仕事を休んで病院に行った。雨の日は、どうしても体が動かない。いつもの薬を渡されて、言われた通り安静にしていたが、頭のもやもやがどうしてもとれない。

「だから言ったのよ。あなたには、お勤めは合わないのよ」

うん、そうだね。お母さんの言う通りだ。だからといって、家にずっといるのも、たまらないんだよ。学校の友達だって、みんな家を出て立派に自立しているのに。だから、私だって。

「なにを言っているの。自立に向かない女もいるのよ。あなたがまさにそうじゃない。自分が一番分かっているくせに。あなたは家にいるのが一番いいのよ」

このままこの家にいろっていうの？

「それが一番いいの。外に出たって、あなた、失敗するだけなんだから。苛められるだけなんだから。あなたは、どうしてそんなにネクラなのかしら。怖い映画ばかり観ているからよ。そんなんじゃ、嫁にも行けない」

お嫁になんか……行きたくもない。恋愛だって、面倒。私は、ずっとこのままでいい。好きな映画を観て、本を読んで、小説を書いて。そしてときどきアルバイトして。それじゃ、ダメ？お父さんはそれでもいいって言ってくれた。孫は駿がいるから、もうそれでいいって。

それにしても、暑い。前に立つおじさんの汗ばんだ腕が、依子の二の腕を何度も摩《こす》る。それを避けようと体を捻ったところで電車が大きく揺れた。隣の人の靴が依子のスニーカーを踏みつける。買ったばかりの白色が、泥色に塗《まみ》れている。

ほらね。外に出たっていいことないのよ。踏みにじられて傷つけられて、そこまでして職場に行ったって、待っているのはいつものあの退屈な仕事じゃない。先週やらされたのは何？ コピーミスの用紙を小さく小さく切って、メモ用紙を何千枚と作る仕事。その次にやらされたのは……。

用紙の端にパンチで穴を空けさせられた。何千枚あったのかしら？ それを一枚一枚。紙を重ねて空けたら駄目だっていうから、一枚一枚、空けていった。まったく同じ位置にパチンパチンパチンパチンパチンパチンパチンパチンパチンパチン………。他のスタッフは電話をとったり、キーボードを叩いたり、接客したりと忙しそうにしているのに、私だけ、パチンパチンパチンパチンパチンパチンパチン……今日もまた、パチンパチンパチンパチンパチンパチン……。つまらない一日。

あ。

人の波に押されて、電車から吐き出される。電車はさらに人を詰め込んで、依子を残してホームを出て行った。

どうしよう。遅刻してしまう。

次の電車はすぐそこまで来ている。これに乗れば、ぎりぎり間に合う。慌てて列の最後尾につくも、我先にと急ぐ人波が次々と列を切断していく。

緊張の糸が弛《ゆる》み、力がみるみる抜けていく。空気が抜けていく風船のように足ががくがくと奇妙なダンスをはじめ、依子は列から這《は》い出た。とにかく人混《ひとご》みから解放されたくて、エスカレーターに飛び乗る。気が付くと、改札を出ていた。

降りたことのない駅だった。時計は予定の時間を大きく過ぎている。もう、遅刻は間違いない。仕方ない。今日はもう帰ろう。どうせ、私が居ても居なくても、あの職場の人は誰も気にしない。

依子は、公衆電話を見つけると、今日も頭が痛いので休みますと、職場に連絡を入れた。「お大事になさってくださいね」依子より後に入ってきたアルバイトの女の子が、心にもないことを言う。

あの子は、きっと、ほっとしているだろう。隣でずっとパチンパチンパチンやられて、あの子も相当参っていた。

……私だって、いやだ、あんな仕事。

さあ、帰ろう。蒸し暑くて、たまらない。

あ、ビデオ。そうだ、せめて、ビデオだけは返しておこう。

そして、依子は中野坂上に向かった。

レンタルビデオ屋では、〝河上〟という名札を付けたおじさんが一人、レジ番をしていた。依子の顔を認めると、河上はにこりと笑った。依子もつられて、ちょっと笑ってみる。

「ビデオ、返しに来ました」

「どうですか？　犯人の目星は付きましたか？」

「え？」

「ローラ・パーマーを殺害した犯人です」

「いえ、全然。むしろ、どんどん謎《なぞ》が深まるばかり。もう、続きが気になって」

なにか、いい匂いがする。見ると、レジ向こうの小さなテーブルに、コーヒーとパイが置いてある。

「僕の朝ごはんです。クーパー捜査官を真似て、チェリーパイを買って来たんです」

「チェリーパイですか！　『ツイン・ピークス』を観てると無性に食べたくなりますよね。私、今日、買って帰ろうと思っていたんです」

私はなぜ、こんなにもぺらぺらとしゃべっているのだろう。こんな、会って間もない人に。本来、どちらかというと人見知りの質なのに。でも、なぜか、このおじさんの顔を見ていると、つい、ほだされてしまう。その、冗談のようなくるくる巻き毛を見ていると、つい、心を許してしまう。

「どうです？　チェリーパイ、食べませんか？　ひとつ、余分に買ってきてしまって」

「いえ、そんな」依子は、手を振りながら、一歩、下がった。

「捨てるのも忍びないので、どうか、もらってやってください」しかし、レジ番は、さくさくと美味しそうなチェリーパイを依子の鼻先に持ってきた。

この匂い。……たまらない。

「……本当に、いいんですか？」

普通なら、そんな謂《いわ》れのない誘いは、断る。しかし、このおじさんの人懐っこい雰囲気に、依子は自ら飲み込まれていった。

それを見越したように、河上はレジカウンターにチェリーパイとコーヒーを並べた。

「いいんですか？　お仕事中なのに」

「いいんですよ。今の時間は、客なんか来やしない」

それからは、話が弾んだ。そのほとんどが、『ツイン・ピークス』についてだった。

「えー、おじさん、最終回まで観ているんですか？」

「ええ、観てますよ」

「じゃ、犯人は？」

「犯人？　聞きたいですか？　犯人は……」

「ああ、ダメダメ、やっぱり、ダメ！」

「そうですね。やはり、ご自身でご覧になったほうがいいでしょうね」

「でも、最終回にたどり着くまで、何日かかることやら。だって、どのビデオ屋も、貸し出し中ばかり」

「そうですね。当店も、残念ながら、全部、貸し出し中です」

「でしょう？」

「でも、ひとつだけ、方法があります」レジ番は、声を潜めた。「僕が、個人的にお貸しする……という方法です。当店の料金と同じお値段で、レンタルしますよ？」

「え！　マジですか？」

「僕、WOWOWで放送していたのを、全部録画していたんです」

「是非、貸してください！」依子は、抱き付く勢いで、身を乗り出した。

「でも、早くて、明日の夜になってしまいます。僕、明日は遅番なんです」

「明日の何時頃？」

「八時頃でしたら、店には僕一人しかいませんので、都合がいいのですが」

「八時か……」

「他に予定でも？」

「明日、七時からお義姉さんの部屋で子守を頼まれてて」

「おねえさん？」

「ああ、義理の姉です。兄のお嫁さんで」

「……そのお義姉さんは、もしや、蜂塚沙保里さん？」

「ええ、そうです。でも、どうして？」

「だって、有名なエッセイストじゃないですか。それに、〝蜂塚〟なんて苗字、そうそうない。だから、もしや、と思いまして。……蜂塚沙保里さんのお宅は、……西新宿ですよね？　熊野神社近くの。僕の自宅も西新宿なので。もっとも、僕は八丁目のボロアパートですが――」

「え？　どうして、義姉の住所を？」

「いいえ、前に、エッセイで、ご自宅について書かれていて。写真もあったので、あの〝鸚鵡楼〟だと」

「鸚鵡楼？」

「僕の近所の人は、そう呼んでいるようです。……そういうことなので、よかったら、ビデオ、出勤前に届けますよ？」

「そんな、悪いです」言いながらも、依子の口元は期待で綻《ほころ》んでいる。

「いいえ、いいんですよ。どのみち、鸚鵡楼の前を通りますので。ついでですから」

「そうですか？　なら、お言葉に甘えて」

そして、依子は、レポート用紙を鞄から取り出すと、そこに部屋番号を記し、河上に渡した。

「それにしても」河上が、コーヒーを入れ直しながら、言った。「蜂塚沙保里さんのエッセイは、相変わらず、おもしろいですね。いえね、ここに来る前に、本屋に寄ったら、入荷されたばかりの文芸誌がありましてね。蜂塚さんのお名前もありましたんで、買ってみたんですよ。で、早速読んでみたんですが、これが、おもしろい」

そして、河上は、文芸誌をカウンターに置いた。

＋

――三つ子の魂百までとはよくいったもので、幼児期に子供が吸収する記憶は、あとあと、ひょんなところで影響がでてくるものだ。この時期にインプットされた記憶は削除されることなく、無意識の層に蓄えられる。だからこそ、この時期、子供を持つ親は細心の注意を払わなければならない。

今日、こんなことがあった。

同じマンションに住むAさんに息子を預けたのだが、とんだハプニングが起こってしまった。今思えば、他愛《たわい》のないことだ。「あの箱にはなにが入っているのだろう」「あの扉を開けたらなにがあるんだろう」誰にでも覚えがある幼い好奇心。しかし、その無邪気な好奇心は時に、大人たちの秘密を暴く。

Aさん宅で好奇心に駆られた小さな冒険家たちが見つけてしまったのは、白蝶貝だった。この美しい白蝶貝は、ある秘密を孕《はら》んでいた。それは、禁断の黒い真珠。

白蝶貝の持ち主は誰か。

それには心当たりがあった。

では、白蝶貝を隠したのは誰か。

それにも、心当たりがある。

そして、私の中には暗澹《あんたん》とした雲が立ち込めた。

きっと、嵐《あらし》が来る。

ところで、私にはこれと似たような記憶がある。

私が、まだ幼稚園に通っていた頃のことだ。

母が、お気に入りの珊瑚《さんご》のイヤリングを失くしたと大騒ぎしたことがあった。どこかで書いたかと思うが、私の母親は湯河原の芸者だった。そして、Mという俳優に囲われていた。そのMが私の父親なのだが、父は月に何度か、私たちに会いに湯河原までやってきた。そして、ご自慢の外車で私たちをドライブに連れていくのだ。母がイヤリングを失くしたことに気付いたのは、ドライブのあとだった。きっと、車の中だ。母はすぐに父に連絡を入れたが後の祭り。父の本妻にイヤリングを先に見つけられ、私たちの存在が暴かれてしまったのだ。

父の本妻は、その日に、タクシーを飛ばして湯河原の我が家まで乗り込んできた。その手には、包丁。

近所の人たちが警察に通報してくれたおかげで幸い死人は出なかったが、そのときの私の恐怖は筆舌に尽くしがたい。

私に植え付けられた恐怖の傷跡はなかなか消えず、消えたと思っても、ひょんなところで顔を出し、私を恐怖の虜《とりこ》にする。それは場所も時間もわきまえず、突然襲ってくるパニックだ。子供の頃の記憶というのは、それほど、根深い。

だから、私は願わずにはいられない。

Aさんが衝動的に何かしてしまわないことを。衝動の嵐が吹き荒れても、それをどうか、抑え込んでほしい。

子供のためにも。

＋

「ね、このAさんって、須藤さんのことかしら」

トイレから出ると、依子は母親に呼び止められた。

母親の手には、文芸誌。依子がレンタルビデオ屋のレジ番から借りてきたものだ。義姉のエッセイだけ読んで、リビングのマガジンラックに入れておいたのを、案の定、母親が見つけたようだった。

「……うん、たぶん、須藤さんのことだろうね」

依子は、やはり母親にも分かってしまったかと、肩を竦めた。そりゃそうだ。名前をぼかしたところで、あれほど特定できる要素を盛り込んだら、知っている人ならすぐに分かる。

「でも、お母さん、須藤さんのこと、知っているの？」

「うん。前に、駿を幼稚園に迎えに行ったとき、一緒にお茶したことがある。あの人と同じマンションに住んでいる人でしょう？　若くて可愛らしい人よね」

母親の声が、どこか弾んでいる。

「そうそう。そのとき、白蝶貝のペンダントをしていた人がいたわ。はじめは白蝶貝って知らなかったんだけど、その人がしきりに、白蝶貝、白蝶貝って自慢してたのはよく覚えている。

……えっと、あの人はなんて名前だったかしら」

そんなことを呟きながら、母親が棚の引き出しからメモ帳を引っ張り出した。

「あのとき、お茶した人たちの名前と電話番号を教えてもらったのよ。ああ、これこれ。この人よ。山谷さん」

母親が、楽しみを見つけた子供のようにはしゃぐ。

「山谷さん、このエッセイ、読んだかしら」

「お母さん。変なことをするの、やめなよね」

「変なことって?」

「だから……」

「しないわよ。でも、ま、私が何もしなくても、近々波乱があるだろうけどね」

母親の言う通り、こんなエッセイが書かれたら、間違いなく、何かが起こる。まったく、義姉は、どうしてこんなものを。世間知らずなのか、それともただの無邪気なのか。いずれにしても、身近な人のスキャンダルをこんな形で暴いたら、日常生活に波紋を生じさせるということを、お義姉さんは想像しないのだろうか。

明日は、七時からバザー。エッセイで登場した人たち……須藤さんと山谷さんももちろん、参加するだろう。

……いや、でも、この文芸誌は書店でもほとんどお目にかからないマイナー誌。しかも、発行されたばかり。そうタイミングよく、当事者たちの目に触れることはないだろう。誰かが、積極的に、その存在を知らせない限り。

依子は、母親を振り返った。母親は、どこか興奮気味に、メモ帳を眺めている。

「お母さん、ダメだからね、絶対」

依子は、念を押した。

つけっぱなしのテレビには、天気予報が映し出されている。

いつもの天気図。しかし、そこには台風が接近している。

「あら、いやだ。明日、関東地方を直撃するかも……ですって」

母親は文芸誌をテーブルに投げ置くと、テレビに体を向けた。

「結構、大きな台風じゃない？　心配ね」

11

なんの音？

雨？　雨が降っているの？

「そうだよ、沙保里ちゃん。ようやく気が付いた？　雨が降っているんだよ」

どうしよう。傘、持って来なかった。

「沙保里ちゃんは、どうしてこんなに無頓着で鈍感なんだろうね。もう少し、そうほんの少しでも、耳を澄ませばよかったんだ。風の叫びを聴き、空気の流れを読み、そして、ほんの少しだけでも、疑えばよかったんだ。そうすれば、傘を忘れなかったのに。君は、雨が見えていなかったんだ。雨は降っていた。そう、もうずっと前から雨は降り続いている」

雨は、いつ、止むかしら？

「当分、止まないよ」

なら、泊まっていい？

「うん、いいよ。その代わり、僕を裏切っちゃだめだからね、僕のいうことを聞かなくちゃダメだからね。でなければ、殺すよ？」

＋

沙保里は、飛び起きた。

また、あの男の夢を見た。河上航一。夢を見るたびに、あの男の気配が近づいてきている気がする。

このままでは、夢に食い殺されてしまいそうだ。

夫に相談してみようか。

沙保里は、隣で軽い鼾《いびき》をかきながら寝入っている夫の顔を見た。まるで、なんの悩みもない中学生のような寝顔だ。身近で起きている憂いなどにはひとつも気が付かず、明日はなにをしようか?などと無邪気に未来を信じてやまない、寝顔。

なにか、憎たらしくなる。

でも、沙保里は、この夫の、こういう鈍感さを愛していた。

以前は、過敏なほどの愛を求めていたが、今欲しいのは、どんな恐怖が迫っていても、どんな毒がばら撒かれていても、全身の力を抜いて眠ることができるしなやかなベッドだ。

とにかく、眠りたい。

この夫のように。

「……どうした?」

夫が、寝言のようにつぶやいた。

「ごめん、起きた?」

「眠れないのか?」

「うん。明日のバザーのことを考えていて。……なにを出そうかなって」

「先月、ゴルフの景品でもらった、グラスセットは?」

「ああ。そういえば、バカラだったわね。あれだったら、いいかもね。でもいいの? お義母さんに差し上げるって言ってなかった?」

「いいよ。母さんは、物の値打ちが分からないから、あげても猫に小判だよ。それよりかは、チャリティーに役立ってもらったほうがいいよ」

「そう。なら、そのバカラ、出品してみるわね。……他には、なにがいいかしら？　ああ、そうだ、去年、あなた、ロンドン出張に行ったとき、バーバリーのマフラーを買ってきたわよね。あれ、使ってないでしょう？　だったら……」

夫は、再び寝てしまったようだった。

沙保里は、その鼾から距離をとるように、ベッドの端に体を転がした。

明日は、朝一番で、トランクルームを探してみよう。そして、そのあとは……。

忙しい一日になりそうだ。

＋

「ああ、これ。こんなところにあったの」

沙保里は、声を上げた。成人式のときの写真だ。

「いやね、私。こんなに太っている」

振袖を着て笑う沙保里の顔は、まんまるだ。でも、若い。脂肪はいくらでも増減可能だが、この肌の質感だけは、もう取り戻せない。この頃は、もう二十歳と焦燥感に駆られてばかりいたが、今見ると、こんなに若い。あのときは、なんであんなに焦っていたのだろう。なにに怯《おび》えていたのだろう？　あの情緒不安定がなければ、私は河上にあれほど依存したりしなかったのに。

この写真を撮った頃は、川崎のアパートで河上と同棲《どうせい》していた。成人式のことも忘れるほど、河上に溺《おぼ》れていた。そんな沙保里を心配して、母が無理やり写真スタジオに連れて行った。

「式に出席しなくてもいいから、写真だけは撮っておきなさい」

着ている振袖は母が着ていたもので、牡丹の花が一面に描かれている。

「きれいだよ、沙保里ちゃん。まさに、馬子《まご》にも衣裳《いしよう》だ」

「ひどい」

「ね、このまま、ファックしてみない？」

「ダメよ、着物が汚れちゃうわ」

「汚さないようにするよ」

「ダメよ、ダメだったら……」

「嘘ばっかり。沙保里ちゃんだって、こんなにしたくなっているのに」

「ダメよ、航ちゃん……」

沙保里は、その指をショーツから引き抜いた。

やだ。

沙保里は、いたずらが見つかった子供のように、きょろきょろと視線を巡らした。

もちろん、トランクルームには沙保里一人だった。駿は夫とキッズルームに行っている。

沙保里の胃の奥から、激しい嫌悪感がせり上がってきた。

「信じられない」

「私、なにをやっているの」

そうよ、バカラ。バカラのグラスセットを見つけなくちゃ。

沙保里は、甘い痺れで力が抜けた腰を、持ち上げた。

しかし、バカラのグラスセットはなかなか見つからなかった。

もう、夫に任せよう。だって、そろそろ準備をしなくては、バザーの打ち合わせがはじまってしまう。

打ち合わせは何時頃に終わるかしら？　予定ではタカノのフルーツパーラーで二時に集合となっている。一応、三時には終わることになっているけれど、お菓子を食べながらきっとおしゃべりがだらだらと続くから、たぶんお開きになるのは三時半ぐらいかしら？　そのあと、何人かの奥さんと連れ立って伊勢丹デパートまで行って、飲み物とつまみを調達して。ケータリングが届くのが、たぶん、六時ぐらい？　担当は朱美さんだけれど、ちゃんと注文してくれたかしら。そして、七時の本番に備えて、ドレスアップして。

バザーが終わったら、明日締切のエッセイを仕上げなくちゃ。あの、通販会社から送られてきたスリッパに関するエッセイ。姿勢がよくなって肩こりも取れてダイエット効果もあるという触れ込みだが、ただの素朴なスリッパだ。今も履いているけれど、特にこれといった効果は感じられない。なのに三千円もするという。それでも、これを愛用して人生が変わったというようなことを書かなければならない。しかも、自ら購入したという設定で。馬鹿馬鹿しい嘘だが、まあ、これもビジネスだ。

ああ、忙しい。今日もなんていう忙しさだろう。今日だけじゃない、明日は取材で、明後日は打ち合わせで、その翌日はエッセイの締切が二本で。

ああ、本当に忙しい。


その電話がきたのは、午後の一時半を過ぎた頃だった。そろそろ出かけようかと、口紅を引いたところだった。

「あ、山谷さん？　今、出かけるところよ。あと十五分ぐらいで、フルーツパーラーにつくわ」

「今日の打ち合わせ、私、キャンセルしたいのだけれど」

「え？」

「あの文芸誌、読みましたよ？」

「文芸誌？」

「沙保里さんのエッセイが載っているやつよ」

「あ」

そういえば、あの文芸誌、昨日が発売日だ。

「私、沙保里さんに感謝しなくちゃいけませんね。あのペンダント、ようやく所在が分かったんだもの」

沙保里は、受話器を持ち直した。汗で、手がじっとり濡れている。

「……それで、朱美さん……須藤さんは？」

「須藤さん？　あら、やっぱり、あのAさんって、須藤さんのことだったの」

あ。沙保里の体が自然とのけ反る。その拍子に、右のスリッパがすぽっと脱げた。

「違うのよ、違うの」

沙保里は弁明を試みたが、もうすでに電話は切れていた。

どうしよう。

沙保里の脇に、汗がゆっくりと広がっていく。

やっぱり、あのエッセイ、ボツにしてもらえばよかった。

どうしよう。

須藤さんに連絡したほうがいい？　でも、なんて言うの？　藪蛇《やぶへび》にならない？

そうよ、下手に行動を起こしたら、それこそ事態はますます悪化するわ。こういうときは、静観するのが一番。きっと、時間が解決してくれる。

時間？　今、何時？

あ、いけない、遅刻する。もう出かけなくちゃ。

しかし、沙保里の右足はスリッパが脱げたまま、なかなか一歩を踏み出せないでいた。

電話が鳴る。

沙保里の肩が、大きく痙攣する。

恐る恐る受話器を耳に当てると、聞こえてきたのは、聞き慣れない声だった。

「お世話になります。マンション管理会社の者です。今、よろしいですか？」

「……はい」

「今朝も、犬の死骸がマンション内で見つかりまして」

「……はい」

「今回は、防犯カメラに、犯人と思われる人物の姿が映り込んでいるのですが」

「……はい」

「蜂塚さんに、ちょっとご確認いただきたいのですが……」

＋

「あれ？　二時から打ち合わせじゃなかったのか？」

夫が、駿を連れて戻ってきた。

しかし、沙保里はいまだ、電話の前で立ち尽くしていた。右のスリッパだけが、フローリングの床に転がっている。

「私も、打ち合わせは、キャンセルする」

「え？」

「山谷さん、出られないみたいだから」

「なにかあったのか？」

「分からない」

「でも、バザーには出るんだろう？　バカラのグラスセット、あったか？」

「なかったわ。見つからなかった」

「本当に？　どこにやったかな……」

「あなたが、探して。そして、バザーにはあなた一人で行って」

「なんで？」

「私、具合が悪いのよ」

「じゃ、俺も、行かないよ。俺一人行っても、わけ分かんないし」

「ダメよ、うちから一人も行かなかったら、あとあと何を言われるか」

「まあ、それもそうだけど」

ぴちゃっ、ぴちゃっ、ぴちゃっ……。

ぴちゃっ、ぴちゃっ、ぴちゃっ……。

「駿！　だから、それはやめなさい！」

沙保里は、手を振り上げた。

「やめろよ、ただの指しゃぶりじゃないか。いつかは止まるよ」

駄目よ、放っておいたら癖になるわ、叩いてでも、止めさせないと。

ぴちゃっ、ぴちゃっ、ぴちゃっ……。

ぴちゃっ、ぴちゃっ、ぴちゃっ……。

「止めなさい！」

そして、その拳は、駿の右目に落ちた。瞼が切れ、血が噴き出す。駿は、自分に何が起きたのか分からない様子で、母親の顔を見上げた。

「ごめんなさい、駿、違うのよ、違うのよ。……ごめんなさい、駿！」

沙保里は、息子の頭を抱え込んだ。生温かい血の臭いが、鼻を掠《かす》める。沙保里は、その手に力を込めた。しかし、駿はそれには応えず、ただ為すがまま、泣きもせずに、天井のどこかを見つめている。

ぴちゃっ、ぴちゃっ、ぴちゃっ……。

ぴちゃっ、ぴちゃっ、ぴちゃっ……。

沙保里は、ほとんど反射的に、その小さな体を突き飛ばした。

駿は小さくよろめきながら、ゆっくりと床に倒れこんだ。そして、母親の顔を先程と同じ眼差しで見つめると、言った。

「死ね」

＋

「結構、風、強くなってきたよ?」

母親の声が、先程から煩い。なんとかして依子を引き留めようとしている。母親は、娘が嫁のところに行くのを、あまり好ましく思っていない。

「でも、大丈夫でしょう。天気予報では、台風は直撃しないっていっていたし」

依子は、鞄に駿が好きそうなビデオを詰め込みながら言った。

早く、しなくちゃ。

七時前には行くって、約束したんだから。


「あ、お義姉さん」

沙保里から電話があったのは、時計の針が、六時十五分を指したときだった。

「今出るところ。五分前には着くと思う」

「よっちゃん、今日は、来なくていいわ」

「え? 子守は?」

「うん。……必要なくなったの」

「どうして?」

「私、ちょっと気分が悪くなって。だから、私はバザーには行かないことになったの。祥雄さんひとりで行ってもらうことにした」

そうなんだ。依子は、鞄を力なく、床に置いた。楽しみにしていたのに。駿と一緒にビデオを観るのを。

……あ、そうだ。

「あのね。七時に、ビデオが届く予定なの」

「ビデオ、うちに届くの？」

「うん。だから、ビデオだけ、受け取ってくれるかしら？　また、日を改めて、取りに行くので」

「分かったわ」

「あ。それから――」

依子が言い終わらないうちに、電話は切れた。お義姉さんにしては珍しい。いつも、相手が電話を切ったことを確認してから、切るのに。

なにかあったんだろうか。そういえば、お義姉さんの声はなにか、いつもと違った。張りがないというか、上ずっているというか、落ち着かないというか。


「誰から？」

トイレから出てきた母親が、のそりと後ろにやってきた。

「うん。……今日、子守、いいってさ」

「あら、そう」母親が、勝ち誇ったように、鼻を鳴らした。「そうよ。なにもこんな天気に出かけることはないのよ」

サッシ窓に、雨が激しく当たっている。

「台風、やっぱりくるのかな？」

こういうときは、天気の話をするのが一番だ。ああ、天候のメリハリがはっきりしている国に生まれてよかった。こんなときはいつも思う。こんなばつの悪い雰囲気のときは。

「ね、そういえばさ。テレゴニーって知ってる？」

ソファーに腰を落としながら、母親が、唐突にそんなことを言う。

その手には雑誌。義姉のエッセイが連載されているファッション誌だ。たぶん、最新号だ。いつのまに買ってきたんだか。

「テレゴニー？」依子は、小さく反応した。

「そう。前に交尾したオスの特徴が、他のオスとの間にできた子供に遺伝する……という説。つまり、そのメスが雑種と一度でも交尾してしまうと、そのあとサラブレッドと交尾して仔馬を産んでも、その仔馬は厳密にはサラブレッドとはいえない……という説だって」

「まさか。そんなのあるはずない」

「そうかしら？　私は、なんとなく、あるような気がするわよ」

「ないない。馬鹿げた迷信だよ」

依子は、鞄を勢いをつけて拾い上げると、「部屋で、ビデオ見ているから」とだけ言い残して、リビングを出た。

＋

ぴちゃっ、ぴちゃっ、ぴちゃっ……。
ぴちゃっ、ぴちゃっ、ぴちゃっ……。

だから、やめなさい、駿、指をしゃぶるのはやめなさい！

ぴちゃっ、ぴちゃっ、ぴちゃっ……。
ぴちゃっ、ぴちゃっ、ぴちゃっ……。

どうして、ママの言うことをきけないの？　そんなに、ママが嫌い？

ぴちゃっ、ぴちゃっ、ぴちゃっ……。
ぴちゃっ、ぴちゃっ、ぴちゃっ……。

分かった。怒っているのね。ごめんなさい、さっきはごめんなさい。ちょっと手が滑っただけなの。あんなに血がでるなんて思ってもいなかった。ごめんなさい、ママが悪かった。

ぴちゃっ、ぴちゃっ、ぴちゃっ……。
ぴちゃっ、ぴちゃっ、ぴちゃっ……。

ね、駿。あなたはお兄ちゃんになるのよ。ママのお腹にはね、赤ちゃんがいるの。だから、もっとしっかりして。いい子になって。

ぴちゃっ、ぴちゃっ、ぴちゃっ……。
ぴちゃっ、ぴちゃっ、ぴちゃっ……。

ママは、もう、くたくたなのよ。あなたがそんなふうに反抗的で。須藤さんと山谷さんのことも心配。原稿の締切もいっぱいあるの。あの役立たずのスリッパの長所を見つけて褒めちぎらなくてはならないのよ。やらなければならないことが沢山あるの。だから、ママをこれ以上、疲れさせないで。

ぴちゃっ、ぴちゃっ、ぴちゃっ……。
ぴちゃっ、ぴちゃっ、ぴちゃっ……。

ママだって、嘘なんか書きたくないのよ。でも、仕方ないの。だって、もっともっとお金を稼がなくちゃ、今の生活レベルを保てないのよ。この部屋のお家賃だって、毎月捻出《ねんしゅつ》するのにひぃひぃ言っている。あなたの将来のこともある。幼稚園からちゃんとしたところに行かないと、社会人になってから大変なのよ？　ある程度大きな会社には派閥があって、その中でも一番力を持っている派閥に入るには、「どの幼稚園に通っていたか」で決まるのよ。いくら一流大学に入ったからと言って、それではもう遅いの。社会のヒエラルキーの上層部に食い込むには、幼稚園のブランドが大切なのよ。馬鹿馬鹿しいことだと思っているんでしょう？　でも、それが現実。今、私たちがこんなマンションに住めて、ある程度他人様から羨ましがられるような立場にいられるのも、私が書いたエッセイがたまたま受けたからよ。そう、運が良かっただけ。でも、その幸運だって、長続きはしないわ。いつかは終わるのよ。ううん、もう終わろうとしている。ママには分かるの。ママはね、未来のことが分かるのよ。このままだと、私たちは、みじめな負け犬になる。あなたもきっと道を踏み外すわ。そういうビジョンが頻繁に見えるの。だから、ママは必死なの。パパは呑気だから全然危機感がないけれど、あなたの将来のためにも、あなたが真っ当に育つためにも、今の生活のレベルを維持しなければならないの。必死で水を掻かなくてはいけないのよ。だから、ママは嘘でもなんでも書いて、お友達のことをネタにして、身内のことを晒しても、お金を稼がなくちゃいけないの。

　これは、みんなあなたのためなのよ。あなたの将来のため。

　ママはあなたのことを愛しているわ。それだけは分かってほしい。

だから、お願い、ママの言うことを聞いて。
私をこれ以上、疲れさせないで。
駿、お願いだから……。
せめて、眠らせて。ゆっくりと、眠らせてちょうだい。

「ぐっすり眠るといいよ、僕がそばにいる」

+

誰？
沙保里は、むくりと上体を起こした。
そこは、いつものベッドの上だった。
ローラアシュレイのベッドカバーが、力なく床に落ちている。
今、何時？
バザーは？
そういえば、よっちゃんが来ることになっている。
……ああ、そうだった。バザーには行かないことになったんだ。
……山谷さんはあれからどうなったかしら？　須藤さんは？

……千鶴子さん。そうよ、千鶴子さんにも連絡しなくちゃ。

……そういえば、ビデオ。ビデオが届くことになっている。

ね、どうして、こんなに暗いの？　ね、駿はどこ？　ね、電気をつけて。

誰が止めても　誰が咎めても
会わずにはいられない
狂った恋だと分かっていても
行かずにはいられない

なんで？　なんでこの曲が聞こえるの？　これは夢？　幻聴？　この曲は止めて、この曲は嫌いなの！　止めて！

……なんで？　なんで、あなたがここにいるの？　航ちゃん、なんで？

愛している　愛している　愛している
殺したいほど　愛している

嘘よ。あなたは私なんか、一度だって愛したことはなかった。あなたが愛しているのは、自分だけ。あなたが忠実なのは、己の欲望だけ。あなたは、ただ、誰かの支配者になりたいだけなのよ。神になりたいだけなのよ。でも、よく見てみて。あなたがいるところはどこ？　小さな小さな箱庭。あなたが拵えた、張りぼての箱庭。そこに、私みたいな馬鹿な女たちを集めては、神様ごっこを楽しんでいる。時には、弱い子供を蹂躙《じゆうりん》して。

最低だわ。最低な男。あなたのことを一度でも愛した自分が汚らわしいわ。

来ないで、近寄らないで、私に触らないで！

来ないで！

三章　二〇〇六年　マザーファッカー

12

最低だわ。最低な男。来ないで、近寄らないで、私に触らないで！
来ないで！

——そうだよ、沙保里。僕は、矮小《わいしょう》な緑の巣箱に引きこもったまま、果てることなき欲望と倦怠《けんたい》に身を任せている。いまだ自身が世界の支配者であるという幸福な妄想に取り付かれながら、子を拵えるための儀式に余念がない。子の残酷な未来も知らず。

そうだよ、沙保里。まったく、君の言う通りだ。僕は箱庭の中で遊んでいるだけだ。しかし、所詮、この世界も巣箱ではないのか。箱庭の中で繰り広げられている滑稽《こっけい》な右往左往を、意地悪な気まぐれ屋の神が薄ら笑いを浮かべながら眺めているのだ、巣箱を揺らし様々な塵《ちり》を振りかけながらね。

僕たちは、その神を見ようと、短い胴を限界まで伸ばし仰ぎ見る。が、逆光がそれを邪魔する。手をかざして目を細めてみても、逆光が作り出す輪郭すら見ることができないのだ。その輪郭が箱庭に影を落としていることすら、気がつかないのだ。

影は、巣箱に暗澹として淫靡《いんび》な予感を滲《にじ》ませる。が、巣箱の中の囚人はそれさえも知らず、まるでそれが自分の意思であるかのように、自分が作り出した悪意であるかのように、うっとりと反逆者を気取る。そんな愚か者を見て、白い輪郭は笑いを押し殺す。反逆者をからかおうと、さらに身を乗り出し、影を落とす。

その白い輪郭は神であろうか。そして、それが落とす影こそが、悪魔であろうか。

気に食わない。いつかはこの巣箱から飛び出さなければ。でなければ、僕たちは、いつか共食いをはじめるだろう。宿主を探す寄生虫の群れが、我先にと他の体によじ登り、天を目指すように。が、所詮、その虫の塔は、砂の一粒にも満たない質量なのだ。ほんのひと蹴りで、それは無残にも崩れる。しかし、それでも、運のいいヤツは目的地にたどり着くだろう。

だからといって、寄生虫は支配者にはなり得ない。宿主から体力を奪い取ることはできても、宿主を滅ぼして自らその地位に立つことはできない。宿主の死は、自らの死をも意味するからだ。

我々は、どのみち、箱の外には出られない。出たと思っても、それはまだ箱の中なのだ。

我々は、箱の中で生まれて箱の中で死ぬ。それが、僕たちの運命だ。

だから、死ね。

13

カット！

そんな声が、どこか遠くで響いている。神の声か？　それとも理性の声か？

でも、止められない。止めるわけにはいかない。この女の息の根を止めるまでは。

「死ね」

＋

「おい、誰か、止めさせろ。マジで死んじゃうよ」

マサキが女の体から引き剝がされたのは、カットの声がかかってしばらくしてからだった。

女優が、白目をむいて、ひぃひぃと呻《うめ》いている。その顔は真っ赤で、首にも赤く指の跡が刻まれていた。女は腰でも抜かしたのか、床に押し倒された状態のまま、立てずにいた。そのスカートはまくられ、足首にはショーツが絡まっている。前貼りがほとんど剝がれ落ち、その性器を丸出しにしていた。

その様子を見下ろしながら、マサキの性器もにわかに膨張をはじめ、前貼りがぽろりと剝がれる。

「ちょっと、しごいてきます」

マサキはそれだけ言い残すと、助監督から渡されたバスタオルで下半身を隠しながら、スタジオを出ていった。その後を、付き人らしき若い男がちょこちょこと追う。

「なんなの、あの子」

女優が、よろよろと立ち上がりながら、毒づいた。

「本当に死ぬかと思ったわよ」

女優はなおも続けた。

「しかも、あの子、マジで挿《い》入れようとしたわよ、信じられない！」

いや、でも、そのお陰で、かなりいいシーンが撮れたんじゃないかな。宣伝担当の宮野聖子《みやのせいこ》はそんなことを思ったが、無論、言葉にはしなかった。

「だから、嫌だったのよ、レイプシーンなんて。しかも、やられながら死ぬ役なんて」

女優の怒りはなかなか収まる様子はなかった。

「そもそも、あの新人はなんなの？　いったい、どっから引っ張ってきたのよ」

それは私も知りたい。

聖子は、スタジオの隅を見やった。そこには、フリープロデューサーの大倉悟志がいた。いつものオールバックに相変わらずのアルマーニのスーツ。そして、なにか企《たくら》んでいるようなにやにや笑い。形式の上ではプロデューサーは他にいて、製作委員会に名を連ねる映画会社の役員の名前がクレジットには登場するだろう。しかし、実質、大倉悟志がこの映画を仕切っていた。

通称〝鸚鵡楼の惨劇〟と呼ばれる事件を映画にしようと企画したのは、大倉悟志だった。聖子より三歳年上の今年三十八歳。まだまだ若手と呼ばれる年齢だが、すでにカリスマの域で、今までも、アイドルからドラマ、そして書籍や食品まで、いくつものヒットを生み出している。しかし、映画とは相性が悪いらしく、これまで五本の映画をプロデュースしてきたが、どれもヒットには至らなかった。「もう映画はこりごりだ」と言っていたのを聞いたこともある。

なのに、なぜ、この企画を？

「そりゃ、〝鸚鵡楼の惨劇〟の犯人が、今年の九月に時効を迎えるからだよ。警察も時効間近い事件は、大々的にキャンペーンはるしな。放っておいても宣伝してくれる。こんないい機会はない」

いつか、大倉はそんなことを言ってはいたが。

それだけだろうか？

「実は、僕、被害者の蜂塚沙保里さんに会ったことがあるんだよ。僕がまだ駆け出しのフリーだった頃。ある雑誌の創刊に立ち会ってね。そのとき、沙保里さんにインタビューしたんだ。

それから一週間経つか経たないかってときに事件があって。それで、ずっと気になっていたんだよ」

昨日は、そんなことも言ってはいたが。

それだけ？

いやな噂がある。

マサキは大倉が上野のハッテンバで拾ってきた男娼だというのだ。

確かに、マサキのキャスティングは不自然だった。無名の新人ということもさることながら、その年齢が、役柄に合わないこと著しい。マサキが演じる〝河上航一〟は、〝鸚鵡楼の惨劇〟の事件当時、四十一歳。なのに、マサキはまだ十九歳だという。確かに、河上航一の若い頃の描写もある。河上航一は、かつて、ザ・ミルズというバンドに所属し、その唯一のヒットナンバーが演出上、効果的に使用されることになっている。だからといって、十九歳の青年に、四十一歳のいかれた犯罪者を演じさせるというのは、どう考えても不自然だ。

が、最近ではその考えは、古臭い先入観によるものだと、少々反省もしている。

というのも、マサキは無名でありながら、その役作りが天才的に徹底していた。四十代の犯人を演じるために体重を十キロも落とし、歯も抜き、髪も薬品で傷めつけ、特殊メイクなどなくても、充分に、しょぼくれた四十代に仕上げてきたのだ。

実際、演技も素晴らしいものだった。まだ顔も知られていない無名俳優という側面も、彼の演技にさらなる凄味《すごみ》とリアリティを与えている。

この映画はヒットする。

そして、マサキという無名の俳優は、一躍スターになるだろう。

あるいは、これこそが大倉悟志が狙ったことなのかもしれない。

「聖子ちゃん」

大倉悟志が声をかけてきた。

「今のレイプシーン、どうだった？　……こんなこと訊いたら、セクハラになるかな？」

聖子の瞼が、ぴくりと痙攣する。しかし、聖子は笑顔を作ると、言った。

「まあ、他の人だったら、訴えますけどね。でも、大倉さんの場合、性的なものは感じませんから」

「どういう意味？」

「大倉さんは、女性には興味ないのでしょう？」

言うと、大倉はオールバックの髪をやおら撫で付けた。その様子を尻目に、聖子は続けた。

「吐き気のするシーンでした。途中、何度も声を上げそうになりました。逃げ出したくもなりました。もう、本当に酷過ぎる。トラウマになりそうです」聖子は、本音をぶちまけた。「……でも、それが狙いですよね？　だとしたら、とてもいいシーンだったと思います」

大倉が満足そうな笑いを浮かべる。

「この映画は、傑作になるよ。だから、宣伝のほうも、よろしく頼む」

「ええ、それが私の仕事ですから。弊社、界伝社も製作委員会に名前を連ねている以上、きっちり宣伝させていただきます。それで、早速なのですが、マサキさんの詳しいプロフィールをお知らせいただけますか？」

「前に、教えたじゃない」

「年齢だけは。でも、それだけじゃ。本名、生年月日、出身地、出身学校はもちろん、今までどういう暮らしをしてきたのかなど、詳しい経歴を……。〝マサキ〟という芸名の由来も気になります」

「そんなの、つまらないじゃない。なんでもかんでも明かしたら。ミステリアスに行こうよ」

「しかし」

「そのうち、教えるよ。……近いうちにね」

大倉の視線がふと険しくなる。その視線の先には、下半身をバスタオルで隠したマサキの姿があった。その横には、若い男。童顔のせいなのか、小柄なせいなのか、少年のようにも見える。いつも、マサキの横にいる。

「彼、マサキさんの付き人かなにかなんですか？」

「いや。友人らしい。……幼馴染だってさ」

「そう……ですか」

「マサキには、自叙伝を書かせるよ」大倉は、出し抜けに、そんなことを言った。

「え？」

「もう、書かせている。出来上がったところまで、近日中にメールで送るよ」

「あ……はい」

「それを、効果的に使用してほしい。手段は、聖子ちゃんに任せるよ」

つまり、それを書籍などの形で意図的に流すか、それとも第三者の悪意により不本意に流出してしまったという形をとるか、あるいはこの二者をミックスして、効果的に市場にアピールしろと言っているのだ。要するに、マサキを最大限に売り出す方法を模索しろ、ということだ。


「はあ、疲れた、疲れた」

東銀座の界伝社に戻った頃には、午後十時を過ぎていた。

聖子は、途中で買ったベーグルサンドとコーヒーをデスクに置くと、早速パソコンの電源を入れた。

あまり好きではない方法だが、匿名掲示板を利用して、それとなく映画の話題を振るということを、ここ数日、暇を見つけては実行している。ステルスマーケティングのひとつだが、これが案外、効果的なのだ。口コミは、ときにはメディアのコマーシャルより大きな好結果をもたらす。今朝も、ネット掲示板に記事を投稿しておいた。それが、どう展開しているか。

聖子は、ベーグルサンド片手に、マウスを握りしめた。

【俗にいう〝鸚鵡楼の惨劇〟について教えてください】

ワイドショー大好き男　06/05/17 08:25

1991年9月15日、西新宿のマンションで起きた通称〝鸚鵡楼の惨劇〟について、教えてください。確か、犯人はいまだ捕まっていないと聞いたのですが、本当ですか？当時は結構騒がれていたようだけど、詳細をご存知の方、いますか？　なんでも、その事件を下敷きにして、映画化が決まったそうです。今年中には公開されるらしいです。

おせっかい主婦　06/05/17 09:19

映画になるんですか？　その事件、覚えていますよ。当時、西新宿十二社のボロアパートに住んでいたから。確か、あの日は台風が来ていて、家でテレビを見ていました。そしたらサイレンが鳴って。すぐ近くで止まったんですよ。窓を覗くと、パトカーがたくさん来ていて。そういえば、うちにも警察が聞き込みに来ました。でも、詳細はよくは知らないんだけど。確か、二、三人、殺されたかな？

新聞社勤務くん　06/05/17 13:22

当時の第1報を伝える記事が見つかったんで、転載しておく。

＝＝＝＝＝＝＝＝＝＝＝＝＝＝＝＝＝＝＝＝＝＝＝＝

15日午後8時35分ごろ、東京都新宿区西新宿十二社のマンションの管理人から「人が殺されている」と110番通報があった。警視庁新宿十二社署が駆け付けたところ、マンションの一室のリビングに男性一人と女性一人がそれぞれ血を流して倒れていた。刃物で刺されたあとがあり、同署は殺人事件として捜査を始めた。調べでは、部屋が荒らされている形跡はなかった。（東西新聞より）

通行人　06/05/17 15:23

刃物で刺されたあとってあるけど、あれって、すごい惨殺だったんだよね。男も女も内臓がはみ出すほどのメッタ刺し。確か、事件現場になったマンションは億ションだったよね？

通りすがり　06/05/17 16:16

被害者AさんとBさんは夫婦だったらしい。しかも、奥さんのBさんは、妊娠中だったって。

傍聴人　06/05/17 17:24

なに？　もしかして三角関係とか？　痴情のもつれによる殺傷事件？

名無しの権兵衛　06/05/17 17:50
痴情のもつれになるのかな。指名手配された犯人の男は、殺された奥さんの元カレだったみたいだから。元カレは前科者で、出所してすぐに起こした事件らしい。確か、その奥さんって、エッセイストかなんかじゃなかった？　当時は結構売れていて、だから、連日ワイドショーが騒いでいたのを覚えているよ。

バブル時は○Ｌ　06/05/17 18:15
蜂塚沙保里だったっけ。なんか、いかにもバブルって感じのエッセイを書いていたはず。シャネルがどうの、バーキンがどうのって。

懐かしい　06/05/17 18:46
ああ、蜂塚沙保里かー。覚えているよ。エッセイ集も買った。『パイとダイヤモンド』とかいうタイトル。あの本は結構おもしろかったけど、その後がダメダメだったな。なんか、人の揚げ足取りな内容ばかりで。

通りすがり　06/05/17 19:06
パイとダイヤモンドｗ　いかにも、バブルチックだなｗ　でも、その事件現場のマンション、なんで〝鸚鵡楼〟って呼ばれてんだ？　本当にそういう名前だったの？

西新宿出身　06/05/17 19:22

そのマンションが建つ前に、〝鸚鵡楼〟という洋館があったらしい。それで、近所の人はそのマンションも〝鸚鵡楼〟って呼んでいたって。

オカルト野郎　06/05/17 20:37

〝鸚鵡楼〟という洋館が建っていたときも、殺人事件があったらしいよ。前に、オカルト掲示板で読んだことがある。これは呪いか、それとも同一人物による犯行かって。

通りすがり2　06/05/17 20:56

でも、その犯人、逃亡中でまだ捕まってないんだろう？　そういえば、そろそろ時効なんじゃねえの。

新聞社勤務くん　06/05/17 21:06

そう。今年の9月で時効。警察も最後のあがきとばかりに、指名手配写真を大々的に貼りだしたりして、キャンペーンをはじめている。そういえば、先月、参考人の調書の一部が雑誌に掲載されてたな。ところで、その事件現場、今はどうなってんの？

オカルト野郎　06/05/17 21:37
事件のあとにバブル崩壊もあったりして、住民がほとんど引っ越しちゃったらしい。で、今は全部屋空き家状態。有名な〝オカルトスポット〟になっているよ。ヤンキーたちがよく肝試しやってて、落書きとか火遊びとか、暴れまくってる。ボヤ騒ぎもしょっちゅう。でも、噂によると、近々取り壊されるらしい。

プー太郎　06/05/17 22:09
なに、映画化？　というか、ここのトピ主、映画関係者だろう？　こういう宣伝はやめろ。

＋

「あ、バレてる」

聖子は、ベーグルサンドを齧《かじ》りながら苦い笑いを浮かべた。

そして、思いのほか反応が薄いことに、小さな溜息をついた。

あの事件、当時はあんなに騒がれたのに。

当時二十歳の大学生だった聖子も、よく覚えている。連日のように、ワイドショーで特集が組まれていた。が、世の中は、俗にいうバブルの崩壊。実際には、その年の春にはすでに崩壊していたのだが末端にまでそれが実感として伝わるには数ヵ月を要し、ようやくその年の暮れあたりから、暗く長い不景気を暗示するようなニュースが続々と伝えられ、西新宿の高級マンションで起きた惨殺事件は、あっという間に風化してしまった。実際、聖子も、翌年にはこの事件を思い出すこともなかった。

「このままじゃ、ダメだ」

聖子は呟いた。

「もっと、もっと、仕掛けなくちゃ」

そして、懇意にしている編集者のメールアドレスを表示させた。村木里佳子《むらきりかこ》。総合誌月刊グローブの編集者で、まだ若いがのし上がってやろうという野心に満ち溢れた熱血だ。ネット掲示板でも誰かが挙げていた、参考人の調書を流出させた張本人でもある。当初、彼女は乗り気ではなかったが、事件を調べていくうちに興味を持ったらしい。そして、どこからか門外不出の調書を手に入れて、自身が編集する雑誌に掲載してしまった。彼女なら、黙っていても、次々と〝鸚鵡楼の惨劇〟についての記事をこれからも書いていくだろう。なにしろ、「時効前に、なんとしても、ペンの力で犯人を逮捕に導く」と豪語していたぐらいだ。〝ペンの力〟をいまだに信じている彼女の暑苦しさに面喰《めんく》らいながらも、聖子は「この人は、いいパートナーになる」と確信してもいた。

「その後、〝鸚鵡楼の惨劇〟の犯人に関する情報は入りましたか？」

という簡単な文章を入力すると、送信ボタンを押した。

村木里佳子のことだ。こんな風に質問されたら、今の段階でなんの情報がなくても、自ら動いて情報を掴もうと躍起になるだろう。聖子はその反応を期待して、週に何度かは、このようなメールを送っていた。

……………。それにしても、疲れた。

昔は、このぐらいの残業はなんともなかったのに。むしろ、今からが本番だとばかりに、エンジンがかかったのに。三十五歳を目前にした今、体力も精神力もめっきり低下した。

聖子は、チェアの背もたれに全体重を預けた。

「はぁ、疲れた」

その声が大きすぎたのか、斜向《はすむ》かいに座る男性社員と目が合う。

聖子は姿勢を正すと、デスクの端に積んであった雑誌を適当にピックアップした。

それは、まさに、先月号の月刊グローブ。例の調書が掲載されている。そういえば、ちらりと目を通したきり、最後までじっくりと読んでいないことを思い出す。聖子は、付箋《ふせん》が立っているページを開いた。

＋

一九九一年九月十五日。

十九時三十分頃だと思います。私は、事件現場となった西新宿十二社のベルヴェデーレ・パロットに到着しました。本当は、十九時前に行くと、蜂塚沙保里さんとは約束していたのですが、台風の影響で電車が遅延し、この時間になりました。

エントランスでは、萱野という名前のドアマンに声をかけられました。

「チャリティーに参加されるのですか」と言われました。

「はい」と答えると、ドアマンはにこりと笑い、「楽しんでらしてください」と言いました。

私は軽くお辞儀をして、そしてコンシェルジュカウンターに向かいました。そこで所定の用紙に必要事項を記入し、そしてコンシェルジュの一人に「最上階のラウンジにいる、蜂塚沙保里さんを呼んでください」と頼みました。このマンションは完全受付制で、まずは用紙に訪問者名と訪問理由、そして時間を記入し、改めてコンシェルジュに住人を呼び出してもらわなければなりません。この日は、最上階のラウンジでチャリティーパーティーが開かれていたので、その旨を伝え、パーティーに参加しているであろう蜂塚沙保里さんの名前を告げたのでした。

しかし、コンシェルジュは言いました。

「ラウンジには、蜂塚沙保里様はいらっしゃらないようです」と。

不思議に思い、私は、

「では、九〇一号室の蜂塚祥雄さんをお呼びください」

と、頼みました。しかし、

「いらっしゃらないようです」

と、コンシェルジュは言いました。

いったい、どうしたんだろう？と途方に暮れていると、菅野という名のドアマンが声をかけてくれました。

「須藤様をお呼びしたらどうでしょうか？　須藤様は、今、ラウンジにいらっしゃいます」

須藤さんとは、五〇二号室の須藤朱美さんのことです。須藤さんとなら面識があるので、私はドアマンの意見に従いました。

果たして、須藤さんがインターホンに出ました。そして、私は十階のラウンジにようやく向かうことができました。

ラウンジには、それほど人はおりませんでした。私を含めて十人ほどでしょうか。台風の影響で、到着が遅れている人が何人かいるとのことでした。

それにしても、沙保里さんはどうしたのだろうか？　私は、そのことばかりを気にしていました。沙保里さんのことを訊こうと、須藤さんに何度か声をかけようとしたのですが、須藤さんは須藤さんでなにか問題を抱えているらしく、ひどく落ち込んでいる様子で、私の相手などしている暇はないという感じでした。それは、須藤さんだけではありませんでした。ラウンジの雰囲気はひどく険悪で、みなよそよそしく、いるだけで針の筵《むしろ》、という状態でした。特に須藤朱美さんと山谷恵子《けいこ》さんの関係が、こじれているようでした。二人とも殺気立ち、今にも取っ組み合いの喧嘩がはじまりそうな最悪な雰囲気でした。そこにいた人たちは、遠巻きで息をのみながら、二人の成り行きを見守っている、という感じでした。

私は、一刻も早く、そこから立ち去りたい気分でした。須藤さんと山谷さん、それぞれが持つグラスの中身がぶちまけられる前に、この部屋を出たい。

私は沙保里さんのことが気になってもいましたので、それを口実に、部屋から出ることを思いつきました。

そして、私は九〇一号室に向かいました。ひとつ下の階なので、階段を使用しました。そのとき、誰かが階段を駆け下りている音がしました。パタパタという音です。時計を見ると、十九時五十八分でした。

九〇一号室に到着したのはそのあとすぐでした。

呼び鈴を押しましたが、反応がありません。試しに、ドアノブを回してみましたら、施錠はされておらず、ドアは呆気なく開きました。

妙に静かでした。でも、照明はついています。それに、なにか人の気配もします。

「沙保里さん、いるの?」

私は呼びかけながら、靴を脱ぎました。そのとき、見慣れないスニーカーがあることに気が付きました。義妹の依子さんが来ているのかしら?とも思いましたが、そのスニーカーは依子さんのものにしては、少し大きい気もしました。

「沙保里さん、いるの?」

私は、もう一度、呼びかけてみました。

確かに、なにか気配がある。音もする。

そして、微かですが、鉄の臭いがしました。そう、血の臭いです。

得体の知れない恐怖心が、猛スピードで私を支配しました。

足に、何か当たりました。

見ると、紙袋の中に、何か入っています。覗き込むと、それはビデオテープでした。〝ツイン・ピークス〟という手書きの文字のラベルが見えます。

やっぱり、依子さんかしら。依子さんが『ツイン・ピークス』というアメリカのドラマに夢中なのを私は思い出しました。

いずれにしても、その時点で、私は恐怖の虜でした。

廊下のどん詰まりにあるドアは、リビングに続いています。そこで、何か悪いことが行われている。私はそう直感しました。それでも、私はドアを開けずにはいられませんでした。それが、私の使命だとすら思いました。

私は、息を止め、慎重にドアノブを掴みました。そして、ゆっくりと、ドアを開けました。

照明は暗く、目を凝らしてようやく見えるというほどの明るさでした。

そのせいか、私は床に足を取られ、前のめりで倒れこみました。何かが当たりました。私は目を凝らしました。

「沙保里さん！」

そう、それは、蜂塚沙保里さんの顔でした。私は、沙保里さんの名前を何度も呼びました。

体も揺すりました。しかし、なんの反応もありません。私は、嫌な予感に苛《さいな》まれていました。なぜなら、私の手はなにか生温かいぬるぬるとした液体を感じていたからです。それが血であることは、臭いで分かりました。私は、とにかく照明をつけなくてはならないと、手探りで壁のスイッチを押しました。

照明がつき、その光景が詳《つまび》らかになったとき、私は言葉を失いました。まず、目に入ったのは、沙保里さんの姿でした。ブラウスは激しく乱れ、スカートはまくられ、乱暴されたのは明らかでした。その上、その体は血まみれでした。

次に目に入ったのは、蜂塚祥雄さん。沙保里さんの夫です。彼も、血まみれで倒れこんでいました。

私はどうしていいか分からず、しばらくはその場に座り込んでいました。

どのぐらい時間が経ったのかは、もはや覚えていません。

ただ、このままではいけないという理性だけは残っていましたので、私は、非常ボタンを押しました。

押しながら、私は気を失いました。

目が覚めたのは、病院のベッドの中です。

以上が、私が事件当時、目撃したことのすべてです。

（参考人　Mさんの供述調書より）

「なるほどね」

宮野聖子は、コーヒーを飲み干した。

「Mさんが、非常階段で聞いた足音というのが、河上航一のものだったわけか」

月刊グローブの特集記事によると、実際、河上航一は、一階非常ドアの防犯カメラに映りこんでいる。その時刻は二十時〇一分。しかし、これだけでは、犯人とは特定できない。

ところが、河上航一は他にも数々の証拠を残していたため、二日後に指名手配が決定したという。

河上が残した証拠。まずは、蜂塚宅の玄関に残されたスニーカー。これは鑑定で河上のものだと判明、河上が蜂塚宅に入り込んだのは間違いないことを示している。

次に、蜂塚沙保里さんの膣内から採取された精子。これも河上のDNAと一致し、蜂塚沙保里さんが河上にレイプされたことも認められた。

そして、蜂塚沙保里さんの首には河上の指紋が残されていた。これは、河上が蜂塚沙保里さんの首を絞めた可能性を示す。

動機もあった。河上は蜂塚沙保里さんのかつての恋人で、なにかしら負の感情を抱いていたであろうと推測することができた。

これだけの状況証拠と物的証拠があっては、河上は逃げも隠れもできまい。

ところが、河上は、いまだ逮捕されず、しかも時効は近い。

「日本の警察は、案外、どんくさいな」

聖子はひとりごちた。

「初動捜査に問題があったんじゃないの？」

月刊グローブの記事も、その点について触れている。

――死体のそばに落ちていた凶器は、蜂塚宅にあった文化包丁だった。河上はそれで、蜂塚夫婦を滅多刺しにした。しかし、その包丁からは河上の指紋は採取できなかった。初動捜査でなにか間違いがあったのではないかと、囁かれている。

ま、いずれにしても。

河上航一が、一般人に紛れてのうのうと暮らしているのは確かなのだ。

ふと、昼間見学した、撮影風景が浮かんでくる。

「死ね」

マサキ演じるところの河上航一は、まさに殺人鬼だ。あの生々しい殺意は、ただ事ではなかった。見ているほうまで身動きできなくなるほどの、殺気。思い出すだけでも、肩が強張る。

聖子は、背中にぞくりとしたものを感じながら、月刊グローブを閉じた。

「まだ、残業ですか?」

声をかけてきたのは、斜向かいに座る男性社員だった。確か自分より十以上年上のはずだが、子会社からの出向社員ということで、嫌味なほど腰の低い男だ。

「ええ、あと、少し」オフィスを見ると、自分たち以外には、誰もいなかった。「……どうぞ、お帰りください。戸締まり消灯は、私がしますんで」

「いいえ、僕も、あともう少し」

言いながら、男性はパソコンに向かう。

……なにか、気まずい。この人は苦手なのだ。今日は、もう帰ってしまおうか?と、引き出しからバッグを取り出していると、

「河上航一のことをお調べですか?」

と、男性が再び声をかけてきた。

「え?」

聖子が視線を上げると、男性がなにか言いたげに、口をもごもごさせている。

「ええ、まあ」

男性の目が、意味ありげにひらめく。そして、

「河上航一と仕事していたことがあるんですよ、僕」

と、男性は、なにやら得意げに言った。

「え？」

「昭和五十一年……一九七六年頃、僕、大学生で。創宣堂のクリエイティブ部でアルバイトしていたんですけどね」

創宣堂。界伝社と並ぶ、大手広告代理店だ。「そのとき、河上航一も契約社員として働いていて」

「そうなんですか？」

聖子は、身を乗り出した。

「なんか、しょぼくれた男でしたよ。元グループサウンズのメンバーだったということで、部長が連れてきた男だったんですが。いやー、とにかく、使えなかったなあ」

男性は、両手を振り上げると、それを頭の後ろで組んだ。

「でも、妙に女子社員とかには人気があって。人気というか、まあ、元グループサウンズということで、その経歴を面白がっていただけなんでしょうが。本人はからかわれているのを知ってか知らずか、女の子たちに媚を売りまくっていた。要するに、女癖が悪かったんです。女子高校生のモニターを集めてお得意とミーティングなんかやると、そこに参加した女子高校生に手を出したりして。とにかく、女にだらしなかった。女だけならまだしも、子供にまで手を出して」

「そういえば、河上は、児童への強制猥褻《わいせつ》で、刑務所に送られていますね」

「はい。本当に、情けない男です。自分の言うことを聞きそうな弱い相手ばかりを狙って、欲望を発散させていた。……まあ、職場で散々苛められてましたからね、そのストレスもあったんでしょうけど」

「苛められていたの？」

「はい。本社の連中にね。本社の連中にとっては、子会社の社員……特に契約なんか、苛《いじ》めのターゲットでしかないんですよ。つまり、憂さ晴らしのおもちゃ。……そういえば、あの人、会議やミーティングがあるたびに、参加者全員の弁当を用意させられていたな。自費で。しかも、当時で千円以上もするような豪華な弁当ばかり要求されて、あの人、サラ金とかも利用していたんじゃないかな。その他にも、小さな嫌がらせもちょくちょく。あの人が一日かけて準備した資料を捨ててしまうとか、定期を盗んで帰れなくするとか。誰かがあの人のジャケットをトイレに捨てていたところも目撃したな。男の苛めというのは、時には女のそれより陰湿だったりしますから、あの人、相当、溜め込んでいたんじゃないかな、負の感情を。だから、児童猥褻で逮捕されたときは、ああ、やっぱり、と思ったものです。……でも」

男性は、そこでいったん、言葉を止めた。

聖子はさらに身を乗り出した。「でも？」

「……でも、一九九一年に起きた西新宿のマンションの殺人。あれは、なんか、ちょっと違う感じがしたんです」

「どういうこと？」

「河上は、なんというか、そういうことをするタイプではないように思えたんです」

「そういうことって？」

「だから、殺人ですよ。確かに、虚勢を張るようなところはありました。何度か酒を飲んだことがあるんですが、そのときは、なにかひどく悪ぶって、酷いことも言ってましたが、でも、それは口だけで、行動には移さないタイプだな……と思っていたんです」

「でも、実際、年端もいかない少女たちを襲ったじゃない？」

「それは、納得できるんです。相手は弱い子供ですから。あの人、普段は自分が苛められていたから、自分も弱い者苛めをして、自分のコンプレックスを穴埋めしていたんだと思います。でも、あのマンションの殺人は違う。犠牲になったのは社会的にもステイタス的にも、自分より上にいる人たちです。河上は、自分より弱いものには容赦なかったけれど、強いものに対しては、卑屈で、媚びへつらうところがあった」

「じゃ、ルサンチマンってやつなんじゃないの？　富裕層に対する」

「そうかな……」

「じゃ、あなたは、河上が犯人ではないと思っているの？」

「え？」

男性は、そんなことはひとつも考えていなかったというように、目を見開いた。そして、ワイパーのように両手を大袈裟に振った。

「いえいえ。そうではなくて。ただ、イメージにそぐわないな、と思っただけです」

それから男性は慌てて帰り支度を済ませると、「お先に失礼します」と、フロアを駆け足で出ていった。

その背中を見送りながら、聖子は、喉に魚の小骨が引っかかったようなおさまりの悪さを感じていた。

「犯人は、河上に決まっているじゃない。あの人、なに言ってんだか」

聖子は、呟いた。そして、気が付いた。あの男性の名前、知らない。もう、半年も同じフロアにいるのに。いや、覚えようとしなかった。理由は簡単だ。彼が、子会社からの出向社員だからだ。

……なるほどね。河上もかつて、こういう扱いを受けていたということか。そして、その屈辱が、河上を犯罪へと駆り立てた。

私も気を付けないと。何気ない無関心は、往々にして犯罪の伏線となってしまう。

そして聖子は、斜向かいの男性のデスクに行くと、デスクの端に貼りつけてある名前シールを確認した。

14

翌日。

そろそろランチでも取ろうかとポーチを引き出したところで、添付メールが送られてきた。

送信者は大倉悟志。添付ファイルは、マサキが書いたという〝自叙伝〟だった。

聖子は、早速、ファイルを開いた。

+

おれの中に、ある企みが生まれようとしている。

おれは、今一度、その名刺を見つめた。今日の客から抜き取ったものだ。

『プロデューサー　大倉悟志』

これは、チャンスかもしれない。


二十二時過ぎの上野駅前。十一月になったばかりだっていうのに、真冬のように寒い。

おれは、ジャケットの襟を立てた。

白い息の向こう側、ヒデがちょこちょこ駆け寄ってくる。

その顔は、どこか自慢気だ。今日の〝アルバイト〟は大繁盛だったらしい。

「マサキ、マサキ、マサキ！」

…………。

「お待たせ」

ヒデが、おれの腕をがしっとつかんだ。

「なんだよ、マサキ。ブスっとしちゃってさ。今夜は、あんましよくなかったの？」

そして、ヒデは、おれの腕に自分の腕を絡ませる。

でも、おれはその腕を振り解かなかった。その体温が、今はひどくありがたい。

上着の内ポケットに入れた札束を探ってみた。一、二、三……、五枚ある。

「このまま、どっか、泊まろうぜ。すっげー寒いよ」

おれは、札束五枚をヒデの鼻先でひらひらさせた。

「へー、すごいじゃん、今日はそんなに稼いだの？　何人と？」

「一人だよ」

「いい金蔓《かねづる》じゃん。おれなんて、今日はたった一万」

「ふーん」うそつけ。

「……えーと。うそ。六万」

「なら、今日はおまえの奢《おご》りだ」

そしておれたちは、ホテル街に向かって歩き出した。


おれたちは、まず、シャワー室に入った。

シャワーを浴びながら、今日の汚れを落とし合う。

おれは、前屈みになって、尻をヤツに向けた。ヒデは、おれの尻を割り、あそこを中心にシャワーを当てる。

別に、恥ずかしいなんて思わない。だって、野郎同士だ。ヒデは、おれのタマの裏がどうなっているのかもよく知っているし、おれだって、ヒデの性毛がどんな風に生えているか、よく知っている。野郎同士の友達つき合いっていうのはそういうもんだ。

「今日は、タチだったの？」

ヤツが、おれにシャワーを当てながら言った。

「どうして？」

「だって、今日のアヌス、オイルついてないじゃん」

「男のケツに突っ込めるかよ」

「じゃ……？」

「今日の相手は変なヤツでさ。なんにもしないの。ただ、……」

「ただ？」

「いや、なんでもない」

そのとき、ヒデのそれが、おれの尻にあたった。ずいぶんとかたい。

「なんだよ、まだやり足りねぇーのかよ」

振り返ると、ヤツが、バツの悪そうな顔で、おれを見ている。

「だって、今日の相手、全員タチだったんだよ。俺は、どちらかというと、突っ込みたいのにさ……」

かわいそうに。こいつは、男に欲情する体になっちまった。ヒデが自身の性癖に気がついたのは、中学二年の頃なんだそうだ。前々からおかしいとは思っていたらしいが、あるきっかけで、とうとう覚醒《かくせい》しちゃったという。あるきっかけってやつは教えてもらってないけど、とにかく哀れなヤツだ。それ以来、あいつの体には色情魔が取り付いた。ヒデに言わせると、好きとか嫌いとかは、別の次元らしい。とにかく、毎日、毎日、男の体が恋しくて堪《たま》らないらしい。ヤツにそんなことを告白されたのは、二ヵ月前。

ヒデとおれは、一応、幼馴染だ。うまが合うし、一緒にいて楽しいし、何よりおれはヒデが好きだ。そんな幼馴染の性癖に興味を抱いたとしても、誰も不思議がらないだろ？

そして、おれは、興味八十％でヤツに尻を貸してやった。残りの二十％は……うーん、暇だったからかな。暇というか、……なんでもいいからおもしろいことをしてみたかった。

ヒデに初めて突っ込まれたのは、やっぱり上野の安ホテルだった。そう、こんな感じのホテル。そのとき、おれは、それなりの快感を味わった。ヒデは意外と上手かった。おれがそのことを言うと、ヤツは照れ笑いしながら言った。

「援交、やってるんだ。で、いろいろ学習した」

一石二鳥とは、まさにこのことだね。ヒデは札束をベッドに並べながら、そう続けた。そして、おれも、その一石二鳥とやらの話に乗ることにした。ま、おれの場合は、積極的に男に欲情する体ではないので、もっぱら金と暇潰しが目的だ。

おれたちは、じゃれ合いながらシャワー室を出た。体中びしょびしょだ。おれはちゃんと拭きたいのに、ヒデは待っていられないとばかりに、おれの腕を引っ張ってベッドに連れていく。

ベッドには、おれたちが脱ぎ捨てた制服が散らばっている。この制服は、おれたちの商売道具だ。都内でも指折りの有名進学校K高校、その校章を襟につけたこの制服を着ているだけで、援助はぐーんとグレードアップする。制服は、渋谷の古着屋で手に入れた。

「マサキちゃーん」

ヒデは制服を横に退けることもなく、おれをベッドに押し倒した。

「制服、ちゃんとしておかないと、明日、ぐちゃぐちゃだぜ？」

おれは言ったのに、ヒデはそんなの全然聞いてない。おれを仰向けにさせると、両脚を開いてきた。

「いやだよ、この体位は。女みてぇ」

言いながら、膝裏を押さえるヤツの両手を解き、おれはぐるんとうつ伏せになった。

「やっぱ、こっちのほうがいい」

おれは枕にしがみつくと、脚を大きく開き、そして尻を高く突き上げた。

「まったく、おまえのこのエッチなスタイルときたら、どんな男でもイチコロだね。ホント、実はノンケなんて、誰も思わないよ。マサキは、世界一の嘘つきだ……」

ヒデは、おれの尻を割った。たぶん、おれのアヌスは丸見えだ。でも、そんなのは大して恥ずかしくもない。むしろ、恥ずかしいのは、ヒデがしゃべるたびにその息がおれのアヌスを刺激することだ。ホント、恥ずかしいことに、おれはこんなことで、もうすっかり興奮してしまう。

はっきりいって、まるっきり不快なことだったら、おれはこの二ヵ月、こいつとこんなことはしていない。まして、見知らぬ男となんて。

……、おれが援交をはじめたのは先月。丁度一ヵ月になる。相手は、どいつも四十前後のサラリーマン風な連中だ。週二回、のべ八人に尻を貸してやった。タチはやったことはない。野郎のケツに突っ込むなんて、まっぴらだ。

「深呼吸して」

ヒデの言葉が、アヌスにかかる。おれは、深呼吸をはじめた。体の力が段々抜けていく。力が抜けきったところで、おれは、大きく息を吐く。それを合図に、ヤツのぬるっとした性器が挿入される。すっごい圧迫感だ。挿入の瞬間だけは、まだ慣れない。でも、違和感があるのは初めだけで、突っ込まれちまったら、後は案外心地よい。直腸から下腹を突き抜ける脈動が、特に好きだ。

そして、その脈動がおれの中で運動をはじめる。おれは、それに合わせ、自身の性器を左手で擦《こす》り続ける。

すっげー、気持ちいい。

でも。

……、野郎同士のセックスなんて、まったく不毛だ。

だからといって、女は、もっといやだ。

女は、みんな、穢《きたな》い。

女は、みんな、母さんを連想させる。

だから、おれは、世界中の女を殺してやりたい。

＋

「なんなんですか、あの自叙伝は」

聖子は、プリントアウトした用紙の束を体で隠しながら、大倉悟志に電話を入れた。

「読んだ?」

大倉のにやついた顔が浮かぶようだ。聖子は、語気を強めた。

「まだ、途中だけど。でも、もうこれ以上、読む気しないですよ」

「全部、読んでみてよ」

「いくらなんでも、稚拙すぎる。というか、内容がアレすぎです」人の視線を感じ、聖子は声を潜めた。「携帯小説だって、もっとマシよ」

「聖子ちゃん、今、どこ?」

「会社の、カフェですが」

「ああ、一階の？」

「はい。ランチを取りながら読んでいたんですけど、もう、食欲もなくなりました」

「じゃ、一時間後、僕、そっちに行くから。そこで待ってて。それまでに、全部、読んで」

「はぁ？」

「とにかく、直接、意見を聞きたいんだよ。マサキのプロモーションについて。僕もいろいろと提案したいことあるし。だから、とにかく、その自叙伝、最後まで読んでみて」

そして、電話は切れた。

聖子は乱暴に携帯電話を畳むと、周囲を確認しながら、渋々、プリントの束を膝に載せた。

+

朝の気配がする。

鼻の頭がカサカサだ。安っぽい暖房の乾いた熱風のせいだ。

おれは、起き上がると、大の字になって眠るヒデの寝顔を見てみた。なかなかのイケメンだ。ニキビがところどころ気になるが、それは大した難ではない。体つきも、並み以上だ。引き締まった皮膚も筋肉も、若さの絶頂を誇示している。だからといって、おれはこいつに欲情することはない。こいつは、ただの気の合う友達で、セックスはプロレスの延長のようなものだ。

でも、プロレスとはやっぱり違う。達成感のようなものが全くない。あるのは、虚《うつ》ろな気分だけだ。

日に日に、その気分は強くなる。

空気までもが薄くなってしまったような、空白感。何かが蝕《むしば》まれていくような気分だ。罪悪感とは違うと思う。よく分からないけど。

「じゃ、女とやってみればいいじゃん？」

ヒデが、もぞもぞと上体を起こした。

「何？　いきなり」

「だって、マサキ、なんかセンチメンタルしてるからさ」

「どこが？」

「横顔」

「寝惚《ねぼ》けんな」

「俺は寝起きはいいんだよ」

ヒデは、自分の尻に敷いているズボンをずるずると引き出した。

「しわしわだよ」

「だから、あんとき言ったのに」

「あんときは、そんな遠い未来の心配なんかしている暇はなかったんだよ」

「遠い未来って、今のこと？」

「そ。今のこと」

「未来なんてあっという間だな」

「そうだね。あんときは、朝なんか来ないかと思ってた。……で、マサキは、童貞くんなんだろ？」

「なんだよ、急に話を変えるなよ」

「変えてないよ、さっきから、そのことについて話してんじゃないか。……だから、女とやってみたら？　そしたら、世界が変わるかもよ。マサキは元々、ストレートなんだから」

「バカ言ってんなよ」

「マサキさ、やった後、すっげーつまんなさそうな表情するからさ、いっつも。こっちまでせっかくの余韻が台無しになるんだよね」

「余韻なんかあるのかよ？」

「そりゃあるよ」

「ふーん」

「ふーんってなんだよ」

「おまえすぐ寝るからさ。余韻に浸っているとは思わなかった」

「ところでさ、今何時？　腕時計、どっかやっちまった」

「風呂場だろ？」

おれはベッドから下りると、シャワー室に向かった。とにかく、体が乾き切っている。窒息しそうだ。

「マサキの尻は、やっぱ芸術品だよな」

ヒデが後ろから茶化す。

「おまえ、自分の顔にコンプレックスを持っているようだけど、いい顔してるよ？　女好きのする顔だよ。女なんて、すぐできるでしょう？　なのに何がおもしろくて、俺の性癖に付き合ってんの？」

おれは振り向かず、シャワー室のドアを開けた。

閉じ込められていた湿気が、おれの顔面に吸い付く。

「ああ、気持ちいい……」

ヒリヒリと乾ききった皮膚に、柔らかい触感が蘇った。

おれの感覚に、一瞬だけ、快感が走った。セックスの絶頂のときとは全然違う、感覚。セックスの快感は、排泄《はいせつ》のあとの脱力感に似ている。でも、今のこの感覚は……、なんだろう？

湿り気がこんなに気持ちいいなんて……。

「今、すっげーいい顔してた」

目を開けると、鏡があった。ヒデはおれの後ろに立ち、俺の肩から顔をちょこんと出して、鏡の中のおれをじっと見ていた。ヒデは、おれよりちょっとだけ背が低い。

「また、やりたくなった」

「学校に行くんだろう？」

「まだ、朝の四時半だよ。あと二発はやれるよ」

「一度家に戻って、着替えるんだろう？」

「じゃ、一発だけでいいや」

ヤツは、洗面台の石鹸《せっけん》に手を伸ばすと、それを泡立てはじめた。おれは、洗面台に手をつくと、尻をヤツに向けた。

「根元まで入れるなよ。クソがついちまうぞ」

「便意あったの？」

「いや、まだ」

「だったら、大丈夫だよ」

そして、ヒデは、おれの尻を大きく割った。


五時ちょっと前、おれたちはホテルを出た。外は、まだ暗い。

おれたちの制服は、シャワー室の湿気で少しはまともになっていた。おれたちは、バスタブに熱湯をはりその湯気の中に制服を干すことを思いついた。で、制服のしわがなくなるまで、ファックを繰り返した。

「まったく、何が一発だよ」

今はまだ十一月の初め。なのに、ひどく冷たい朝だ。上野公園を横切るおれたちの制服には、うっすらと湯気がたつ。

「なんか、俺たち、幽霊みたいな？」

ヒデがけらけらと笑う。この愛嬌《あいきょう》のある顔からは、あの絶倫さはまったく想像つかない。

「あっ」

ヒデが、おれの袖を引っ張った。

「ね、占いやってるよ？」

見ると、公園の入り口付近にうっすらと明かりが見える。じじじじという自家発電の振動も聞こえてくる。どでかいノボリには、〝占い〟という文字が見える。

「こんな時間から占いかよ？」

おれは、足を止めた。

「違うよ、こんな時間まで、だよ。俺たちみたいな朝帰りの連中や、お水関係の人間を相手にしてんだよ。前にも見たことある」

ふーん。なるほどね。

「な、ちょっと、寄っていこうよ。占ってもらおうよ」

センチメンタルなのはどっちだよ。占いなんて、女みてぇだ。

近づいてみると、ノボリには、〝姓名占い〟と書いてあった。

「ね、マサキ。占って貰《もら》いなよ」

ヤツが、おれの背中を押した。その拍子におれの体は占い台に突進し、その屋台みたいな木枠を大きく揺らしてしまった。台の向こう側に座るオヤジが、睨む。こうなったら、占ってもらうしかない。

そしておれは、自分の名前を紙に書かされた。

『真木』

「はい、では、苗字の方もお書きください」

鼻の上に面疔《めんちょう》のようなほくろがあるオヤジは、無表情でおれに命令する。おれは、

『真木駿』

と書きなぐった。

面疔オヤジは、「え?」という顔をした。

「〝マサキ〟という名前ではないんですか? お連れ様が、〝マサキ〟って」

「〝真木〟って書いて〝マサキ〟と読むんだよ」ヒデが口をはさんだ。「こいつ、下の名前呼ぶと、すっごい怒るからさ。〝駿〟という名前が、死ぬほど嫌いなんだって。だから、苗字のほうで呼んでいるんだ」

「〝マサキ〟のほうが、おれにはしっくりくる」

おれは、言った。

「〝駿〟と呼ばれると、マジで、死にたくなる。おれには合わないんだ」

「え？　マサキって、苗字なの？」

聖子は、コーヒーカップを受け皿に戻した。

「駿？」

駿、駿。

……どこかで、見たことがある名前だ。どこだったろう？　最近、見たような気がするんだけれど。……思い出しそうで、思い出せない。

もやもやが、胸いっぱいに広がる。聖子はベーグルサンドをひと齧りすると、さらにプリントを捲った。

＋

おれの家は川口にある。上野から京浜東北線で二十分ぐらいだ。ヒデの家は田端にあるんで、「じゃ」と手を振りながら一足先に電車を降りた。浮き浮きと嬉しそうだった。さっきの姓名判断がかなり良かったらしい。面疔オヤジが書いてくれた占い結果を、いつまでも見ていた。

……、おれのは、笑っちゃうぐらい最悪な結果だ。いいことがひとつもない。ズバリ、虚《むな》しく寂しい人生を送る運命なんだとさ。しかも、肉親の縁が薄いときたもんだ。

マジで、当たっている。

なんだかな。別に占いなんて信じる方じゃないけど、でもやっぱり不愉快だ。〝駿〟なんて大嫌いな名前の上に、不運な人生なんて……、踏んだり蹴ったりとは、まさにこのことだよ。

おれは、一度は捨てようとくしゃくしゃにした紙ぺらを、もう一度開いてみた。やっぱり、同じことしか書いてない。おれは、今度はちゃんと四つにたたむと、上着の内ポケットにそれをしまいこんだ。だって……、捨てちまったら、もっととんでもないことになるような気がして……さ。

そして、上着を脱ぐと、スポーツバッグにつっこんだ。


家に戻ると、テーブルの上にはすっかり朝食の支度が整っていた。トーストと目玉焼きとヨーグルト。ばあちゃんが、台所から出てきた。

「おはよう」

ばあちゃんは、おれの朝帰りについては、なにも咎めない。十五歳を過ぎたら男は一人前、自分の責任でやることには何も口出しはしない、というのがばあちゃんの口癖だ。

ばあちゃんは、きれいな人だ。もともとは、湯河原で芸者をしていたという。七十歳になろうとしているのに、朝から化粧もばっちりだ。

おれは、ばあちゃんとこの家に二人で暮らしている。おれがばあちゃんと暮らしはじめたのは、十五年前。そのときは、湯河原の古い家だった。でも、おれの高校受験をきっかけに、ここ川口に引っ越した。ばあちゃんはなかなかの教育熱心で、おれをどうしても、東京の有名進学高校に入れたかったらしい。じいちゃんはとっくの昔に死んだ。いい男だったと、時々ばあちゃんは仏壇の写真を持ち出しては自慢する。写真は、修整バリバリのヤツだけど、それを差し引いたとしても、まぁ、悪くないルックスだと思う。

じいちゃんは、おれたちにそこそこの財産を残してくれた。じいちゃんはかつては人気俳優だったらしい。人気絶頂のときに買った土地が湯河原と国分寺、そしてここ川口にあって、それらはばあちゃんに譲られた。その土地から上がる地代で、おれたちは暮らしている。

「駿ちゃん」

ばあちゃんが、紅茶をおれの前に差し出した。

おれは、なに?というように、上目遣いにばあちゃんを見た。ばあちゃんと打ち解けて話すのは、いまだに照れくさい。この家に来た頃、おれは幼稚園児の分際でグレまくって、ばあちゃんを大いに悩ませた。その頃の歪みがまだどこかしら残っていて、ばあちゃんもおれを見るときは、恐る恐るといった感じだ。

「駿ちゃん、墓参り、行かない？」

おれは、口の中のトーストを吹き出しそうになった。あまりに唐突だ。それでもおれは平静を装い、ばあちゃんの口元を見つめた。

「だから、墓参り、してみない？　もう、あれから十五年経つのよ？　あなた、一度も行っていないでしょう？　おかあさんもおとうさんも寂しがっているわよ」

朝からなんて話なんだ。おれは、ばあちゃんの口元から視線を外して、その視線をテーブルの上でなんとなく泳がせた。

「寂しがる？　んなわけないじゃん。あの二人は、おれには無関心だった。特に母親は、おれのことをいっつも叱《しか》っていた。鬼のような顔してね。あの女は、おれが邪魔だったんだよ。おれが生まれてこなければいいと思ってたんだよ。本当だよ？　だって、おれは何度もそう言われたんだ」

だめだ。震えが止まらない。あの女を思い出すたびに出る震えだ。

ぴちゃっ、ぴちゃっ、ぴちゃっ……。

ぴちゃっ、ぴちゃっ、ぴちゃっ……。

おれの意識を無視して、唇が勝手に動く。

ぴちゃっ、ぴちゃっ、ぴちゃっ……。

ぴちゃっ、ぴちゃっ、ぴちゃっ……。

おれは、口を抑え込んだ。

そんなおれを、ばあちゃんは、悲しげな目で見つめる。ティーポットを持ったまま、ひとつ、長いため息をついた。

「おれは、十五年前にばあちゃんの養子になったわけだし。父親も母親も、もう関係ないよ」

おれは、唇を必死に抑えながら、言った。

ばあちゃんの肩が震えている。

おれは、紅茶を飲み干すと、口をつぐんだ。

+

「あ」

ここまで読んで、聖子はようやく思い出した。

「〝駿〟って、殺害された蜂塚夫婦の一人息子じゃない」

どういうこと？

……つまり。

蜂塚夫婦が殺害された事件を、その息子が演じるということだ。犯人役として。

聖子の胃から、苦くて酸っぱいものがせり上がってきた。喉の奥がひりひりと痛い。

どうして？　どうしてこんなことになったの？

聖子は、膝の上のプリントを、さらに捲った。

午後六時。おれとヒデは、上野駅の公園口で待ち合わせた。お互い、すっかり変身している。ヒデは、純朴そうなK高校の学生だ。長めの前髪を耳にかけて、黒ぶち眼鏡で大変身だ。そしておれは少々性悪なK高校の学生だ。おれも少々髪型を変えている。ワックスで少しだけ髪を遊ばせている。

おれたちが目指すのは、公園入り口の細い道だ。その道ぞいには、映画館が並んでいる。いわゆる、ハッテンバだ。欲求不満なゲイたちが、相手を探しにやってくる。おれたちにとっては、格好の仕事場だ。

『洋画専門／500円』と赤いペンキで書かれた看板が見えてきた。おれたちは、その看板が置かれた穴蔵のような小さい出入り口で足を止める。足もとには、地下につながる狭い階段が続く。まず、ヒデが階段を降りていく。そして、おれが後を追う。

そのフロントはやたらと狭い。自動券売機が置いてあるが、それを使用することはない。にやついた五十歳くらいの係員が、おれたちの手から五百円玉をむしり取っていく。

劇場への入り口は二つある。

「じゃ、十時。いつものところで」と目だけで合図すると、ヒデは左の扉、おれは右の扉を開けた。

扉を開けると、妙に煙草臭い。禁煙のはずなのに、あちこちで煙が漂っている。そして、めまいがするような、人の気配だ。変な音もあちらこちらから聞こえる。

誰も、映画なんて観ていない。

そして、見えない視線がおれにまとわりつく。おれは、そこで立っているだけでいい。相手は向こうからやってくる。

体温が、おれの横にぴったりと密着してきた。すごい圧力だ。そして、尻に、なにかがうごめきはじめる。そら、はじまった。扉を開けてから、数秒と経っていない。

ごめきは、太股《ふともも》に移った。細かい点を描くような小さな圧力が、じりじりとおれを攻める。そしてその点の動きは、とうとうズボンのファスナーへとたどり着き、いっきにそれを下ろす。

背後で、もうひとつの体温がおれの体に接着してきた。……、よくあることだ。昨日なんて、三人の男に一度に触られたよ。三人で、おれのイチモツを取り合っていた。

よくやるよ。おれは、二人の男に触られながら、ゆっくりと笑った。おれは、はっきりいって、こいつらをバカにしている。金になんなかったら、ばかばかしくて、やってらんないよ。

いきなり、おれの横にぴったりと張り付いていた体温が失せた。見ると、そいつはおれの下で両膝をついていた。そして、ファスナーからおれのものを引《ひ》き摺《ず》り出すと、口に含んだ。背後の男も負けじと、おれの尻をなで回す。

ホント、馬鹿馬鹿しい。そう。おれは金が欲しいだけなんだ。金依存症なんだ。金になるなら、男にヤラれるぐらい、なんとも思わない。

でも、……そろそろ、息苦しくなってきた。おれは、煙草の煙がダメなんだ。五分ともたない。昨日は、とうとう気を失いそうになって、男たちをはねのけるとロビーに逃げ出した。そしてソファーに崩れ落ちた。そのとき、隣に座っていた男が、昨日の相手だ。

昨日は、本当に死んでしまいそうなぐらい、息苦しかった。今日は、そうなる前に、とっとと決着をつけたい。おれは、おれのペニスをしゃぶり続ける男の髪を左手でかきむしった。口の動きが止まる。そして男はその場から立ち去った。ここにいる連中は、ある意味紳士だ。無理強いはしない。その気がないとサインを送れば、ちゃんと消え失せる。

ペニスを仕舞いながら、おれは、背中にぴったり張り付いている男に向かってささやいた。

「お金、援助してほしいんだけど」

ロビーに出ると、おれは大きく深呼吸した。視界がゆらゆらと定まらない。そんなおれの腕を、今日の相手ががしっと捕まえる。

「君、K校生?」

視界が段々、はっきりしてきた。男の顔は、おれの肩にあった。おれより、拳一つ分身長が低い。三十半ばのサラリーマンといった感じの男だ。

「ええ」

おれは、口元だけで笑った。

「君、いい男だね？　モテるでしょう？」

「どうでしょう」

言いながら、おれはロビーの隅に置いてある、ソファーに視線を動かした。

ソファーには、猿の親子のように絡み合う中年オヤジ二人が座っている。

おれは、ふと、ため息をついていた。

ほんと、馬鹿馬鹿しい。

御徒町《おかちまち》辺りまで歩いて、ホテルに入った。まだ七時前。

「おれ、九時が門限だから……」大うそついて、九十分の休憩タイムを希望した。

男は、部屋に入ると、すぐに服を脱ぎ出した。

「君、はじめてじゃないよね？」

「ええ」

「アヌス・プレイは大丈夫？」

「ええ、ゴムさえちゃんとつけてくれれば」

「あっ、制服は脱がないで。僕が脱がせてあげるから」

「はい」

「君は、何もしなくていいからね、僕が全部やってあげるから」

こういう相手は、助かる。サービスを強要する相手は最悪だ。あそこを嘗《な》めてくれとか指を突っ込んでくれとか、そういう相手には「新宿二丁目に行った方がいいよ」とだけ進言して、部屋を出る。もちろん、財布から金をちゃんと抜き取って。

だから、今日のようなタチ専門の相手が一番だ。……でも、今日の相手は、正常位を求めてきた。これもイヤだ。気持ち悪い。しかし、男の力は意外と強い。おれの脚を割ると大きく掲げ、おれの動きを封じ込める。そして、おれの股間に顔を埋め、執拗に嘗め続ける。

かなり、上手い。おれは、不本意な体位であることを忘れ、快感に溺れる。

意識が薄れるころ、冷たい潤滑剤の感触がアヌスをくすぐった。指で何回かほぐされた後、男のペニスが挿入された。

激しい動き。

刺激的な快感がおれの背骨を突き抜ける。おれも、自分の腰を相手に合わせて動かす。が、頂点に達する前で、現実に引き戻された。男の顔がおれの顔に密着してきた。男がおれの顔を嘗める。

煙草臭い。

やだ、やめろよ、臭せぇんだよ!

おれは、その顔を撥ね除けた。

男が豹変《ひょうへん》した。

おれは、床に引き摺り下ろされると、何度も何度も殴られた。そして、アヌスを何度も何度も陵辱された。

腕時計は、八時二十六分。おれは血塗れのシーツに包《くる》まりながら、ひとり部屋に取り残されていた。

ベッドサイドのテーブルには、一万円札が一枚置いてある。

男は、出ていく時に、「よかったよ」とおれに言った。

やっぱりセックスって不毛だな……。

おれは、一万円札を握り締めた。

もう時間だ。ホテルを出なくちゃ。

ホテルのまん前には、地下鉄の入り口がぽっかりと口をあけている。おれは、引き摺られるように、階段を下りる。地上にいたくないときがあるもんだ。特に、今日のように、人に顔を見られたくないときなんか。

そして、トイレに駆け込む。

誰も見ていないところで、泣きじゃくりたいときだってあるんだ。

でも、泣けなかった。

口の端がひりひりする。手の甲で拭《ぬぐ》うと、血がついた。

「ちっきしょう、思いっきりなぐりやがって」

鏡を見ると、顔中が鬱血しはじめていた。でも、すぐに目を逸《そ》らした。おれは、自分の顔が嫌いだ。

この髪も嫌いだ、この皮膚も嫌いだ、この体すべて、嫌いだ。こんな体、めちゃくちゃになればいい。

……おれ、どうして生まれてきたんだ。

そして、どうして。……生き残ったんだ?


まだ時間があるんで、上野駅の映画館通りに戻った。

もうひと稼ぎしなくちゃ。一万円じゃ、お話にならない。

「あれ?」

五百円映画館の入り口で、おれは見覚えのある顔を見つけた。昨日の客だ。そいつは、まるで誰かを張り込むように、不自然にうろついている。

おれの足は、自然とそいつに向かっていった。

「誰か、捜しているの?」

ぎょっとしたように、そいつはおれの方を見た。そして、一瞬笑うと、すぐに顔を強張らせた。

「何? どうしたの? その顔?」

「プレイの一種だよ。あんた、こういうプレイは好き?」

そいつは、顔を強張らせたまま、数秒間は何も答えなかった。そして、

「そういうのは、やっぱり、体によくないよ……。どっかで体を休めよう」

と、おれの腕をとった。

「おれ、あんたに援助してもらうかどうか、まだ決めてないんだけど」

でも、おれは、すでにそいつの歩調に合わせていた。

そして、そいつの横顔を盗み見た。

その横顔は、おれより少しだけ高い位置にある。

おれが一七八センチだから、こいつは、一八二、三センチはあるんだろう。

何歳ぐらいなのかな？　三十五、六歳ってとこかな？

職業はなんだろう？　普通のサラリーマンって感じじゃない。そんな安っぽい感じじゃない。

ゲイ歴は何年ぐらいなのかな？　昨日も今日も相手を物色していたということは、特定の人はいないのかな？

それとも、ゲイって、もともとそういう貞操観念みたいなものってないのかな？　誰とでもできちゃうのかな？

……、誰とでもできちゃう自分が言うセリフじゃないか。

じゃ、こいつは、何人の男とやったんだろう？　なんで、昨日は何もしなかったんだろう？

おれは好みじゃないのかな……。

昨日と同じ湯島のビジネスホテルに連れてこられたおれは、ベッドに仰向けで倒れ込んだ。

壁も天井も、地味な色だ。さっきまでいたラブホテルは、嫌みなほどロマンチックな壁紙だった。

「ねえ、あんたさ。今まで何人の男とやった？　おれは、今日で……」

しかし、そいつは、目を合わさない。

「友達はさ、おれのことストレートだと思ってるんだ。で、金のためにこんなことしているって。でも、それって、もしかしたら間違っている。おれもよく分かんないんだけど……だって、おれ、ちゃんと楽しんでいるんだぜ？　ケツに突っ込まれて。これってやっぱり、少しはその気があるってことだよね？」

それでも、そいつは、おれの方を見ない。

「ねぇ、やろうよ」

おれは、起き上がると、そいつのベッドに倒れ込んだ。

「今日は、とことん、やりたいんだよ」

そして、そいつの手に自分の手を絡めてみた。

骨っぽくて大きな手だ。

おれはその手を自分の方にぐいと寄せて、そいつをおれの体に引き摺りこんだ。

「いつもは、こんなサービスはしないぜ。でも、昨日の分もあるしな。昨日は悪かったよ。おれ、寝ちゃってさ」

そうなんだ。昨日、おれは寝てしまった。ベッドのかたさが丁度よくって、つい。

「だから、今日は出血大サービスだ」

おれは言いながら、そいつの唇を嘗めてみた。

自分でも驚いた。初めてのキスだ。

おれは、咄嗟に唇から離れた。でも、すぐに、唇を戻した。

そいつの手が、おれの腰にのびた。おれは素早くベルトをはずすと、ファスナーをあけて、そいつの手を待つ。

ああ、なんか、気が遠くなりそう。こんなに、触ってもらいたいなんて思ったことない。もぞもぞとした指を感じながら、おれは、穏やかに襲う快感と戦っていた。

指が、とうとうそこを探り当てた。いやらしい音がする。さっきの男が出した精液が、まだ残っているらしい。あいつ、途中でゴムをはずしやがったんだ。でも、そんなことはどうでもいい。頭の芯《しん》が溶けちゃいそうだ。

しかし、そいつは、おれのアヌスに指を入れると、すぐ手を抜いた。

「中出しさせてるのか？　ダメだよ、すぐに洗浄しなくちゃ。しかも、血がでてるじゃないか。悪い病気でも伝染《うつ》されたらどうするんだ」

「悪い病気？　……ああ、なるほどね。あんた、そのこと心配しているんだ。俺が病気持ってんじゃないかって。だから、ホテルまで連れ込みながら、本番、やろうとしないんだ」

「本音を言うと、それもある」

「あんた、自分の性癖をずっと否定してきた口だね？　だから、本当はやりたくてしかたないのに、男を抱いたことがない。でも、その欲望をどうしても抑えきれなくて、ハッテンバを遠巻きで眺めている。指をくわえながら。そして、時々は、おれのような年若い男を捕まえては、ホテルに行ってみる。でも、本番はやらない。男が喘ぐ姿を見ながら、ゲイという存在がどれほど不毛で馬鹿馬鹿しいかを、自分に言い聞かせるんだよ。要するに、あんたはただの臆病者《おくびょうもの》で、チキン野郎ってことだ」

図星だったのか、男が、怯えたような表情で、視線をちらつかせている。

まるで、捨てられた犬だな。

おれの中で、何かが弾《はじ》けた。抑え込んでいた本性が、頭をもたげている。

おれは、男に頭突きをくらわすと、うつぶせにベッドに押し倒した。そして、ベルトを外し、下着ごとズボンを引き摺り下ろす。男は抗ったが、おれの欲望のほうが少しだけ勝っていた。自分でも信じられない力で男の動きを封じ込め、そして、そのケツにおれの性器をねじ込んだ。

「う」

男が、まるで女のように呻く。その声を聞いて、おれの狂気はますますヒートアップする。

死ね、死ね、死ね！

嵐が過ぎると、血だらけのシーツの上、男が息も絶え絶えに、体をひくひくと痙攣させていた。その顔は青ざめていたが、しかし、快楽の色も滲んでいた。

「ごめん、大倉さん」

おれがその髪を撫でてやると、男は「え？」と不穏な眼差しを投げた。

「あんた、大倉悟志……さんだろう？　プロデューサーの。昨日さ、あんたの財布から、名刺を抜き取った」

男の目が、みるみる鋭くなる。

「誤解すんなよ。金はとってないよ。なにかトラブルがあったときのために、相手の身元を確認させてもらっただけだから」

おれは、男が見当違いの怒りを爆発させる前に、語尾を少し緩めながら、甘えた調子で、男の二の腕をさすった。

「安心してよ。脅迫とかそんなことをするつもりもないから。ただ、自分を守るための保険みたいなもんだよ。……でも、おじさん、すごいね。おじさんって、いろんなものを仕掛けてヒットさせてきたんでしょう？　ネットで調べてみたら、おじさんの偉業がたくさんでてきたよ」

おれは、男の首筋に唇を添わせながら、囁いた。

「おれさ、こう見えても、俳優の血が流れてんだぜ？　目黒慎吾《めぐろしんご》って俳優知っている？」

「目黒慎吾？　……ああ、往年のスターだ」

「おれ、目黒慎吾の孫なんだ」

「え？」

「だからさ、おれも、じいちゃんのような俳優になりたいって、思っているんだ」

男の眼差しが、急激に冷えていく。そして、ついには、見下すように雑な視線をおれに投げつけた。

その様子は、少なからず、おれの自尊心を傷つけた。さっきまで、おれの下でひぃひぃ悶《もだ》えていたのに、なんだよ、その小物を見るような目は。そんな目で見んなよ！

おれは、再び、男をベッドに押し倒した。そして、その首を絞めた。

「おれを、甘く見んなよ、おっさん。おれは、目の前で両親を殺されたんだ、ただ、のうのうと生きてきたそんじょそこらのガキとは違うんだ！」

男の視線が、好奇心のひらめきに変わった。おれは、ますます、その手に力を込めた。

「ちきしょう、ちきしょう、いつもそうやっておれを支配しようとしやがって、この糞女！」

おれは、男の首を絞めながら、いつのまにか、こんなことを呟いていた。

「……ママなんか、死んじゃえ」

+

「どう？〝自叙伝〟は」

一時間後、大倉悟志は約束通り、聖子の前に座った。

「どう……って」聖子は、膝上のプリントの束を持て余すように、テーブルに載せた。

「これって、実話ですか?」

「まあ、自叙伝だから。実話が前提でしょう。多少脚色はされているかもしれないけど」

「じゃ、大倉さん、湯島のホテルで……」

「あんときは、本当に殺されるかと思ったよ」大倉は笑いながら、コーヒーを啜った。「あの殺意を目の当たりにして、僕は、ある企画を思いついたんだ」

「〝鸚鵡楼の惨劇〟を映画化するという企画ですか?」

「それだけじゃない。映画が公開される前に、犯人役をやった大型新人が、実は〝蜂塚駿〟、つまり、あの事件の生き残りだと、リークさせる。そう、あくまで、不本意にリークされたという形をとるんだ。これは、大騒動になるぜ?」

「でも、いくらなんでも。両親を殺害した犯人役を、その息子にやらせるなんて。……悪趣味。というか、倫理的にどうなんですか?」

「だから、それこそが、インパクトなんだよ。それに、この役をやりたがっていたのは、彼のほうだからね」

「マサキ……ううん、蜂塚駿本人が?」

「そう。あの子はね、母親を憎んでいる。たぶん、それが原因で、女を愛せない体になった。でも、それは裏返せば、母親の愛情を渇望しているということなんだよ。僕と同じさ」大倉は、目じりに影を集めながら、コーヒーカップを弄ぶ。「だから、僕は、彼を解放してやろうと思ってね。虚構の中で母親を犯して、そして殺すことで、彼はきっと救われるよ。彼は、〝マザーファッカー〟になることで、ようやくリセットできるんだ。僕には確信がある。それに──」

「それに？　なんですか？」

「殺害された蜂塚沙保里。彼女は、生前、『将来、息子に殺される』というビジョンに悩まされていたらしいんだ。それが、こんな形で実現してしまう。……こういうエピソード、結構受けると思わないか？」

「でも……」

「いずれにしても、映画は昨日でクランクアップした。もう後戻りはできない。前進あるのみ。違う？」

「ええ、まあ」

「それと。映画公開は、九月に変更になったから。三ヵ月、前倒しだ」

「時効にぶつけるんですね」

「そういうことだ。で、そろそろ、本格的にプロモーションを打っていきたい。それで、僕、アイデアがあるんだけれど──」

大倉の視線が、飛んだ。「お、来た、来た」

その視線を追うと、エントランスに、マサキ……蜂塚駿の姿があった。クランクアップして役が抜けたのか、こうやって見ると、育ちのよさそうな好青年だ。インクブルーのシャツにサンドベージュのカーディガンをさりげなく着こなしている。散髪に行ったのか、その髪は短く刈られている。一方、その横には、いつもの腰巾着男。コーディネートはマサキとさほど変わらないのに、地がヤンキー気質なのか、それとも骸骨のアクセサリーが大きすぎるせいか、中途半端なオラオラ系に仕上がっていた。彼も散髪に行ったのか、その髪は奇天烈《きてれつ》な色に染められていた。

「どうでした？　おれが書いた〝自叙伝〟」

椅子に腰を下ろしたマサキは、早速テーブル上のプリントの束を見つけた。「若い子にもウケるように、携帯小説風に書いてみたんだけれど」

そして、誰に仕込まれたのか、優雅に足を組んだ。

「その〝自叙伝〟、〝ヒデ〟というのは、俺のことだぜ」

腰巾着男が、得意げに、細く刈り込まれた眉毛をひょいと上げた。「俺、須藤英之。俺も、事件があったマンションに住んでいたんだぜ」

「へー」聖子が驚いた表情をしてみせると、腰巾着はぎらぎらと目を輝かしながら、饒舌《じょうぜつ》を振るった。

「住んでいたのは、四歳までだけど。と、いうのも、うちの母ちゃんが、マンションで行われたなんかのパーティーで大ゲンカしたらしくて。マンションにいられなくなったんだよ。その喧嘩っていうのがさ、まあ、情けない話で。母ちゃんが、ママ友の一人のペンダントを盗んだわけ。盗んだというか、拾ったまま返さなかっただけみたいなんだけど。それを、そのパーティーで暴露されてさ、母ちゃん逆切れして、取っ組み合いの喧嘩になったんだ。あと、とき同じくしてオヤジの事業が傾いて、一文無しになったのが一番の理由だけど。でも、まさか、高校で駿……マサキと再会するとはね。俺たち、赤い糸でつながってんだぜ、きっと——」

「ちょっと、待って」

聖子は、話を遮った。「パーティーって。もしかして、事件があった日に行われていた、チャリティーバザーのこと？」

「うん、そう。そのとき俺は、近くの親戚の家に預けられていたから、その喧嘩の現場は見てないんだけどね。なんか、すごかったらしいよ。警察呼ぼうかっていうぐらい。でも、その日は殺人事件が起きたから、喧嘩はうやむやになっちゃったらしいけれど。でも、うちの母ちゃん、いまだに愚痴っているよ。喧嘩のもとになったあの女が許せないって」

「あの女というのは、おれの母親のことなんだけどね」マサキが、しれっと口を挟んだ。そして、続けた。「あの女が書いたエッセイがもとで、喧嘩になったらしい」

「当時、うちの母ちゃん、恨み節を方々にもらしていたみたいで、ついには殺人容疑までかかっちゃって」

「蜂塚夫婦殺害の？」

「そう。任意で、事情聴取もされたみたいで。あんな屈辱はなかったって、いまだに文句垂れている」

「でも、あの事件、河上航一が犯人ってことですぐに指名手配されているわよね？」

「まあ、そうなんだけど。でも、母ちゃんが言うには、何人か、容疑者がいたって。で、警察に呼ばれたって」

「そう……なの？」

「俺、思うんだけど、案外、犯人は他の人だったりして」

「え？」

「河上航一はミスリードで、真犯人は他にいて……みたいな二時間ドラマ、ありそうじゃないっすか？」

腰巾着は、小動物のように目をくりくりと輝かせた。

「で、唯一の目撃者がその秘密の鍵《かぎ》を握る……的な？」

ここまでしゃべって、腰巾着はようやく口を噤んだ。

「ごめん。ちょっと、不謹慎だったかな？」

腰巾着は、横に座るマサキの顔色を窺った。しかし、当の本人は、特に表情も変えずに、言った。

「いや、別にいいよ。おれにとって、あの事件はなんか、他人事だし。それに、あの頃の記憶は全然ないし。……事件のときの記憶も。おれ、一応、現場にいたんだけどね。だから、警察にもいろいろ訊かれたんだけど。……でも、そのときの記憶だけが、見事、すっぽり抜け落ちている。まるで、柄物の服に漂白剤を垂らしたように、そこだけ真っ白なんだ」

会話は、ここで途切れた。間の悪い空気が、テーブルに落ちる。

聖子は、視線を巡らせた。

大倉は相変わらずのにやにや笑い。マサキは瞼をひくひくさせながらどこかに視線を漂わせ、腰巾着は意味もなくメニューを眺めている。みな、本心を隠して取り繕っている。

そんな様子を見ながら、聖子はある一点にこだわっていた。

容疑者が、……他にいる？

15

――蜂塚祥雄と蜂塚沙保里を殺したのは、私です。


その一文が真っ先に目に入り、聖子は「え？」と素っ頓狂な声を漏らした。

視線を上げると、月刊グローブの編集者村木里佳子が、にやりと笑った。

「その手紙、先週、届いたんです」

映画公開を二ヵ月後に控えた、七月のはじめ。新宿御苑《ぎょえん》前のチャイニーズレストランで聖子は里佳子と会っていた。校了まったただ中のせいか、里佳子の顔はどことなく紅潮している。

「その手紙、どう思います？」

「いや、ちょっと待って。まだ全部読んでないし」

聖子は、プーアル茶で唇を濡らすと、再び手紙に意識を集中させた。

＋

はじめて、お便りいたします。

貴誌の特集、興味深く拝読いたしました。一九九一年九月十五日、西新宿十二社のマンションで起きた殺人事件についての記事です。

通称〝鸚鵡楼の惨劇〟。

単刀直入に申しますと、蜂塚祥雄と蜂塚沙保里を殺したのは、私です。

私は、蜂塚祥雄の妹で、蜂塚依子と申します。

今は故あって、他の場所で暮らしておりますが、当時は高円寺のマンションに、両親と三人で暮らしておりました。兄夫婦が住む西新宿のマンションからも近いということで、よく、子守を頼まれていたものです。

事件当日も、兄夫婦がチャリティーバザーに参加するというので、子守を依頼されておりました。もちろん、私は引き受けました。

が、当日になって、子守はいらないと、義姉から電話がありました。義姉の具合が優れず、バザーには参加しないということでした。

ところで私は、その日、中野坂上にあるレンタルビデオ屋の店員に、ビデオを借りる手筈《てはず》になっていました。その店員が、午後七時頃に、兄夫婦のマンションまで届けてくれるというのです。断る理由もありませんでしたので、いえ、むしろ積極的にビデオを借りたいと思いましたので、私はお願いいたしました。

が、前述の通り、私は兄夫婦のマンションに行く用事がなくなりましたので、義姉に、ビデオが届くので受け取っておいてほしいと頼みました。

義姉は、その頼みを快く引き受けてくれました。

しかし。

そのレンタルビデオ屋の店員こそが、河上航一だったのです。

つまり、私が河上航一を兄夫婦の許《もと》に行かせ、殺人の元凶を作ってしまったのです。

それなのに私は、その夜、レンタルビデオ屋に電話をし、河上航一に「ありがとうございました」などと、御礼まで言ったのでした。電話をしたのは、午後八時半頃だと記憶しています。つまり、事件が起きた後のことです。

河上は、酷い男です。殺人の後だというのに、言葉を濁らすこともなく「沙保里さんと久しぶりに会って嬉しかった」などと、言ってのけたのです。

私が事件を知ったのは、翌朝です。その二日後に、河上航一が指名手配されました。その顔をテレビ画面で見たときの恐怖と後悔と罪悪感。私の時間は、そのときに完全に止まりました。

そして、私は、自身が引き起こしたことの重大さに耐えられず、家を出たのでした。

私自身の罪を、清算するために。

そう、私は逃げ出したのです。

河上は、この九月で時効ですが、私には、一生、時効など訪れないと覚悟しております。

それでも、少しでも肩の荷を下ろしたいと、こうやって、手紙を書いている次第です。

どうか、貴誌のペンの力で、私を裁いてくださいませ。そうすれば、あるいは、私も、少しは救われるかもしれません。

+

村木里佳子がこの手紙を自分に見せたのは、たぶん、この部分がひっかかったせいだろうと、聖子は思った。

——それなのに私は、その夜、レンタルビデオ屋に電話をし、河上航一に「ありがとうございました」などと、御礼まで言ったのでした。電話をしたのは、午後八時半頃だと記憶しています。つまり、事件が起きた後のことです。

「十九時五十八分」村木里佳子はクラゲの酢の物をこりこり咀嚼《そしやく》しながら言った。「調書によると、証人が非常階段で河上航一らしき人物の足音を聞いたのは、十九時五十八分。その三分後の二十時〇一分に、一階非常ドアの防犯カメラに河上航一が映り込んでいる」

「つまり、その約三十分後には、中野坂上のレンタルビデオ屋にいたってことね。……まあ、西新宿から中野坂上だったら、三十分もあれば移動は可能だと思うけれど……」

「でも、不自然ですよね？　普通だったら、そのまま逃亡しますよね？」里佳子が、メモ帳を広げた。「実際、警察の記録では、事件のあと河上航一は行方不明になっている」

「じゃ、レンタルビデオ屋には行ってないの？」聖子は、箸を止めた。

「私が入手できる範囲の記録では、そこまでは分からない。仮に、この蜂塚依子さんの記憶が正しいとするならば、レンタルビデオ屋に顔を出して、そのあとに逃亡したことになります」

「それにしたって、不自然よね？　……その、蜂塚依子って人の思い違いとか？　もう十五年も前のことだし。その人に直接確認してみたら？」

「私もそうしたいところなんですけれど、なにしろ、差出人の住所がなくて」里佳子は、封筒を裏返した。「しかも、切手も貼ってないんです」

「そうなの？」封筒を見ると、料金不足の紙が貼られている。「でも、新宿から投函《とうかん》されたみたいね。……それにしても、この封筒……」それは、なにかの裏紙で作られたものだった。手紙を今一度確認してみると、これも、なにかの裏紙だ。微かに、〝都庁〟の文字が見える。

「不自然なのは、それだけじゃないんです」里佳子は、バッグを膝に置くと、クリアファイルを抜き出した。「来週発売の『月刊グローブ』に掲載される記事のベタ原稿なんですけどね」

言いながら、二枚の用紙を引き抜く。

「ベタなんで、固有名詞とかそのまんまなんですけれど、そのほうがかえって分かりやすいと思って」

「これは？」

「一枚目が、蜂塚沙保里さんの当時の友人で、事件当時、チャリティーバザーにいた吉田さんという人のインタビュー。二枚目が、事件があったマンションの管理人をしていた人のインタビュー。……とにかく、読んでみてください」

里佳子が、蓮華《れんげ》でチャーハンをかき集めながら、早口で言った。聖子は急かされるように、用紙に視線を走らせた。

＋

当時、私たちは、幼稚園に子供を通わせる母親どうしで、グループを作っていました。蜂塚沙保里さん、山谷さん、須藤さん、佐々木さん、そして私の五人です。私たちは、同じ幼稚園に通う野口さんの娘さんを救うために、募金活動をすることになりました。

言い出したのは、リーダー格の山谷さんでした。山谷さんは元モデルだかタレントだかをやっていた人で、とても華があり、行動力も抜群でしたので、自然とグループの中心になっていました。真っ先に賛同したのが、佐々木さん。この人は山谷さんの参謀みたいなところがあって、山谷さんが気紛れで何かを言うと、決まって佐々木さんが実行に移していました。

つまり、実質、この二人が決めたからには、もうグループの総意みたいになってしまうのです。

　とはいえ、蜂塚さんの存在は特別でした。なにしろ、人気のエッセイストですから。さすがの山谷さんも蜂塚さんの顔色をしょっちゅう窺ってましたね。そんな蜂塚さんにべったりだったのが、須藤さん。この二人は同じマンションに住む同士ということもあり、よく一緒にいました。そして、残りが私。私は特に望んでそのグループにいたわけではなく、ただ、なんとなく山谷さんに声をかけられて、気が付けば、グループの一員になっていました。なので、私はいつでも、部外者の気分でした。だからなのか、私は、緩衝材のような役割を与えられていました。山谷・佐々木チームと、蜂塚・須藤チームの間をとりもつというか。つまり、同じグループの中に、ふたつの派閥があったんです。どうしてそんなことになったかというと、山谷さんと須藤さんがどこかギクシャクしていたからです。これは、たぶん、相性の問題でしょう。二人が直接、話を交わすシーンはほとんどありませんでした。もしかしたら、視線すら合わすことはほとんどなかったかもしれません。だからといって険悪な状態かといえばそうでもなく、二人が距離を置いていたおかげで、私たちのグループは絶妙なバランスが保たれていたのです。

　ところが、そんな二人がお互い向き合って、激しく言い争ったことがあります。そう、まさに、あの事件当日のことです。

　その日の十九時。西新宿十二社のマンション最上階のラウンジに、私たちは集まっていました。蜂塚さんと須藤さんが住むマンションです。チャリティーバザーを兼ねたキックオフを行うためです。幹事は私たちグループ五人、そしてそれぞれが三、四人の客人を連れてくる手筈になっていました。ところが、蜂塚沙保里さんが体調不良のため欠席。山谷さんも遅れるという連絡が入りました。予定していた客人も台風の影響で到着が遅れていました。

　頼んでいたケータリングもなかなか到着せず、私たちはすでに、どこか落ち着かない雰囲気に呑みこまれていました。十九時を五分程過ぎた頃、蜂塚さんの旦那さんが沙保里さんの代わりにやってきました。それからさらに五分ほどして、山谷さんが到着しました。それから二十分ほどして、沙保里さんの友人が到着したと思います。

　その時点で、そこにいた人は私を含め十人だったと思います。知っている顔もあれば知らない顔もありました。さあ、まずは自己紹介をしましょうという段になって、山谷さんが、須藤さんになにか雑誌を渡していました。それが原因なのか、そのあと、二人は言い争いになりました。はじめは笑みも見られるほど軽い口喧嘩でしたが、みるみるエスカレートしていきました。ついには、グラスの中のシャンパンをお互いにぶちまける始末。その場は騒然となりました。

　そんなんですから、注目は山谷さんと須藤さんに集中していて、他の客人がどのような様子だったか、どんな客が出入りしていたかなんて、確認している暇もありません。

　ただ、確実に覚えているのは、蜂塚さんの旦那さんが、ラウンジに設置してある内線電話を使用していたことです。近くにいたので、それはよく覚えています。たぶん、自宅に電話をしていたんだと思います。なぜなら、「沙保里か？」という声と「今から戻る」という声が聞こえてきたからです。そして、蜂塚さんの旦那さんは、ラウンジを出ていかれました。十九時四十五分頃です。そのとき、ふと、内線電話のデジタル時計表示を確認しましたので、なんとなく覚えていました。

+

「つまり、蜂塚祥雄さんは、十九時四十五分頃ラウンジを出て、自宅に戻ったのね」

聖子が言うと、

「そうです。時系列を並べると、こんな感じです」と、里佳子が、メモ帳をこちらに向けた。

そこには、

『19時5分頃、蜂塚祥雄、十階のラウンジに到着↓19時10分頃、河上航一、９０１号室を訪ねる↓19時45分頃、蜂塚祥雄、自宅の９０１号室へ↓19時58分頃、参考人M、非常階段で足音を聞く↓９０１号室に到着↓蜂塚沙保里、祥雄の惨殺死体を発見。↓20時30分頃、蜂塚依子、中野坂上のレンタルビデオ屋に電話をし、河上航一と会話する』

「なるほど」聖子は、メモ帳を見ながら、なにか違和感を覚えていた。「〝19時10分頃、河上航一、９０１号室を訪ねる〟というのは、確かなの？」

「はい。それは間違いありません。マンションのコンシェルジュが、その時間に、河上航一の訪問を受けています」

「なるほど」聖子は、再びメモ帳に視線を落とした。違和感が、ますます強くなる。「つまり、河上航一は十九時過ぎに蜂塚宅を訪ね、十九時五十八分頃、非常階段を利用して逃げたってことね。一方、蜂塚祥雄氏は十九時四十五分頃に十階のラウンジを出て自宅に戻っている。……ということは、祥雄氏は、自宅に戻ってすぐに殺害された？」

「そういうことですね。たぶん、犯行を目撃されて、河上航一は祥雄氏を……」

「でも、息子は？」

「え？」

「息子。蜂塚夫妻の長男が、その部屋にいたはず」

「あ、そうか。確か、息子は無事だったんですよね？」

「そう。でも、河上は、なんで息子は殺さなかったのかしら。蜂塚祥雄氏が殺害されたのは、たぶん、犯行の途中で祥雄氏が戻ってきて、犯行を見られたから……よね？　なら、なんで、息子は……」

「確かに」里佳子は、ナプキンで唇の汚れを拭うと続けた。「息子のことも気になりますが、もうひとつ、気になる点が。二枚目のコピーも読んでみてください。マンションの管理人をしていた男性の証言です。とりあえず、マーカーの部分を読んでみてください」

――当時、マンションの近くで、小動物が惨殺されるという事件が頻発していました。当該マンションの駐車場にも、首のない犬の死骸が捨てられていて、騒ぎになったものです。それで、防犯カメラの設置数を増やして、監視体制を強化しました。

そして、九月十四日、とうとう防犯カメラに犯人の姿が映り込みました。裏庭の暗がりで、一人の男が猫を滅多刺ししている姿です。警察に届ける前に、私はもう一度、ビデオをじっくりと確認してみました。というのも、その犯人の姿に見覚えがあったからです。そのとき、私は、十回はリプレイしたと思います。そして、確信しました。これは、九〇一号室の蜂塚祥雄さんだと。

犯人が住人となると、また話が違ってきます。警察に届ける前に、ご家族に相談しなくてはなりません。

その翌日、つまり九月十五日の午後、私は蜂塚さんの奥様、つまり蜂塚沙保里さんに連絡を入れ、防犯カメラのビデオを確認するように依頼しました。彼女は、すぐに管理人室にやってきました。そして、ビデオを見て、主人に間違いないと、泣きながら認めました。さらに、どうか警察には届けないでほしい、私の方で注意するからと、懇願されました。が、蜂塚夫妻はその日の夜、殺害されてしまったのです。

……もちろん、これらの経緯は、事件後、警察にお話ししました。しかし、私の証言は、事件とはさほど関係なかったようで、証拠として取り上げられることはなかったようです。

+

「本当に、事件とは関係ないのかしら」

聖子はひとりごちた。

「ね？　気になりますよね？」里佳子の顔が、少し強張っている。「もし、動物虐待の件で、蜂塚沙保里と祥雄が揉めていたとしたら、この事件、ちょっと色合いが変わってきませんか？」

「……どういうこと？」聖子は、恐る恐る、里佳子の視線に自分の視線を合わせた。

「あと、気になる点が、もうひとつ」しかし、里佳子は聖子の質問はいったん棚上げにすると、別の疑問を提示した。「吉田さんの証言のこの部分を、もう一度読んでみてください」

——ただ、確実に覚えているのは、蜂塚さんの旦那さんが、ラウンジに設置してある内線電話を使用していたことです。近くにいたので、それはよく覚えています。たぶん、自宅に電話をしていたんだと思います。なぜなら、「沙保里か？」という声と「今から戻る」という声が聞こえてきたからです。そして、蜂塚さんの旦那さんは、ラウンジを出ていかれました。十九時四十五分頃です。

「つまり、十九時四十五分頃までは蜂塚沙保里さんは生きていて、旦那さんと会話しているということです」

「……電話には、河上航一が出たとかは？　それで、なにか異常を感じて部屋に戻ることにした……とか？」

「ああ、なるほど、それもアリですね」里佳子は、どこか残念そうに、椅子にもたれた。

「というか、村木さん。あなた、なにを疑っているの？」

聖子が言うと、里佳子は勢いをつけて、身を乗り出してきた。

「だからですね。蜂塚祥雄。この人がなにか怪しいんですよ」

「は？」

「警察内部の資料……具体的にいえば死体の解剖資料を入手したんですけれど、蜂塚沙保里さんは内臓が飛び出すぐらいの滅多刺し、一方、蜂塚祥雄は、首を一刺しされているだけだったんです。つまり、沙保里さんの殺害にはかなり遺恨が感じられ、祥雄さんのそれにはたまたま首を斬られてそれが致命傷だった……という偶発性しか感じられなかったと」

「だから、それは、河上航一が沙保里さんを滅多刺しにしているときに祥雄さんが帰宅し、犯行を目撃されたからとりあえずは首を斬りつけて、逃げ出したんじゃないの？」

「あ、なるほど」里佳子は、またもや残念そうに、首を竦めた。が、すぐに首を聖子のほうに伸ばしてきた。「いや、でも、血痕《けっこん》がなかったんです」

「え？」

「だから、河上航一が逃亡に利用した非常階段には、血痕はなにひとつ、認められなかったんです。それが、当時、結構問題になりまして。それで、河上航一を容疑者として指名手配するのに手間取ったそうなんです」

「血痕が、なかった？」

「はい。河上航一が沙保里さんを滅多刺しにして、祥雄さんの首も斬りつけたならば、間違いなく、返り血を浴びてますよね？　そうなると、どんなに慎重に逃亡しても、血痕はどこかに付着するものです。なのに、非常階段はもとより、廊下にも、部屋の玄関にも血は付着していなかったそうなんです」

「部屋の玄関にも？」

「はい。河上航一は、慌てて逃げ出したのか、履いてきたスニーカーではなく玄関にそなえつけてあったスリッパを使用して逃亡しているんですが、スリッパラックにも血は付いておらず……」

「スリッパ？」

「はい、スリッパ」

「本当にスリッパを履いていたの？」

「はい。それは間違いありません。参考人Mさんの証言でも〝パタパタという音〟とありますし、なにより防犯カメラにスリッパを履いた姿が映し出されています。あと、部屋にあるはずの、スリッパがなかったようです。通販のモニターで送られてきた健康スリッパ。それの男性用がなかったそうです」

「でも、なんで、スリッパ？」

「だから、慌てていて、スニーカーを履く暇がなくて……」

「だったら、裸足《はだし》で逃げればいいじゃない？」

「まあ、……確かに。でも、スリッパを履いていたことには間違いはなくて……」

「もしかしたら、はじめから履いていたんじゃない？」

「へ？」

「だから、逃げるときに履いたのではなくて、はじめから履いていた。……つまり、河上航一は、蜂塚沙保里にスリッパを勧められ、そして部屋に上がったのよ」

「そうなると、またなんだか、意味合いが違ってきますね」里佳子は、プーアル茶を一口すると、腕を組んだ。「蜂塚沙保里は、ビデオが配達されたと思って部屋のセキュリティを開錠、しかし、それは元カレで出所したばかりの河上航一だった。おののく沙保里に河上航一は襲い掛かり、暴行を図る。そして……というのが、警察、または検察が描いたストーリーです。実際、沙保里さんは河上が出所したことを知り、河上の影に怯えていた……という証言もあります。えーと」里佳子はメモ帳を慌ただしく捲った。「ああ、これこれ。沙保里さんの元同僚で、北見《きたみ》奈緒さんという人がそう証言しています。あと、藤本美沙さんという人も」

「でも、実は、沙保里さんは自ら河上航一を部屋に上げた……」

「なるほど！」里佳子は指を鳴らした。「これで、私の中にあった疑問が、一気に解決しました。やっぱり、そうなんだ……」

「なに？」

「私、今回この事件を改めて調べてみて、どうしても腑《ふ》に落ちなかったんです。そして、ある仮説を立ててみたんです。犯人は、他にいるんじゃないかって」

「……他にって？」口の中が、急激に渇いていく。聖子は、お冷を飲み干した。

「例えば、蜂塚祥――」

携帯電話が鳴る。里佳子は番号だけを確認すると、慌ただしくメモ帳とクリアファイルをバッグに詰め込んだ。

「編集長から。戻って来いっていう電話だと思います。校了をおっぽり投げて出てきたもんで」

里佳子は、あっという間に身支度を整えると、腰を浮かせた。

「でも」しかし、今一度、椅子に座ると言った。「蜂塚夫妻の息子さん、今、どうしているんでしょうね？」

「知りたい？」

「え？」

「今日は、これをあなたに見せたくて、呼び出したのよ」そして、聖子は、〝自叙伝〟をテーブルに置いた。

「これは？」

「蜂塚夫妻の長男、蜂塚駿が書いた、自叙伝。もし、この内容が気に入ったならば、ぜひ、月刊グローブに使用してほしいの」

里佳子は、怪訝《けげん》そうな表情を浮かべながらも、しかし、その用紙の束に好奇心がうずいて仕方ないという様子で、ぱらぱらと捲っていった。

「いやだ、なに、これ」里佳子の目がまんまるく見開かれる。「早速、社に戻って編集長に相談してみます。たぶん、来週に発売される号には載ると思います」

「そんなに早く？　今、校了中なのに？」

「なにか他の記事を削ってでも、たぶん、編集長はこれを載せろって言いますよ」

16

――彗星《すいせい》のごとく現れた大型新人の隠された驚愕《きょうがく》の素顔！

七月の二週目に発売された『月刊グローブ』の巻頭を飾ったのは、マサキの自叙伝だった。

「ちょっと、タイミングが早いかな」

大倉悟志は、にやにや笑いを浮かべつつ、しかしその眉を少々強張らせながら、言った。

赤坂にあるＧテレビ局試写室。そのミーティングスペースで宮野聖子は、大倉に呼び止められた。たった今、この九月に公開予定の映画『鸚鵡楼の惨劇』のラッシュを観終わったところだ。

「本当は、映画の試写会後、各評論家の評価が出てからリークという形で出回ったほうがよかったのだけれど」

大倉は、月刊グローブをペラペラ捲りながら言った。

「それだと、仕掛けとしては少々後手のような気がして、このタイミングを選びました」

聖子は、システム手帳を意味なく捲りながら応えた。

「まあ、聖子ちゃんがそう決断したんなら、それでもいいけど」

とは言いながら、大倉は、これ見よがしに、不満げな表情をしてみせた。

任せると言ったくせに。聖子はそう言いかけて、言葉を呑み込んだ。

「で、反響はどうなの？」大倉は、そっぽを向きながら、言った。「僕の知る限り、特に大きな反響は出てないみたいだけれど」

「衆議院の解散が囁かれていますので、そっちのほうに話題がとられて……」

「選挙には無関心の層も、特に騒いでないけど？　ま、一部、ゲイ好きの女性たちは騒いではいるようだけどね」大倉は、ソファーに体を落とすと、続けた。「それと。この月刊グローブでは、他に犯人がいるんではないかと示唆する記事も掲載されているね。聖子ちゃんはどう思う？」

「まあ……確かに不透明な部分も多い事件だとは思いますが」

「河上航一が犯人だというのが前提で、『鸚鵡楼の惨劇』は制作されているわけなんだけど」

「ええ、まあ」

「河上が犯人でなかったら、どうなると思う?」大倉の突き刺さるような眼差しが、飛んできた。

「……どうなるんでしょう?」しかし、聖子はその視線を躱《かわ》すと、言葉を濁した。

大倉のにやにや笑いが消え、真顔になる。

嫌な静寂。

システム手帳を持つ聖子の手が、汗ばむ。

「まあ、いずれにしても」大倉が、再び、にやにや笑いを浮かべた。「時効はもうすぐだ。他に犯人がいるのでは?と騒いだところで、時効は変えられない」

「と、おっしゃると?」

「他に犯人がいたとしても、事件そのものは時効だということだよ。それに、河上航一が捕まらない限り、事件は藪の中だ」大倉は、余裕たっぷりに足を組むと、続けた。「まあ、たぶん、河上は捕まらないだろうね」

「どうしてですか?」

「うん?」大倉は、焦《じ》らすようにゆっくりと視線を漂わせたあと、聖子を見た。「月刊グローブに掲載されている、蜂塚依子さんの手紙。あれは、興味深いね……」

「ああ、あの手紙。でも、差出人の住所がなかったんですよ。しかも、封筒も便箋もなんかゴミ箱から拾って来たような裏紙で」

「へー」大倉の瞳《ひとみ》が、興味深げに輝いた。「……そんなことより」大倉は足を組み直した。「ラッシュを観て、僕、思ったんだけどね。『鸚鵡楼の惨劇』は、他に犯人がいるのかもしれない、という謎を残したラストに変更したほうがいいと思うんだ。まあ、難しいことではないよ。数カット追加することになるかもしれないけれど」

大倉は、心浮き立つ楽しみを見つけた子供のように、勢いをつけて立ち上がった。

「ということで。次のネタ、ぶち込もう」

「次のネタ？」

「聖子ちゃん、ヒプノセラピーって知ってる？」

「ヒプノセラピー？」

「催眠療法。催眠術で記憶を遡らせて、心の闇を治療するというやつ」

「ああ」

「アメリカで活躍しているヒプノセラピストが、今、日本に来ている。ＲＥＩＫＯという人だ」

「日系アメリカ人ですか？」

「いや、日本人らしい。今から、この局で会うことになっている。マサキ……蜂塚駿と一緒にね」

「なにをするおつもりですか？」

「蜂塚駿は、あの事件現場にいた、唯一の生き残りだ。もっといえば、目撃者だ。だが、本人はそれをすっかり忘れている。それを思い出させるんだよ、ヒプノセラピーで。そして、その様子をテレビで流す」

「テレビで？」

「芸能人や有名人を丸裸にするというコンセプトのトーク番組あるだろう？　アイドルが司会の」

「ああ。あれですか」

「それに、駿を出演させる」

そう宣言すると、大倉は月刊グローブを備え付けのごみ箱に投げ捨て、そして、立ち去った。

聖子はその後ろ姿を見送りながら、自分がなにをすべきなのか、高速で思考を巡らせた。そして、考えがまとまると、システム手帳を小脇に抱えて大倉の後を追った。

＋

最上階にある会議室には、テレビ局のカメラマンとディレクター、そしてマサキといつもの腰巾着がすでに到着していた。

「試写、観たよ。あれ、ちょっと、編集が雑すぎるんじゃね？」

腰巾着が、業界人よろしく早速そんな口を叩いた。

「さっきのはラッシュだからね。あんなもんだ」大倉が突き放すように応える。

「なんだよ」

腰巾着が立ち上がろうとするのを、聖子はそれとなく抑えた。

「ラッシュ試写は、あくまで確認です。だから、完成品ではないんです。出版物でいえば、ゲラにあたります」

「はぁ？　つーか、ゲラってなんだよ」

腰巾着は、肩に触れた聖子の手を振り払うと、これで自分の存在はアピールしたとばかりに、姿勢を戻した。

「つーかさ、完成してないんなら、わざわざ呼びつけんなよ。なあ、マサキ」腰巾着は、横に座るマサキに囁いた。

しかし、マサキは特に応えず、ドアを見つめている。

マサキが極度に緊張しているのは、この部屋にいる誰もが気が付いていた。

ぴちゃっ、ぴちゃっ、ぴちゃっ……。

ぴちゃっ、ぴちゃっ、ぴちゃっ……。

そんな音が、マサキの口元から聞こえている。見ると、その唇には指。

嫌な音だ。神経を逆なでする、不快な連続音。

ぴちゃっ、ぴちゃっ、ぴちゃっ……。

ぴちゃっ、ぴちゃっ、ぴちゃっ……。

これ以上聞き続けたら、なにか叫んでしまいそうだ。聖子は、不躾を百も承知で耳を塞ごうと、両手を上げた。が、その手が耳に届く前に、ドアが開いた。

金髪ボブに暗闇色のサングラス姿の小柄な女が、現れた。その後ろには、黒スーツを着た初老の女。黒スーツの女は明らかに日本人のようだったが、あの金髪ボブの女はどうだろうか？ウィッグのようだが。

「れっきとした日本人だよ」

大倉が囁いた。

「あの人が、ＲＥＩＫＯ？」

「そう」それだけ言うと、大倉は大袈裟に立ち上がった。

そして、アメリカドラマの陽気な登場人物のように、「はーい」と両手を差し出し、ＲＥＩＫＯの手を取った。

「お会いしたかったんですよ。今日は、ありがとうございます。突然のオファーを快く引き受けてくださいまして」

その馴れ馴れしさに、ＲＥＩＫＯは少々、体を引いた。口元が、戸惑い気味に引きつっている。

「あの……、失礼ですが。僕、前にあなたとお会いしましたっけ？」

「は？」

ＲＥＩＫＯの顔が、狆のようにくしゃっと縮んだ。

「いえ、たぶん、はじめてだと思います」黒スーツの女が、名刺を差し出しながら、言った。

聖子は名刺ケースを握りしめると、慌てて席を立った。

それから数分は、ありきたりな名刺交換が繰り広げられた。

その間も、マサキの緊張は収まることを知らず、
ぴちゃっ、ぴちゃっ、ぴちゃっ……。

ぴちゃっ、ぴちゃっ、ぴちゃっ……。

という音が、低く這うように、鳴り響いている。

REIKOが、その様子をじっと見ている。

「企画書は、拝見しました」

黒スーツの女が、マサキのほうを見ながら言った。「ヒプノセラピーを受けるのは、あの青年ですか？」

「はい。彼の記憶をどうか、再生してやってください」大倉は、にやにや顔を真顔に変えて、応えた。

「ご本人は、了承済みなのですか？」

「ああ、了承している」マサキが、軽く手を挙げる。「映画の宣伝になるなら、おれはなんだってやりますよ。おれは、有名になりたいんだ」

「あらまあ。今どきの若者にしては、野心家なんですね。将来が楽しみです」

黒スーツの女が、REIKOのほうをみやった。「どうします？」

「ご本人が了承しているのならば」ＲＥＩＫＯのその言葉を合図に、黒スーツの女が、トートバッグから書類とペンを取り出した。

「同意書です。目をお通しになり、それで問題なければ、サインをお願いします」

同意書は、Ａ４用紙一枚の、簡単なものだった。

要約すれば、『説明を受け、それを充分理解した上で、ヒプノセラピーの実施に同意する。その経過に対して苦情は言わない』という内容のものだった。

マサキはペンを取ると、ろくに内容を読まずに、サインした。

「では、保証人のサインも」

促されて、大倉悟志もサインする。

「これで、準備は整いました。では、早速、はじめましょうか？」

「え？　今から、はじめるんですか？」

聖子が慌てると、

「ええ。ＲＥＩＫＯ先生は、今夜の便で、アメリカに戻られます。なので、今しか時間がございません」

聖子は、大倉悟志を振り返った。いつものにやにや顔だが、その唇には動揺の色も見えた。が、すぐに真顔に戻ると、言った。

「ええ、今でも、構いません」

待機していたカメラマンが、待ってましたとばかりに、カメラを構える。

「では、REIKO先生、お願いします」

黒スーツの女の言葉に従うように、REIKOが音もなく、椅子に腰かけるマサキの傍に歩み寄る。そんなREIKOをマサキが不遜な態度で迎える。

それは、一瞬だった。

REIKOが、その右人差し指でマサキの額に触れた途端だった。マサキの体は打ち上げられたクラゲのように、だらりと深い眠りに落ちていった。

＋

ママ。その男の人は誰？

ママ。どうして、その人と抱き合っているの？

ママ。どうして、服を脱ぐの？

ママ。どうして、パパ以外の人にそんなことをするの？

ママ。やめて、そんなことをするのはやめて。

ママ。電話が鳴っている。

パパから？　そうなんでしょう？

パパ、戻ってきて。

「航ちゃん、主人が戻ってくるわ、早く逃げて」

「沙保里ちゃん、また会える？」

「会えるわ、今度は私が会いに行く。だから、今は、早く、帰って」


ママ、どうして、その人を逃がすの？

その人は、悪い人なんでしょう？

パパに捕まえてもらわなくちゃ。


「これは、どういうことなんだ？　あの男は誰だ？　今、出ていった男は誰だ？」

「知らない」

「なに？」

「私のことより、あなたのことよ」

「話をすり替えるな」

「あなた、犬を殺したわね？　猫も殺したわね？　あなたは、犯罪者だわ！」

「違う、違う。話を聞いてくれ」

「言い訳なんて、やめて。防犯カメラに映っていたのよ、私、確認したのよ。あなたみたいな人とは暮らせない！」

「ああ、そうだよ、俺が殺したんだよ。でも、たかが野良犬だ、野良猫だ。大した罪にはならないさ」

「開き直るの?」

「ストレスだよ。ストレスがたまってたんだよ!　おまえはそんな調子でいつでも俺を上から押さえつけて、俺を馬鹿にして。俺がどんなに残業しても、どんなに上司にとりいっても、どんなに得意先にサービスしても、おまえが稼ぐ金の半分も稼げない。俺は情けない男なんだよ、お前の稼ぎで外車に乗って、お前の稼ぎでこんな分不相応のマンションに住んで、お前の稼ぎで、息子を有名幼稚園に通わせて。でも、俺が欲しかったのはそんなんじゃない。こんな生活は、まっぴらだ!」

「なら、別れてちょうだい。駿は、あなたにあげる。駿は私にはちっとも懐かない。きっとあなたといるほうが幸せよ。お腹の子も、堕《おろ》すわ。そのほうが、この子のためよ」

「黙れ!」

パパ、やめて、ママを殴るのは、やめて。どうして、喧嘩しているの?　僕のせい?　僕がいるから?

「もう、あなたとはいられない。私、出ていく。そして、今度こそ、自分を偽らないで生きていくわ」

「あの男のところにいくのか?」

「あの男って?」

「だから、河上航一だよ。さっきの男は、河上だろう?　俺がなにも知らないと思って。俺は、知っているんだ。奈緒ちゃんから聞いたんだ」

「奈緒？　奈緒がどうしたの？」

「奈緒ちゃんが言っていた。『沙保里は犯罪者の子を妊娠して、中絶した。穢れた女』だって。その言葉を信じて、僕は奈緒ちゃんと結婚すればよかった。そうすれば、こんなストレスに悩むこともなかったんだ！」

「あなたこそ、犯罪者よ。犬殺しよ！」

「ああそうだ、俺は犯罪者だよ。でも、河上ほどではない。あいつこそ犯罪者じゃないか。年端もいかない子供にいたずらした変態じゃないか。お前は、大した女だよ。あんな犯罪者にまだ未練があるなんてな。そして、亭主は、犬殺しか？　とんだ男運だな！」

「やめて、やめて、やめて！」

ママ、その手に持っているのは、なに？　ナイフ？　それは、お肉を切るものでしょう？　ナイフには気を付けなさいっていつもいってるじゃないか。ダメだよ、ママ、それで、パパを切るのはやめて。

　ママ！

17

ママ、ママ、ママ、……

パパ、パパ、パパ、パパ、……

「これって、画《え》的にどうなの？　放送は難しいんじゃない？」

ビデオテープの再生画像を見ながら、聖子は何度も腕を組みなおした。

もう、三回リプレイしているが、被写体のマサキは椅子にだらりと座りながら、「ママ」「パパ」を、呻くように呟いているだけだ。時折り涙を流したりもしているが、その理由は一切分からない。

その様子から、マサキの中でなにか記憶が蘇ったのは確かなようだったが、しかし、傍から見れば、熟睡した人が時折り寝言を呟いている画でしかない。

しかも、当のマサキは、催眠中に見たであろう記憶の映像を、なにひとつ覚えていなかった。催眠療法というから、もっと派手で分かりやすいものだと思ったのに。セラピストの誘導で年齢を遡り、セラピストの質問に被験者が次々と答えていく……というような画を期待していたのだが。

「いや、だからこそ、リアリティがあるんじゃない」

大倉が、いつものにやにや顔で言った。

「この映像は、使うよ。少なくとも、このヒプノセラピーで、彼の何かが変わったのは確かなんだから」

その通りだった。ヒプノセラピーが行われてから、今日で三日。マサキは、なにか変わった。それを具体的に列挙しろと言われたら難しいが、確かに、マサキは変わった。

顕著なのは、その表情だろうか。

それまでの、なにか人を警戒しているような、それとも何かを恐れているような虚勢がなくなった。その眼差しから険が取れ、幼児のような無垢《むく》な仕草にドキリとすることもある。


その連絡が入ったのは、Gテレビ局を出ようとエントランスまで来たときだった。

横にいた大倉の携帯が鳴った。

携帯を耳に当てた大倉の表情が、見る見る青ざめていく。

「どうしたんですか？　……誰から？」その緊張感に耐えられず、聖子は訊いた。

「須藤英之」

ああ、あの、腰巾着。

「死んだ」

「え？」

「マサキが、死んだ。マンションの最上階から、飛び降りた」

＋

27日午前11時ごろ、東京都新宿区西新宿十二社のマンション敷地内で、俳優のマサキ（本名、真木駿）さん（19）が倒れていると110番があった。マサキさんは搬送先の病院で死亡が確認された。

警視庁十二社署の調べによると、マサキさんはその日の午前10時頃、友人と非常階段で最上階まで上がったという。マサキさんは友人が目を離した隙に、飛び降りた。

マサキさんの上着のポケットには、遺書らしき走り書きがあり、また、マサキさんが飛び降りるところを目撃した通行人もおり、警察は自殺を図ったとみて調べている。

事件があったマンションは無人で、「オカルトスポット」として知られていた。「肝試し」と称して侵入する若者の姿もよく見られたという。当マンションは、近々取り壊すことが決定している。

四章　二〇一三年　再現

18

この夏、東京・西新宿十二社にオープンしたフレンチレストラン「鸚鵡楼」。イギリスのマナーハウスをそのまま移築したこの洋館は、ここが副都心であることを忘れさせる瀟洒《しょうしゃ》な佇《たたず》まいだ。この洋館のシンボルは、鸚鵡のタロウちゃん。

「アンタノ　オナマエ　ナンテェーノ」

が口癖のタロウちゃん、なんと御年七十八歳。

タロウちゃんこそ、「鸚鵡楼」という名前の由来だ。昭和十年、この場所にさる伯爵の別邸として洋館が建てられた。その洋館とともに誕生したのがタロウちゃん。いつしかこの洋館は、タロウちゃんにちなんで「鸚鵡楼」と呼ばれるようになった。

戦後、洋館は伯爵の手を離れホテルとして使用されたがタロウちゃんは引き続き飼われ、しかし、ある事件をきっかけに「鸚鵡楼」は無人の館に。タロウちゃんは、「鸚鵡楼」近くの交番で勤務していた元警官の吉村さんに引き取られた。

その後「鸚鵡楼」は解体されマンションが建てられたが、このマンションも七年前、取り壊された。そんな数奇な運命を乗り越え、二〇一三年、「鸚鵡楼」は、レストランとして蘇った。

「鸚鵡楼」の復活の話を聞き、吉村さんは鸚鵡を返そうと決意したという。

「私は、ただ、タロウちゃんを預かっていただけです。生まれ育った場所に戻ることが、老い先短い鸚鵡の幸せだと信じています」

（週刊・東京ウォッチング　二〇一三年七月七日号）

＋

大倉悟志は、雑誌から切り取ったその記事を、いつものように大学ノートに貼り付けた。

大学ノートは、もう百冊に及ぶ。この業界に入った年から、取材で得た内容や興味深い情報など、こうしてノートにまとめてきた。デジタル時代になっても、いまだこの方法だ。

特にこの七年は、大学ノートを三十三冊も潰した。そして、その内容は、ある事件に関することに絞られていた。

大倉は、その事件を〝鸚鵡楼の惨劇〟と呼んでいる。

大倉をこのような作業に没頭させる理由はひとつだった。

真木駿の死。

これは、大倉にとって、人生最大の悲劇だった。彼の死後、いっさいの仕事を放棄するほどに。二年は泣いて暮らした。そして三年目になって、ようやく涙を拭いた。生きる活力となる目標が提示されたからだ。

なぜ、真木駿は死ななくてはならなかったのか。

その疑問は、大倉に新たな生き甲斐を与えた。

大倉は、この七年間に集めた情報を改めて、眺めた。一日の大半は、こうして過ごしている。

無作為に集めた情報だが、こうして眺めていると、触手のような糸が次々と伸びてきて、情報どうしが繋がっていく。はじめは無関係で出鱈目《でたらめ》な繋がりだったが、ここにきて、あるひとつのストーリーが出来上がりつつあった。

大倉は、付箋を立てたページを開いた。

+

昭和三十七（一九六二）年十一月七日、十二歳の少女が料亭の客ら三人殺害。

東京都新宿区十二社の料亭「鸚鵡楼」で客の接待をさせられていた少女（12）が、夜九時、同じ部屋で食事をしていた常連客の会社経営者（48）、及び女将《おかみ》（54）の顔に鍋の中身を浴びせ、うろたえたところをアイスピックで頸や顔を刺して殺害、様子を見に来た使用人の男性（73）もアイスピックで刺殺。その様子を裏の置屋の窓から目撃していた芸者の通報により警官が駆けつけるも少女は逃亡、翌日の朝、熊野神社横の排水溝で蹲っているところを、警邏《けいら》中の警官に保護された。少女の自供によると、少女は日頃から当該料亭で性的接待を強要されており、被害者の男性客と女将に恨みを抱いていたという。そんな折、男性客が肉を持参し、それを使ってすき焼きが振る舞われた。その肉を口にした直後に、男性客に「この肉は、熊野神社で拾った赤犬だ」と言われたことで殺意に火が付き、衝動的に、鍋の中身を男性に浴びせたという。

少女は、その赤犬を可愛がっていたという。

（戦後少年犯罪データベース）

今や、テレビで見ない日はない、ヒプノセラピスト、ＲＥＩＫＯ。金髪ボブとサングラスが特徴だが、よくよく観察すると、身長が違っていたり、体型が違っていたり、しゃべり方が違っていることに気が付いた人も多いのでは。実は、ＲＥＩＫＯは、一人の人物ではない。ＲＥＩＫＯというのはいわゆるグループ名で、その中の人は、その都度入れ替わっている……という都市伝説がある。嘘か真か。信じるのはあなた次第。

（ネットの噂今昔物語）

第三　Ｃ（当時一〇歳）が一三歳未満であることを知りながら、東京都大田区所在のｃ方に侵入し、同所において、Ｃに対し「下着を脱げ」などと脅迫を加えて、同女を全裸にし、強いて同女を姦淫し、その際、同女に処女膜裂傷、内臓破裂の傷害を負わせるとともに、前記姦淫行為に起因する重大な精神的ストレスにより、全治不明の心的外傷後ストレス障害の傷害を負わせ……

（裁判所サイト、判例一覧より）

西新宿育ち　08/03/18 02:20

新宿中央公園に、おばちゃんのホームレスがいるんだけど、すごく気になる。巨大な屋台のようなカートを押しているおばちゃんなんだけど、なんでも、もう20年近く棲み付いているらしい。

三角ビル　08/03/18 02:56

あ、たぶん、知っている。前は、西新宿と新宿駅をつなぐ地下道にいた人だ。でも、一九九六年のホームレス強制退去で、中央公園に移動したんだと思う。地下道にいたときはまだ若くて、なにかスーツケースのようなものを持っていたな。家出でもして、そのままホームレスになったんだろうか？

通りすがりのオカルトマン　08/03/18 10:12

あのスーツケースには、死体が入っている……なんていう噂があるようだよ。

大倉悟志は、大学ノートを閉じた。

〝答え〟がみつかりつつある。

その答えを確実なものにするには、協力者が必要だ。

大倉は、携帯電話に〝宮野聖子〟の名前を表示させた。

優秀な女だ。彼女なら、いい助手になるだろう。

19

宮野聖子がその電話をとったのは、七月の終わりの深夜だった。

仕事の帰り、自宅マンション前でタクシーを降りたところで、電話が鳴った。ディスプレイには、電話番号しか表示されていない。悪戯《いたずら》か間違いか。それでも電話を取ってしまうのは、性分だ。

「聖子ちゃん?」

その声は、すぐに分かった。もう七年も会っていないが、耳が覚えている。

「大倉さん！」

「聖子ちゃん、今から会える？」

「は？　今から？」時計を見ると、二十三時を大きく回っている。こんな時間に「会える？」などと誘われたら、ほとんどの場合、それは男女の情交を暗示するものだが、大倉に限ってそれはないことは、聖子も承知していた。大倉は、根っからの同性愛者だ。彼の性愛は、同性にしか向いていない。聖子のような異性に向けられるのは、嫉妬《しっと》か友情。あるいは、ビジネス。

「仕事のことで相談があるんだけど」

「仕事？　今更なにを言っているんですか。七年間も雲隠れしていて」

「僕は、もう忘れられた存在？」

「ええ。残念ながら」

「そりゃ、そうだな。七年前、映画公開前にとんずらしたもんな」

「そうですよ。その映画も、結局お蔵入り。どんだけ損失を出したと思っているんですか」

「なら、もう一度、チャンスが欲しい。勝負したいんだ」

「勝負？」

「とっておきの企画があるんだ」

大倉は忘れられた存在ではあるが、数々のヒットを生み出した才能あるプロデューサーであることには間違いなかった。そんな彼が〝とっておき〟というからには、話を聞いてみる価値はある。

「今からでは、ちょっと無理ですが、明日の朝には」

「うん、それでもいいよ。じゃ、明日、来てくれる？」

「どちらへ？　今、大倉さん、どこにいらっしゃるんですか？」

「鎌倉だ。地図をメールで送るよ。じゃ、明日、待っているから。時間は君に任せる。好きな時間に来てよ」

＋

聖子がそのマンションに到着したのは、午後一時を少々過ぎた頃だった。

江ノ島電鉄長谷駅から徒歩四分ほどの、リゾートマンション。このオーシャンビューときたら！

いくら忘れ去られたとはいえ、やはり、一時代を築いた男なのだ。買えば数億、借りても家賃一五〇万円はしそうなハイレベルマンションで、優雅な〝引き籠り〟を実行できるのだから。

汗だくでここまでやってきた自分が惨《みじ》めになって、聖子は小さな溜息を吐き出した。

大倉に促されて、ソファーに座ると、その前のリビングテーブルには、なにやら大学ノートと企画書らしきレジュメが並べてあった。

「聖子ちゃんは、今、Ｇテレビの企画室に出向しているんだろう？」

「隠遁《いんとん》生活をしていても、そういう噂には聡《さと》いんですね」

「とりあえず、そのレジュメに、目を通してみて」

大倉の言葉に従い、ゼムクリップで止めてあるだけの三枚の用紙を手に取る。

それを読むのに、それほど時間はかからなかった。

要約すると、未解決事件をスタジオで解決するというものだった。事件の証人、関係者、あるいは参考人を呼び、事件が起きた現場を再現したスタジオで、探偵役が推理を展開していく……。

聖子は、少々、落胆した。

ありきたりだ。大倉のアイデアとも思えない。それとも、やはりこの七年で才能が錆《さ》びついてしまったのだろうか。

しかし、大倉は、相変わらずのにやにや笑いで、自信たっぷりだった。

「この企画の〝目玉〟は、ヒプノセラピーだ」

「もしかして、REIKOですか？」

「ああ、そうだ」

聖子は、ここでまた、落胆した。

確かに、今、REIKOはちょっとしたブームだ。アメリカで飽きられたのか、今は日本に拠点を移し、あちこちのテレビに出まくっている。が、日本でもそろそろ飽きられつつある。

実際、ヒプノセラピーブームも今年いっぱいだと言われている。

「しかし、そのREIKOが、ある未解決事件の鍵を握るとしたら？」

大倉は、含みを持たせて、言った。

「どういうことです？」

「だから、REIKOが、ある未解決事件の、重要な参考人だとしたら？」

「は？　……というか、その未解決事件って？」

「一九九一年に起きた、通称〝鸚鵡楼の惨劇〟だよ」

聖子は、今度は憐れみの溜息を吐き出した。この人は、やっぱり、まだあの事件に囚《とら》われている。

「ああ、そうだよ。僕はね、執念深いんだよ。そして、愛情も深いんだ」

「は？」

「マサキは、僕がバックバージンを捧げた男なんでね。だから……彼の死を、有耶無耶《うやむや》にすることなんか、できないんだよ。僕は、それがどんな残酷な結末を迎えるとしても、手を抜かない。徹底的に、容赦なく、事件を解決する気でいるんだ」

聖子は、半信半疑ながらも、その日から、大倉の企画を実現させるために動き出した。というか、大倉の根回しはもうすでにはじめられていて、聖子の役割もすでに決められていた。

連絡係。

そう、聖子は、大倉から与えられた情報を頼りに、番組に必要な人材を集めてくる係に過ぎなかったのである。

ハメられた。

そう気付いたときはもう後の祭りで、聖子はその番組のスタッフとして、がっちりと組み込まれていた。

20

九月十五日。

Gテレビ局の第三スタジオは、一九九一年九月十五日当日の、ベルヴェデーレ・パロットのラウンジがそのまま再現されていた。

この日のために呼ばれた人物たちが、続々と到着する。彼らを探し出し、そしてここに連れてきたのは、宮野聖子だった。

しかし、二人、どうしても探し出せなかった人物がいる。ひとりは蜂塚依子。被害者である蜂塚祥雄の妹だ。事件の直後、行方不明になっている。以前、月刊グローブに手紙が届いたことがあるが、そこには差出人の住所はなく、依然、行方不明のままだ。そして、もうひとりは、南川千鶴子。この人の消息もまったくの不明だ。

それにしても、探し出せた人たちを説得してここまで連れてくるのは、本当に難儀だった。続々と集まる関係者たちを眺めながら、聖子はこの苦労を誰かにねぎらってほしい気持ちでいっぱいになった。

特に、須藤朱美の説得には骨が折れた。あの日のことは思い出したくもないと、何度門前払いを食らったか。

一方、山谷恵子の説得は、案外スムーズだった。それどころか、参加することに積極的だった。「あの事件が解決するところを、是非、見てみたいわ」と目を輝かせた。さらに、「懐かしい人たちと再会できるのは、本当に素晴らしいわ。須藤さんもいらっしゃるのよね？」と身を乗り出した。

佐々木陽子《ようこ》も、割と簡単に承諾してくれた。彼女も山谷恵子同様、いわゆる〝勝ち組〟だ。その子供たちも立派に成長し、それなりの有名大学を出ている。この二人はお互いを認めると「きゃー、元気だった？」などと、女子高校生のようにハイタッチをする始末だ。

そんな二人の様子を、吉田絵美《えみ》が遠巻きに眺めている。この人は可もなく不可もなくの人生を歩んでいるようで、ここに連れてくるのに少々の骨は折れたが、OKが出たあとはスムーズに事は運んだ。

そして、野口隆子《たかこ》。一九九一年九月十五日、チャリティーバザーが行われたきっかけを作ったこの人は、特に難航した。もしかしたら姿を現さないのでは？と心配もしたが、五分ほど遅刻してやってきた。スタジオに入ってくる姿を見たときは、心底ほっとした。難病の娘は、結局病とはまったく関係ない事故で亡くなったという。それがきっかけで離婚の憂き目にもあったが、離婚後はじめた事業が成功し、もしかしたら、この中では一番の成功者かもしれない。彼女が無造作に持つそのバーキンは、たぶん、五百万円はくだらない代物だ。

「それでは、みなさん。お名前が貼り付けられている椅子に、それぞれお座りください」

そう言いながら登場したのは、大倉悟志本人だった。その手には、数冊の大学ノート。見ると、すでにハンディカメラが回っている。参加者の自然な姿を撮るために、固定カメラは使わないようだ。

「みなさんには、しばしの間、一九九一年九月十五日の十九時にタイムスリップしていただきます。その日は台風だったんですよね？　須藤さん」

唐突に名指しされて、須藤朱美の肩がぷるっと震えた。

「ええ。台風の影響で、交通機関が麻痺《まひ》してしまって。なので、開始時刻になってもなかなか人が集まらなくて。うちの主人も外出していて、戻れなくなって、参加できなかったんです」

「では、結局、どなたが集まったんですか？」

「須藤さんと……」山谷恵子が、いつのまにかしゃしゃり出てきた。「それから佐々木さんと……、佐々木さんのご主人はいらっしゃった？」

「ううん。そのときは、私一人だったわ。夫は他に用事があって」と、応えたのは佐々木陽子。

「えっと、それから。……吉田さんと」

「うちも、私一人でした。夫が仕事仲間を連れてくる予定だったんですけれど、車の渋滞に巻き込まれたらしくて、そのときはまだ到着していませんでした」質問される前に声を上げたのは、吉田絵美。

「そして、野口さんと……。野口さんは、夫婦でいらっしゃったわよね？」

「ええ、まあ。……というか、今は野口ではなくて、渡部《わたべ》なんですけれど」

「あ、そうなの？　でも、紛らわしいから、野口さんでいいわよね？」

山谷恵子は、自身の指を見ながら言った。その指は、すでに五本とも折られている。

「そして、私」

山谷恵子の小指が、ピンと立った。

「それから、蜂塚祥雄さんもいらっしゃってたわ」佐々木陽子が言うと、山谷恵子の薬指が立った。

「それと、千鶴子さんも見かけたわよ？　沙保里さんのお友達の」吉田絵美の言葉に、山谷恵子の中指が立つ。

「これで、八人ですね」大倉悟志が、言葉を挟んだ。「では、そのとき、ラウンジにいたのは、八人ですか？」

「あ、私が連れてきたお友達が一人」慌てて言い足したのは、野口隆子。

山谷恵子の人差し指が立つ。

「では、九人？」大倉が確認すると、

「十人ぐらい、いなかった？」と、親指だけを折った手を挙げながら、山谷恵子が言った。

「ええ、十人いたような気がする」吉田絵美が弱々しく同意すると、

「そうよ、十人いたわ。私、警察にそう証言したもの。よく覚えてる」と、佐々木陽子が強く同意した。

「あ、放送関係の人」

今まで貝のように口を噤んでいた須藤朱美がぼそりと言った。「そう、放送関係の人がいたわ。ドアマンの菅野さんがお呼びした人よ。すぐにいなくなっちゃったけど」

「放送関係？　テレビ局かなにかかしら」言いながら、山谷恵子が親指を立てた。

「これで、十人」山谷恵子は、なにかすっきりしたような表情で、掌《て》を高く掲げた。

「分かりました。そのとき、十人の人が、ラウンジにいたのですね」大倉は、もったいぶって、スタジオの中央にセットされている安楽椅子に、体を沈めた。そして、言った。

「この十人の中に、蜂塚祥雄さんと沙保里さんを殺害した真犯人がいます」

宮野聖子は、きょとんと、大倉の姿を見つめた。

はじめ、何を言っているのかその意味が分からなかった。そこにいた者はたぶん、みな同じ気持ちだったろう。

いや、だって。犯人は、河上航一でしょう？　今も逃亡中の、河上航一でしょう？

「じゃ、誰なんですか？」そう声を上げたのは、須藤朱美だった。「少なくとも、私じゃありませんよ？　私は、あることが原因で、山谷さんと大ゲンカしていたんですから」

その言葉に、真っ先に頷いたのは、山谷恵子だった。「そうですよ、私たちは、大ゲンカし

ていました。それは、ここにいる人、皆さんが目撃しています。その喧嘩中に、下の階の蜂塚さん宅で、事件が起きたのですから、私たちは関係ないわよね？　ね、須藤さん」

山谷恵子は、まるで生まれたときから今まで喧嘩などひとつもしてこなかった姉妹のように、須藤朱美の腕に自身の腕を絡めた。

「おっしゃるとおり、須藤さんと山谷さんはとっくみあいの喧嘩をしています。ですから、あなたがたは、犯人ではない」

大倉がそう言うと、須藤朱美と山谷恵子は、同時にほっと肩の力を抜いた。

「じゃ、どなたが、犯人なんですか？」佐々木陽子の問いに、大倉は、少し間を置いて、そしていつものにやにや笑いを浮かべた。

「その前に。今日は、特別ゲストをお呼びしています」

大倉がパチンと指を鳴らすと、ＡＤの一人が、スタジオの奥から二人の人物を連れてきた。

その登場とともに、聞き慣れた音楽がスタジオに流れる。

ＲＥＩＫＯが登場するとき必ず流れる、オペラ『カルメン』のハバネラという曲だ。

「では、ご紹介しましょう。今を時めくヒプノセラピスト、ＲＥＩＫＯさんとそのマネージャーです」

不意打ちのゲストに、ますます混乱を極める。その場にいた人たちは、……ＲＥＩＫＯとそのマネージャーすらも、洞窟《どうくつ》の中で進路を絶たれた冒険家のように、茫然と立ち尽くす。

「ところで、今日のＲＥＩＫＯの中の人は、どなたですか？」

「は？」ＲＥＩＫＯのサングラスの下の眉が、怪訝そうに歪んだ。

「ＲＥＩＫＯというのはマネージャーも含めたグループ名で、特定の個人ではないのですよね？」

「まあ、そういう噂もありますが」応えたのは、黒スーツのマネージャー。

「マネージャーさんは、どのぐらいＲＥＩＫＯについているのですか？」

「……まあ、かれこれ十七～八年になりますか」

「では、ＲＥＩＫＯさんがアメリカにいたときから？」

「はい」

「なるほど。では、ＲＥＩＫＯさんとマネージャーさんも、どうぞ、お座りください。これで、役者は揃いました。そろそろ、犯人捜しの本番にいくとしましょうか」大倉は、大袈裟に足を組むと、言った。「須藤さんと山谷さんが喧嘩されている間に、ラウンジを抜け出した人物がいます。その人が犯人です」

あ。

そんな小さな叫び声が、聞こえた気がした。聖子は振り返った。

「みなさん、誰が抜けだしたか、覚えていますか？」

大倉の問いに、疑心暗鬼が一気に広がった。ざわざわと、空気が不穏に揺れる。

「そんなの、覚えてないわ。だって、みんな、須藤さんと山谷さんの喧嘩に気を取られていて」

吉田絵美が叫ぶように言うと、

「でも、いるんです。一人、いや、もしかしたら、二人。抜け出した人物が」大倉が畳みかけると、

「……千鶴子さん」

と、誰かが、呟いた。

「そうよ、南川千鶴子さんが、途中でいなくなったわ」

「ああ、そうそう、南川さん。沙保里さんのお友達の……」

「そうです」

大倉は、ゆっくりと足を組み直した。「南川千鶴子。彼女こそ、犯人です」


それから、ひどく長い時間が流れたような気がした。口の中がからからだ。

宮野聖子はその息苦しさに耐えられず、ほとんど意味のない質問をした。

「南川千鶴子さんって、誰なんですか?」

しかし、その質問は、少なからず大倉を喜ばせた。彼の表情が、ふと、軽くなる。

「それなんです。南川千鶴子とはなんぞや。それを解けば、この事件の動機も自ずと解けていく」そして大倉は、大学ノートの一冊を開いた。

「南川千鶴子。昭和二十五年生まれ。二十四歳のときに〝南川〟という苗字を持つ男と結婚したが、その十二年後、ある事件がもとで離婚。離婚後も千鶴子は南川姓をそのまま使用。旧姓は、水木《みずき》千鶴子。新宿区十二社の芸者置屋で生まれる。母親は枕芸者。父親は客の一人だが特

定できず。母親は千鶴子が十歳のときに、千鶴子を置屋に置いたまま男と失踪《しっそう》。以後、消息不明」

やめて……。

呻き声のような空気の振動が、聖子の背中を撫でる。聖子は振り返った。

その間も、大倉のレクチャーは続く。

「置き去りにされた千鶴子は、置屋の主に引き取られるも、〝鸚鵡楼〟で客をとらされる。はじめての客は十一歳のとき。客は、大久保で金貸しをしているカネダという男。カネダは常連客で、週に二、三回は、千鶴子を買いに通ってきた。

ある日、カネダは肉を土産に持ってきた。その肉ですき焼きをしようと。鸚鵡楼の女将も交えて、ちょっとした宴会が開かれる。鍋が運ばれ、ウイスキーとビールが運ばれ、氷も運ばれた。千鶴子も勧められるがまま、すき焼きに箸を伸ばす。おいしいおいしいと食べていると、男は言った。『その肉は、熊野神社にうろついている赤犬だ。保健所に連れて行かれそうになったから、引き取ってきた』と。その赤犬は千鶴子が可愛がっていた犬だ。そのとき、千鶴子の中で、感情が沸騰した。それまでずっと抑え込んできた、黒い感情。激しい憎悪。千鶴子のタガははずれ、すき焼きの鍋をカネダに向かって、ぶちまけた。その熱さにのた打ち回るカネダの首と顔を、テーブルの上にあったアイスピックで突き刺す。何度も、何度も。それを止めようとした女将の顔にも、何度も、何度も。様子を見に来た使用人のじいさんの顔にも、何度も、何度も。千鶴子は逃げたが、捕まるのも早かった。しかし、警察と裁判所は、千鶴子の年齢と置かれた環境を鑑《かんが》みて、温情的配慮を下す。一年間の入院生活の末、千鶴子は晴れて自由の身に。そして、その後は養護施設に預けられる。

その後は、穏やかな日々が続く。

元来、頭が良かった千鶴子は、養護施設を出ると夜間の大学に通い、卒業後は中堅の出版社に入社。そこで知り合った南川氏と結婚し、一人娘を授かる。千鶴子はその子を可愛がった。自分が味わえなかったありとあらゆる幸福を娘に与えようとした。しかし、昭和六十年、突然の不幸に襲われる。十歳の娘が、河上航一の手によって凌辱され、内臓破裂の重傷を負ったばかりか、心的外傷後ストレス障害に病む身となってしまった。娘は、その翌年、発作的に首をつって自殺してしまう。

ところで、河上航一の裁判を傍聴する千鶴子は、ある公判で、情状証人として証言台に上がる沙保里を知る。極悪非道な河上を擁護する沙保里が許せず、憎悪の念を持って沙保里に近づくも、沙保里もまた、河上により深い心の傷を負わされていることを知り、シンパシーを感じるようになる。沙保里の出自を知ると、さらにシンパシーは強くなる。自分と同じ、芸者の子。母子家庭の子。また、娘の死によって、自らも心的外傷後ストレス障害に悩まされるようになった千鶴子は、スピリチュアル的なものに傾倒していき、予言的なことを口走る沙保里に、畏敬の念をも抱くようになる。千鶴子は沙保里の仕事を手伝うことで、新たな人生を歩もうとする」

大倉は、ここまで一気に話し終えると、一度、大きく息を吸った。

「ここまでは、事実をお話ししました。これからは、あくまで、僕の想像です。ですが、僕の想像は、事実とほぼ違いはないでしょう」

そして、今一度深呼吸すると、大倉は、一気にまくしたてた。

「が、一九九一年九月十五日、千鶴子はチャリティーバザーに顔を出していない沙保里のことが気がかりで、二十時頃、九〇一号室の蜂塚宅を訪ねる。そこで見たのは、夫を衝動的に刺した沙保里の姿。しかも、沙保里は、河上に未練があることを告白する。それを聞いた千鶴子は、ある種の発作に襲われ、また、自身が十二歳の頃に犯したあの殺人シーンが蘇り、沙保里を滅多刺しにした。たぶん、沙保里に対する日頃の憎悪が爆発した結果だ。千鶴子は、自分でも気が付かないうちに、沙保里に対して日々、憎しみを募らせていた。自分と同じ境遇で育ったはずの沙保里。しかし、沙保里は母に愛され、父にも大切にされ、何不自由なく暮らしてきた。その事実を沙保里が書くエッセイで知るたびに、憎しみは黒く黒く沈殿していく。

そして、ついに、そのとき、憎しみが爆発した。沙保里を内臓が飛び出すほど滅多刺しにした千鶴子は、その後、気を失い、また、一時的に記憶もなくす。が、薄々、自分が犯した罪を感じていた千鶴子は、自らの記憶を取り戻すため、そしてなにより自身が救われるため、ヒプノセラピーのドアを叩きに、アメリカに渡る」

場が、ざわつきはじめた。そして、そこにいる全員が、その人物を凝視しないではいられなかった。

視線が、ＲＥＩＫＯのほうに集まる。

「七年前、あなたは僕に連絡を入れてきた。マサキのヒプノセラピーを試みたいと。僕はあなたの提案を受け入れ、早速企画書を書き、改めてオファーのファクスを送った。

あなたは、月刊グローブに掲載されたマサキの〝自叙伝〟を読んで、マサキがあの事件のことをどこまで思い出したのか、知りたかったのではないですか。七年前、二〇〇六年の七月の時点で、あの事件の時効はまだ成立していない。だから、あなたは、確認する必要があった。マサキが、どこまで目撃していたのか。

しかし、マサキはその答えを出す前に、自ら命を絶ってしまった。彼の遺書は、絶望にまみれた文言で埋め尽くされていた。無論、それは、あなたのせいではない。しかし、そのきっかけを作ることになりました。そういう意味で、僕は、あなたが許せないでいる。そして、マサキにヒプノセラピーを受けさせた、自分自身も。

……ところで、あなたは、合計で何年、アメリカにいましたか？　もしかして、あなたの時効はまだ成立していないのではないですか。海外にいた期間は、計算に入らないからですよ。よくドラマでやっているじゃないですか。いや、そもそも、もう永遠に時効など来ないのです。時効そのものが撤廃されましたからね！　そう、殺人事件などの重大犯罪は、二〇一〇年、……平成二十二年四月二十七日に公訴時効が廃止されたんだ！」

大倉は足を解くと、ゆっくりと椅子から立ち上がった。

そして、気の遠くなるほど遅い歩みで、その人物に近づいて行った。

「千鶴子さん、僕、前に、お会いしたこと、ありますよね？　一九九一年の九月。南青山のカフェで」

言いながら、大倉は、その黒いスーツの肩に、そっと手を置いた。

「覚えてませんか？　ＲＥＩＫＯのマネージャーさん」

言われて、千鶴子の瞼が、真っ赤に膨らんだ。そして、次の瞬間、彼女はほとんど聞き取れないような言葉を叫びながら、その場にいた人たちに、片っ端から襲い掛かっていった。

五章　二〇一三年　鸚鵡楼の晩餐

21

南川千鶴子は、その後、五人の人物に怪我を負わせた罪で、逮捕された。

ほとんどが軽傷だったが、千鶴子が投げたパイプ椅子が当たり、宮野聖子は右手の小指を骨折した。

小指といえど、これが折れるといろいろと難儀だ。聖子はコーヒーカップを何度も落としそうになりながら、新宿中央公園近くのファミリーレストランで、大倉悟志を待っていた。

ここに聖子を呼び出したのは、大倉だった。昨日、テレビ局でばったり会った大倉に、聖子は挨拶の代わりにこう訊いた。「今頃、河上航一はどうしているんでしょうか?」

すると、大倉はぎょっとしたような表情をしたあと、小馬鹿にしたような笑みを作った。

「驚いた。とっくの昔に、気が付いているかと思ったのに。僕の大学ノートだって見せたのに。そもそも、ヒントをくれたのは、君なのに」

なにを言われているのかさっぱり分からず、きょとんとしていると、大倉は言った。

「じゃ、明日の十五時。新宿中央公園の入り口近くにあるファミレスで待ってて。窓際にいてよ。新宿中央公園が見える、窓際に」

腕時計を見ると、もう五分も過ぎている。窓からは、西日が容赦なく照りつけている。聖子は、そっと、手をかざした。

そのときだった。

道路向こうの新宿中央公園に向かって、なにかとてつもなく巨大な〝山〟が移動しているのが見えた。よくよく見ると、それは、布やら紙やら雑貨やら段ボールやら雑誌やら、とにかく、新宿のありとあらゆるジャンクを詰め込んだような、異形の塊だった。その塊の底には車輪がついており、それがもともとカートか台車、それとも乳母車か、いずれにしても、なにか小型の〝車〟であったのは間違いなかった。

「よくもまあ、あんなに盛れるもんだわ」

などと感心していると、それを押している人物の姿が見えた。女性だった。もしかしたら、自分と同じぐらいの歳かもしれない。……なぜ、あの人は、こんなことになってしまったのだろう。見ていられなくなって、聖子は目をそらした。

そのとき、携帯が鳴った。

大倉からだった。

「ごめん、急ぎの仕事が入っちゃって。今日はいけなくなった」

「あ、……そうですか」

「で、会えた？」

「え？」

「蜂塚依子さんに」

「は？」

「彼女は、毎日この時間、そのファミレス前の道を通って、都庁のほうに行くんだよ」

「は？」

何を言っているんだ、この人は。訝《いぶか》しんでいると、ゴミの〝山〟がこちらに近づいてきた。

「依子さんは、毎日、西新宿を巡回して、ゴミを回収しているんだよ。西新宿がきれいなのは、彼女のおかげかもな」

……うそ、あの女ホームレスが、依子さん？

「そして、こんな噂がある。依子さんが押すゴミの山の下には、死体が埋まっているってね」

……まさか、河上航一？

「いつか、彼女に取材してみないといけないね。この二十二年間のことを。……でも、まあ、そっとしておくほうがいいかもしれないけれど。……ああ、それと。南川千鶴子、釈放されたよ。強力な弁護士がついたからね、もしかしたら、不起訴で終わるかもしれない」

「あ、でも、時効の件は？」

「あれは、僕のはったり。彼女がアメリカにいた期間は合計しても三年もないだろう。つまり、もうとっくに時効は過ぎている」

「そうなんですか？」

じゃ、なんで、あんなことを？　……千鶴子を動揺させて、パニックを誘導するため？　そして、パニックの末になにか事件を起こさせて、逮捕させるため？

……聖子の背筋に、なにか冷たいものが走り抜けた。

「でも、残念でしたね」聖子は、皮肉を込めて言った。「千鶴子を刑務所送りにできなくて」

「う―ん。……どうだろう」

「だって、不起訴になるかもしれないんでしょう？　強力な弁護士さんがついているんでしょう？」

「そうだよ。千鶴子にとっては、この上ない、頼りになる男だ。元検事で、優秀な男だ。まさに、法曹界のエリート」

「法曹界のエリートですか」

ここまで言って、聖子は、なにかひっかかりを感じた。そして、もう一度、繰り返してみた。法曹界。ホウソウ……カイ。

「大倉さん！　一九九一年九月十五日のチャリティーバザーにいた十番目の人物って、放送関係の人ではなくて、もしかして、法曹界の人なんでは？」

「あれ？　今頃、気付いたの？　そうだよ。あの日、あのラウンジにいた十番目の人物は、当時東京地検にいた検事の香坂雅哉《こうさかまさや》だよ。そして、検察の立場を最大限に利用して、または子飼いの警官を利用して、さらに警察が拾ってきたありとあらゆる証拠を没にして、河上航一が犯人であるように無理やりストーリーを作り上げた張本人だ」

「……どういうことですか？」

「だから、香坂雅哉こそ、もう一人の犯人なんだよ」

「大倉さん……？」

「だから、僕は、南川千鶴子と香坂雅哉の再会を演出してやったのさ。南川千鶴子が逮捕されたことを彼に知らせてね。香坂先生、案の定、すべての仕事を投げ打って、千鶴子に会いに行ったさ。ああ、麗しい初恋物語だね。でも、僕は、他人の幸せなんか、糞くらえなんだ」

そして、電話は一方的に切れた。

取り残された聖子は、ひとり茫然と、西日の中、都庁舎の陰に消える蜂塚依子の後ろ姿を眺めた。

22

西新宿十二社鸚鵡楼。

午後七時。一番奥のテーブルで、香坂雅哉は南川千鶴子を待っていた。

千鶴子とこうやって会うのは、初めてだった。

チャンスがないわけではなかった。

二十二年前、幼馴染のカンカン……菅野健一《けんいち》がその知らせをくれたとき、雅哉が真っ先に思い浮かべた再会は、まさに、このようなレストランで、ふたりきり、エビフライを食べるシーンだった。しかしそれを行動に移す勇気がなかなか湧かず、菅野を随分とやきもきさせたものだ。

「こうちゃん、いい歳して、なんだよ。こうちゃんもミズキもせっかく独身なんだから、もっとアバンチュールってやつを楽しむべきだよ。おれはカミさん持ちで、もうできないけどね」

しかし、僕は、そういうのはどうしても苦手だと言うと、

「なら、今度の日曜日に、おれが勤めているマンションに来いよ。その日、チャリティーバザーってやつがあるらしいんだ。ミズキも来るからさ。そこで、偶然を装って、運命の再会をするんだよ。きっとうまくいくよ、女ってやつは、〝運命〟に弱いんだ」

しかし、その〝運命〟は、とんでもない方向に転がっていった。

雅哉がチャリティーバザーの会場であるマンション最上階のラウンジに到着したのは、十九時ちょっと前だった。マンションのセキュリティーは、ドアマンをやっている菅野の権限で、突破した。

しかし、千鶴子はなかなか来なかった。それどころか、台風のせいなのかラウンジは険悪な雰囲気で、できればもう帰りたい気分だった。あと五分したら帰ろうと決心したとき、千鶴子はやってきた。

すぐに分かった。

まったく変わっていない。まさにあの頃の〝ミズキ〟だった。いろんな思いが湧き上がり、

雅哉の瞼が熱くなる。あの頃は非力で、守ってやれなかった。でも、今ならば。ああ、なんて声をかければいいのだろう。元気だった？　僕のことを覚えている？

そんなことを考えているうちに、千鶴子の姿を見失った。外に出たのかと、慌ててラウンジを飛び出すと、非常階段に、千鶴子の後ろ姿を認めた。しかし、間に合わず、また見失う。非常階段を上に下にとうろついているうちに、九階で、短い悲鳴が聞こえたような気がした。なにか胸騒ぎがし、直感の赴くまま、九階フロアを隈《くま》なく確認していると、九〇一号室の玄関ドアが少し、開いていた。ノックをしても、呼び鈴を押しても、反応がない。思い切ってドアを開け、部屋を覗き込むと、見覚えのあるスカートの端が見えた。ミズキが穿《は》いていたスカートだ。胸騒ぎはますます激しくなり、雅哉は部屋に上がり込んだ。

そして、そこで見たのは……。

ここまで思い出して、雅哉は、軽く頭を振った。

——僕は、間違っていない。ああするしかなかった。ミズキを守るには、ああするしか。自分を信じるんだ。自分がやったことは、間違っていない。僕はただ、ナイフを握りしめながら気を失っているミズキの手からナイフを抜き、非常ボタンを押して警備を呼び、そして、自分自身はそのまま部屋を出て、最上階のラウンジに戻っただけだ。ラウンジは、いまだ険悪なムードに満ち溢れ、そっと部屋から抜け出す人もいた。僕は彼らに交じりエレベーターに乗り、そして、そのままマンションを出た。

外は、大変な嵐だった。だが、この嵐はきっと、ミズキに味方するだろう。僕は、嵐の中、ひたすら歩き続けた。ミズキを守る最良の方法はなにか。それだけを考え、歩いた。そして、僕は思い至った。この事件は僕が引き受けよう。どんな横車を押しても、この事件は、他に渡してはいけない。

「アンタノ　オナマエ　ナンテェーノ」

鸚鵡が高らかに、鳴く。

午後七時十一分。ウェイターの案内で、千鶴子がやってきた。

水色のワンピースがとても似合っている。

「コースを頼んでしまったのですが、よろしいですか?」

雅哉が訊くと、「はい」と、千鶴子は小さく応えた。

「本当は、エビフライがよかったのだけれど」

雅哉が言うと、千鶴子は、ようやくこちらに視線を合わせた。しかし、すぐに、力なく項垂れた。

「安心してください」

雅哉は言った。「必ず、不起訴になりますから」

「私、先生に、以前、お会いしたことありますか?」

「ああ、実は。僕、検事だったのです。あなたとは、一度、取調室でお会いしているのです。

あなたは参考人で……」

「ああ、あのときの。……そうでしたか。すみません、気が付きませんで」

「いえ」

「でも、先生。大倉というプロデューサーが言っていた件なのですが」

「ああ。一応、聞いています。しかし、あれは戯言《たわごと》なので、気になさらないことです。あなたは、あの事件とは、まったく関係ないのですから」

「は……」

「そんなことより、僕、もっともっと昔にあなたとお会いしているのですが。……覚えてませんか？」

「え？」

「まさに、ここ、十二社で。……僕だよ、僕。覚えていない？　ミズキ」雅哉が身を乗り出すと、

「あ……」と、千鶴子の瞳が、微かに反応を示した。

「十二社亭という洋食屋。ミズキはよく、出前を注文しにきてくれたじゃないか」

千鶴子の顔がみるみる青ざめる。が、雅哉は思い出話に夢中で、その変化に気づかない。

「アンタノ　オナマエ　ナンテェーノ」

客が来たようだ。鸚鵡が高らかに、それを知らせる。

「ははは、相変わらず、元気だな。昔も、僕が鸚鵡楼に出前を届けると、あんなふうに鳴いていたよ。すごいよな、だって、もう八十近いんだよね？」

「……鸚鵡楼に、出前に？」

「うん、一、二度、行かされたよ」

「……そうですか」

「いやー、しかし、懐かしいな。まるで、タイムスリップしたようだよ。そうだ。熊野神社のドウドウ滝って覚えている？」

「やめて」

「え？」

「やめて。その話は、やめて」

「ミズキ？」

「その名前で呼ぶのもやめて」

「ミズキ？　どうした？　具合、悪いのか？」

「香坂くん……よね」

「うん、そうだよ、思い出した？」

「ええ、思い出したわ。私のこと、覗いていた子」

「え？」

「私が、いやらしいことをされているのを、覗いていた子」

そして、千鶴子は、テーブルの上に並ぶナイフの一つを握りしめると、ゆっくりと立ち上がった。

「どうしたの？　ミズキ？　ミズ――」

雅哉が最後に聞いた言葉は、
「大嫌い」だった。
その言葉が針のように体に落ちたあと、真っ白いテーブルクロスが、赤く染まった。
「ああ、このシーン、いつかの映画のシーンだ」
薄れゆく意識の中で、雅哉が思い出そうとしていたのは、その映画のタイトルだった。
なんていうタイトルだったろう。
もっちんとカンカンとやっさん、そして僕の四人で見た白黒映画。
ドウドウ滝、ガスタンク、そして、浄水場に沈む夕日。
あの頃の西新宿は、ひどく見晴らしがよかった。
雅哉は、そんなことを思い出しながら、急速に体中が冷たくなるのを感じていた。

【参考文献】
写真集　新宿風景―明治・大正・昭和の記憶―〈新宿歴史博物館〉
ステイション新宿〈新宿歴史博物館〉
常設展示図録　新宿の歴史と文化〈新宿歴史博物館〉
バブルの肖像〈都築響一著／アスペクト〉
バブルアゲイン〈伊藤洋介著／アクセスパブリッシング〉
サド侯爵の生涯〈澁澤龍彦著／中公文庫〉
現代殺人の解剖〈コリン・ウィルソン著、中村保男訳／河出書房新社〉

【参考サイト、ブログ】
十二社　今昔物語
http://blogs.yahoo.co.jp/shinjyukunoyamachan
あの頃のよどばし
http://www.ne.jp/asahi/woods/life/ma-ph.htm
東京の水 2009 fragments
http://tokyoriver.exblog.jp/
落合道人　Ochiai-Dojin
http://chinchiko.blog.so-net.ne.jp/

昭和毎日：昭和写真館
http://showa.mainichi.jp/photo/
@ぴあ特集コラム　第36小節　リュート奏者：つのだたかし
http://www.pia.co.jp/column/classic/36_tsunoda.html
素浪人・サンダルニャーゴの日々
http://ameblo.jp/sandal-nyaago/
こよみのページ
http://koyomi.vis.ne.jp/
新宿歴史博物館　データベース　写真で見る新宿
http://www.regasu-shinjuku.or.jp/photodb/index.html
裁判所
http://www.courts.go.jp/

本書は書き下ろしです。

真梨幸子（まり ゆきこ）

1964年、宮崎県生まれ。2005年、『孤虫症』でメフィスト賞を受賞し、デビュー。'11年、文庫化された『殺人鬼フジコの衝動』が口コミで話題となり、大ベストセラーに。著書に『女ともだち』『ふたり狂い』『みんな邪魔』『四〇一二号室』『インタビュー・イン・セル 殺人鬼フジコの真実』など多数。

鸚鵡楼の惨劇

2013年7月28日 初版第1刷発行

著　者 真梨幸子

発行者 稲垣伸寿

発行所 株式会社 小学館

〒101-8001 東京都千代田区一ツ橋2-3-1

電話 編集 03-3230-5616

販売 03-5281-3555

印刷所 凸版印刷株式会社

製本所 株式会社若林製本工場

Printed in Japan ISBN 978-4-09-386357-5

9784093863575

1920093014007

ISBN978-4-09-386357-5
C0093 ¥1400E

定価：本体1,400円＋税

小学館